그때,

조희숙 지음

그때,

바른북스

목차

1부 | 미성숙한 가족

현호	/ 8
정철	/ 47
지현	/ 63

2부 | 20대 그때,

첫사랑	/ 74
낙태 후유증	/ 85
잉태	/ 94

3부 | 30대 그때,

가족해체	/ 108
아우성	/ 126
파괴 본능	/ 142
이혼	/ 154

4부 | 40대 그때,

경기도행 / 184
끝없는 고통 / 198
강원도행 / 211

5부 | 엄마 그리고 나의 과거

엄마의 회상 / 234
나의 회상 / 248

6부 | 책임감

부산으로 / 276
꿈을 이루다 / 286
청년 현호 / 297

7부 | 끈질긴 삶

새로운 인생 / 310
휴양 / 322
깨달음 / 336

1부

미성숙한 가족

현호

진실

 어느덧 나는 서른셋이 되었고 맥줏집 주방과 재료 발주를 책임지며 만족하는 급여를 받으며 그럭저럭 잘 지내고 있고 동생 창호는 의대에 합격하여 아버지 새어머니와 함께 축하 겸 외식을 하며 집안에 경사가 났다.

 오늘은 쉬는 날이었는데 아버지가 동생 창호는 공부를 시키고 너는 장사를 할 수 있도록 상가를 분양받아 준다고 하며 나와 함께 은행에 가자고 하였다. 은행에 가서 대출을 받는데 아버지 명의로 하여야 대출이 많이 나온다고 하여 아버지 명의로 상가를 분양받고 나에게 장사를 해보라고 하여 현재의 직장 생활도 급여도 만족했지만, 그러기로 하였다. 맥줏집 사장님은 나보다 2살 위였는데 벌써 큰 가게 사장이 되어 있어 부러웠던 차였기에 기분이 날아갈 것 같았다. 잊고 지냈던 의경 시절 중대장님의 조언이 머리에 스쳐 갔다.

지금, 이 상가를 분양받고 난 후부터 우리, 아니 이 집에는 하루도 조용한 날이 없고 나에게는 악몽이다. 속으로 곪아 있었지만 겉으로는 드러나지 않았던 나 그리고 아버지 새어머니의 관계가 이 상가를 분양받고 난 후 겉으로 드러나기 시작하였다.

인테리어 도중에 아버지와 새어머니가 와서 인테리어가 마음에 들지 않는다고 하며 소리치고 집기를 부수고 갔다.
인테리어 도중에 아버지와 새어머니는 인테리어가 마음에 들지 않는다고 두 번째, 오늘 세 번째 소리쳤다. 나는 더 이상 인내할 수 없어 "뭐가 마음에 들지 않아요?" 하며 함께 소리쳤더니 아버지는 "의자, 탁자 다 이게 뭐야!"라며 소파를 쥐어뜯고 의자를 밖으로 던지고 폭력을 행사하여 나 역시 소리쳤더니 위기감을 느낀 새어머니가 신고를 했는지 경찰차가 2대 왔다.
경찰의 중재로 아버지와 새어머니가 가고 난 후 CCTV 확인 결과 새어머니가 이것저것 손가락질하며 아버지에게 이르고 아버지는 새어머니의 손가락질에 따라 눈을 돌리더니 소리치는 것이었다.

나는 화와 분노가 치밀어 감당이 되지 않아 몹시 흥분하여 친엄마에게 전화하여 떨리는 목소리로 "엄마, 아버지 나의 생물학적 아버지 맞아요?" 하고 물었더니 "그래 맞아" 하며 기어가는 목소리로 대답하였고 나는 재차 "아버지가 맞다면 저럴 수 없지. 생물학적 아버지 맞는 거예요? 어어?" 하며 화가 머리끝까지 치밀어 화를 내는 그 순간 친엄마의 외도로 인하여 나의 불행이 시작되어 친엄마를 원망하고 있다는 것을 나는 알게 되었다. 친엄마는 천천히 힘없이 "그래 맞아" 하며 한숨을 쉬었다. 나는 계속 흥분하여 전화를 끊지 않고 "내가 어떻게 참아내며 살아왔는데 어어" 하니 엄마는 "현호야, 아버지가 정신이 나갔나 보다. 같이 있니? 엄마가 미안하다 엄마도 아버지와 얘기해 볼게. 아버지 인격에 문제가 있네" 하며 나를 안심시키려고 하였다. 나는 "다 부수고 갔어요. 어떻게 아버지라는 사람이 어어, 오늘 처음이 아니고 벌써 세 번째 폭력이에요. 일을 시작하기도 전에 이게 무슨…. 창피해서 개업도 못하겠어요" 하며 전화를 끊었다. 다음 날 아버지에게 전화하여 "카페 프랜차이즈 계약 파기해야 되나요?" 했더니 "알아서 해"라고 한다. 하루 사이에 무슨 일인지 도대체가 뭐가 문제인지 알 수가 없고 나는 집에 진저리가 나서 옷가지 몇 개를 들고나와 고시텔로 들어가서 생활하는데 또 나의 무기력증이 시작되는지 힘이 빠졌지만, 선택의 여지가 없어 일은 계속된다. 기대도 하지 않았지만 내가 고시텔에 있으니 새어머니나 아버지의 방문이나 안부가 전혀 없다.

인테리어가 끝나갈 즈음 아버지로부터 문자가 왔다. 은행 금리가 올라서 상가 융자금 이자로 인하여 힘들다며 월세 500을 보내라는 것이다. '청천벽력이라는 것이 이런 것이구나' 하고 생각했다. 동생 창호는 공부를 시키고 너는 상가를 분양받아 장사를 하게 하겠다고 아버지가 말해놓고…. 나는 상가를 분양받아 달라고 말한 적도 없는데…. 나에게 이렇게 비싼 월세를 얘기했으면 나는 카페를 하지도 않았을 것이고 맥줏집에서 직장 생활을 계속했을 텐데…. 장사도 시작하지 않았는데 돈을 어디서 달라는 건지 이해가 되지 않고 새어머니와 나 사이에서 왔다 갔다 하는 아버지에게 실망감이 들고 화가 나서 이후 아버지와 나의 사이는 서먹한 사이가 되어 애증의 관계로 변하고 있다.

월세 500을 달라는 것은 나에게 상가에서 비켜달라는 의미로 들렸다. 이 상가는 이곳 대단지 고급 아파트 주변에 고급 오피스텔 상가인 만큼 분양가도 비쌌기에 우리 집에서 가장 값비싼 부동산이어서 새어머니는 이곳을 점하고 있는 나를 보니 받아들이기 힘들었던 것인지 처음부터 사사건건 불만으로 트집을 잡으며 나를 힘들게 했다.

나는 오랫동안 그토록 진심 어린 아버지의 관심과 사랑을 원하였는데 아무런 상의도 없이 월세를 얘기하니 실망과 서운함 이상의 마음으로 가슴이 아팠다.

나는 피우지 않던 담배를 피우며 아버지에 대한 애증의 감정에 힘들어하는 나날들이 많아지고 있다. 다크서클이 끼고 엉망이 되어가는 거울 속 나의 얼굴이, 나의 실체를 보니 눈물이 난다. 이런 나를 보고 있다 보면 나 스스로가 무서워져 밖으로 나와 목적지 없이 걸으며 지금까지 느낀 새어머니의 무시와 편애, 친엄마에 대한 나쁜 이미지, 믿고 의지했었던 아버지의 이해되지 않는 행동을 떠올리며 울분을 토했다.

나는 아버지보다 성공해서 복수하고 싶은 마음…. 나의 불우한 유년 시절 부모 역할을 못 한 책임에 대한 피해 보상을 받고 싶은 마음…. 그냥 억울하고 부당하고 분한 마음이다. 그러나 지금 현실은 "너의 운명!! 너의 복!!"이라고 받아들이라고 한다.

다리도 아프고 어깨도 아프다. 내가 무엇을 해야 할지 무기력해지고 아무 생각이 나지 않는다.

나는 친엄마에게 전화를 가끔씩 하게 되었다. 왜냐하면 아버지에 대한 나의 애증을 풀고 싶은데 아버지는 대화가 되지 않았기에 아버지에 대한 정보를 친엄마에게 물어보기 시작하였다. 친엄마는 나에게 "엄마가 미안하다. 잘할게. 사랑해"라는 말을 자주 하여 처음에는 어색하고 진심으로 들리지 않았지만, 차츰 진심으로 들리기도 했다. 친엄마도 아버지를 모르겠다며 말이 왔다 갔다 하였다. 친엄마도 나와 같은 마음을 아버지에게 가지고 있는 건지 나를 힘들게 하면 "나쁜 놈"이라고 하고 그러다 또 좋은 사람이라고 한다.

친엄마를 만나보니 내가 어릴 때부터 머리와 가슴에 박혀 있었던 뭔가에 의문을 느끼기도 하고, 이 사람 저 사람 말이 달라서 서른 초반에 새로운 진실을 알고 새로운 삶을 살아야 한다는 것에 혼란을 느끼기도 했다는 걸 알았다. 나의 어린 시절 사진 한 장 없다는 것 그 비밀을 지금까지 나는 가슴에 품고 있었는데…. 그 진실은 할머니가 우리의 앨범을 불에 태우며 "너와 나만 아는 비밀이다"라고 하여 아무에게도 말하지 못하고 살았는데 엄마는 아버지가 불태웠다고 하고 아버지는 엄마가 불태웠다고 하였다. 심지어 나는 친엄마를 나와 아버지를 배신하고 다른 남자를 선택해서 나를 버린 것으로 기억하여 친엄마의 이미지가 나에게는 형편없었다. 사진 한 장 기록 하나 없는 잃어버린 어린 시절을 어디서 보상받고 살아야 하나 생각하니 억울하기도 하고 화가 나기도 하고 눈물이 난다.

지금, 아버지와 나와의 관계는 서먹해지고 아버지는 나에게 가끔 일 때문에 연락이 오긴 하지만 모두 스트레스를 주는 말이었고 새어머니와 나는 단절되었다. 원래 나에게 연락이 없었으니까 그리 별다른 삶은 아니다.

나는 초등학교를 시골에서 두 번, 친엄마와 살면서 두 번, 아빠와 살면서 세 번 총 일곱 번 전학을 다녔다. 중학교에 다닐 동안 친부가 의사라는데 새어머니는 학교에 한 번도 오지 않았을뿐더러 선생님 한번 만나지도 않았고 심지어 나는 학교 폭력도 혼자서 감당했다. 새어머니는 동생 창호에게는 유치원 전부터 시작하여 고등학교까지 학교 대의원으로 활발히 활동했으므로 나는 편애에 대한 부당함에도 억울했다. 새어머니는 그렇다 치더라도 친부라도 나에게 진심으로 대해야 하는데 늘 새어머니의 말만 듣고 나를 판단했다. 그뿐만 아니라 어릴 때부터 친엄마를 만나지 못하게 하였고 늘 나를 그들의 통제 아래 가두어 두어 친모에게라도 받을 사랑조차 차단당했다. 약자인 어린 시절 어디 보호받을 데가 없어 살아남기 위해 새어머니의 저주의 눈 흘김에 인내하며 손에 땀을 쥐며 눈치만 보고 살았던 나의 지난 시간들이 억울하고 나의 인내심에 배신감이 들어 무엇을 어떻게 해야 할지 모르겠고 이성보다 감정이 앞서고 있다.

   하루도 조용한 날이 없는 나날들에 나는 모든 하던 일을 중지하고 "상가 필요 없으니 다 가져가세요"라고 하며 나오겠다고 하였고 아버지는 돈 얼마를 줄 테니 알아서 하라고 한다. "돈 얼마 줄 테니 나가떨어져라!!" 나는 그렇게 들렸다.
   현실적으로 돈을 준다는 게 고마운 일인데 나의 깊은 마음이 자꾸만 억울하고 짓밟히는 느낌이 든다.
   내가 초등학교 시절에는 약자이니 그들은 나에게 대놓고 윽박질렀고, 중·고등학교 시절이 되니 나의 반항기로 힘들어 어디론가 보내고 싶었지만 보낼 데가 없어 귀찮은 존재였고, 친부보다 덩치가 큰 성인이 되어 더 이상 당하고 있지 않고 할 말을 다 하니 감당하기 버거운 존재가 되어 아버지의 말이 돈 얼마에 합의하여 절연하자는 말로 들려 그들로 하여금 세상 모든 것에 부정적인 사람인 나는 며칠 법이 없다면 하는 생각이 들 정도로 분노에 가득 차 있다.

지금까지 나의 삶이 허무하고 세상 모두를 믿을 수도 없고 사랑도 존중도 받은 기억이 없을 뿐 아니라 무시하고 못마땅해하고 무능하다는 인식만 잔뜩 받아서인지 사람들의 눈을 마주치지도 못하고 수전증과 대인기피증 등 나쁜 증세는 다 가진 나는 이 세상을 어떻게 살아야 하나? 친부와 새어머니가 항상 나에게 준 메시지는 '실패자, 부족한 놈!!'이었고, 가장 가까운 사람들에게 '모자란 아이, 마음대로 해도 되는 아이'로 대접 받아온 나의 아이가 성인인 나의 몸속에서 누워 있고 나는 또 몸에 힘이 빠지고 무기력해진다.

지금, 내 안에 누워 있는 아이를 성장시켜 성인이 되어야 하는데 그 답을 모르겠다. 그 답을 알아내고 싶어 생각하기도 싫어 꾹꾹 구겨놓았던 나의 어린 시절을 고통스럽게 떠올려 본다.

나의 어린 시절

"현호야, 한 바퀴 돌자" 매일 들었던 엄마의 목소리였다. 엄마의 등도 아닌데 편하고 냄새도 상쾌하고 처음 보는 신기한 것들이 지나갔다.

"현호야, 맘마" 한 바퀴 돌고 집에 오면 매일 들리는 엄마의 목소리였다.

"우쭈쭈. 벌컥벌컥 잘 먹네. 트림해야지" 우유를 먹고 나면 매일 하는 행동으로, 등을 쓸어내리면 나에게서 "크르륵"하는 소리가 났고 나는 시원했다. "우리 아들 시원하시겠습니다" 엄마가 매일

했던 말이었는데 그날은 한 가지가 더 늘어났다.

"우리 현호 변기에 앉아볼까?" 하며 나를 어딘가에 앉히고 "응가, 응가" 하였다. 나는 따라서 "응가, 응가"했더니 뱃속에서 뭐가 쑥 빠져나갔다. 엄마는 "어머. 자기야, 자기야. 우리 현호 벌써 대변을 가렸어. 봐봐" 하며 아빠를 불렀다. 나는 뭔가 내가 대단한 걸 한 것 같아 다리를 들썩이며 좋아했다.

아빠도 오시더니 "어디" 하며 "와, 우리 현호 최고" 하시며 엄지손을 치켜세우며 나를 안아주셨다. 그럴 때 나도 "최고" 하며 엄지손을 치켜세우면 엄마와 아빠는 깔깔 웃으시며 좋아하셨다. 내가 기억하는 엄마, 아빠와 함께한 행복은 그때, 유일했다.

어느 날 갑자기 엄마 아빠가 없어지고 나는 시골 할머니와 살게 되었다. 할머니는 나에게 잘해주시는데 엄마 아빠가 보고 싶고 슬펐다.

그때, 나는 어른들의 말을 대충 알아듣고 눈치도 생겼는데 할머니께서 아빠는 공부하러 멀리 가셨는데 나중에 훌륭한 사람이 되어서 나를 행복하게 해주실 거라고 하셨다.

그러던 어느 날 할머니와 정을 붙이려는 즈음에 할머니는 나를 데리고 엄마에게 가셨고, 나는 다시 엄마와 살게 되었다. 엄마는 나를 보며 "왜 이리 키가 크지 않았어" 하며 안고 쓰다듬어 주어 나는 너무도 좋았다. 시골 할머니가 가시고 엄마는 일한다고 늦게 집에 들어오시다 보니 나를 돌보는 할머니를 두셨다.

점심때가 되어야 보고 싶은 엄마는 집에 와서 특히 생선 살을 잘 발라 주셨는데 나는 엄마가 주는 생선 살과 밥 한 숟갈을 받아먹고 기분이 좋았는지 냠냠거리고 방을 빙빙 돌며 춤을 추었고 엄마는 나의 춤추는 모습을 보고 큰 소리로 웃으며 좋아하셨다. 그래서 나는 신이 나서 또 한 숟갈 먹고 나면 또 방을 빙빙 돌며 춤을 추었다. 밥을 먹고 나면 엄마는 나와 키를 맞추며 "잘 먹으니 쑥쑥 잘 크네"하며 나를 안아주고 다시 일하러 가셨다. 엄마가 일하러 가고 난 후 나를 돌보시는 할머니께서는 너희 엄마는 얼굴도 예쁜데 마음씨도 예쁘다고 하시며 엄마를 좋게 평가하셨다.

나는 이곳에서 유치원에 다니며 그럭저럭 어린 시절의 세월을 보냈는데 엄마는 내가 사고 싶은 것, 먹고 싶은 것을 다 사줘서 좋았지만 엄마가 늘 집에 없었다. 엄마는 내가 잠들면 들어왔고, 아침에 눈 뜨고 세수하고 아침밥 먹는 시간에 엄마 얼굴을 잠깐 보는가 하면 유치원 갈 시간이었다.

어느 날 아빠라는 사람이 오셨는데 자꾸 보니 아빠가 맞았고 아빠는 나와 하루 종일 함께 있으며 도란도란 얘기도 하고 맛있는 것도 함께 먹고 목마도 태워주시고 엄마가 없으니 나를 데리고 외출도 해주셔서 세상 행복하였고 나의 입엔 웃음꽃이 피었다. 이렇게 웃음꽃만 피우고 아빠는 또 멀리 가셨다.

기다리던 아빠가 오셨다. 이제 나와 대화가 된다. "엄마 몇 시에 집에 와?" 하면 나는 "엄마 매일매일 늦게 집에 와서 나는 먼저 잠자야 돼요" 하고 대답하였다.

오늘도 유치원에 갔다 와서 나는 바닷가에서 아빠의 목마를 타며 군것질도 하며 꺄르르 행복한 시간을 보내고 어두워져서 집에 오니 엄마가 없었다. 아빠는 엄마 가게에 갔다 온다고 하셔서 나는 엄마, 아빠만 기다리고 있었는데 엄마, 아빠가 함께 오시는데 엄마, 아빠의 사이가 좋아 보이지가 않았다.
아빠는 나에게 "현호야, 엄마가 다른 남자와 술 마시고 너와 나 둘 다 싫어해!"라고 말했다. 나는 아빠가 너무 불쌍해서 아빠를 껴안고 울먹이며 엄마를 혼내고 싶었다. 엄마는 한숨만 쉬고 앉아 있었다.
아빠가 "왜 술 마시고 늦게 집에 와서 현호 혼자 둬" 하시면 엄마는 "뭘 매일 술을 마셔! 일을 늦게 마쳐서 늦게 오는 거지" 하였는데 소리가 커서 나는 눈치가 보였다. 아빠는 나에게 엄마가 현호와 아빠를 버리고 다른 사람을 좋아한다고 하여 나는 아빠의 슬픔이 나의 슬픔이 되어 충격이 컸다.

나의 목마름을 다 채워주시던 아빠는 이렇게 나에게 그리움만 남기고 멀리 가셨는데 나는 아빠와의 애정 시간이 너무도 그리워서 슬픔이 되었다.
엄마는 여전히 일하기 바빠서 늦게 들어오고 어쩌다 일찍 들어오면 나는 엄마와 놀고 싶은데 엄마는 나에게 공부를 가르쳤지만 그래도 엄마와 함께 있는 것이 좋아서 나는 곧잘 따라 하였다. 이렇게 엄마는 나에게 애정이라는 단어만 가르쳐 주고 충족시켜 주지 않았고 일해야 한다며 인내만 요구하였다.

나는 엄마가 없으면 나를 돌보는 할머니와 앞집에 가서 나의 또래 친구와 놀았는데 그 친구는 엄마도 아빠도 없이 할머니와 사는 친구였다. 그래서인지 그 친구는 늘 울고 심술을 부려서 나를 돌보는 할머니는 그 친구를 싫어하여 나에게 그 친구를 욕하며 "우리 현호는 참 잘 컸다" 하며 그 친구 앞에서 나와 비교하셨다. 사실 나도 그 친구와 노는 것이 재미는 없었지만, 친구가 없고 그 친구 할머니와 나를 돌보는 할머니가 친구라 그 친구를 달래가며 늘 함께 놀았다.

그리운 아빠가 오셔서 나를 돌보는 할머니는 휴가를 받아 집으로 가셨다. 나는 아빠와 바닷가로 가서 군것질도 하고 아빠 목마를 타며 즐거운 시간을 보내고 집에 오니 엄마가 없었다. 나는 아빠에게 엄마는 일한다고 늦게 집에 온다고 아빠에게 말하고 아빠와 즐거운 시간을 가지려는데 아빠는 엄마 가게에 갔다 온다며 나가시더니 엄마, 아빠가 말다툼을 하며 들어오셨다. 엄마, 아빠는 무슨 말인지도 모를 말을 크게 하며 싸웠는데 급기야 아빠가 엄마에게 폭력을 휘두르니 엄마는 소리를 막 지르며 덤볐다. 아빠는 살림을 몇 개 부수고 나에게 "현호야, 나중에 훌륭한 사람 되어서 올게" 하며 나가셨다. 나는 너무 무섭고 슬펐다. 아빠가 나가고 나서 엄마는 사발을 몇 개 깨뜨리며 울었는데 내가 엄마에게 "엄마 나빠"하며 울었더니 엄마는 "너도 아빠 따라가"라고 하며 울었다. 그때 나는 갑자기 불안해지고 '역시 아빠 말이 맞구나. 엄마는 아빠와 나를 싫어하는구나' 생각하니 공포가 왔었다.

이러한 생활 가운데 엄마는 매일 늦게 들어오고 어느 날은 술 냄새가 날 때도 있었다. 나는 그때마다 아빠를 생각했다. 아빠가 엄마가 다른 남자와 술 마시고 아빠와 나 싫어한다고 했는데 "불쌍한 아빠!"
그때 이후로 나는 엄마 말을 듣지 않고 반항을 했다. "엄마 술 마신다고 아빠에게 일러줄 거야!" "엄마가 아빠 말 듣지 않아서 아빠 비행기 폭발해서 죽는다고 했어. 엄마 나빠!" "엄마, 아빠와 싸우면 아빠가 이겨!" "엄마 가게 갔잖아" "아빠가 엄마 죽인다 했어" 하며 엄마의 눈치를 보았다. 엄마는 큰 눈이 휘둥그레져서 입을 벌리고 있거나 느린 말로 "엄마에게 무슨 말버릇이야" 하기도 하고 눈물을 흘릴 때도 있었다.

아빠가 멀리 가시고 난 뒤 나는 아빠가 너무 그리워서 병이 났다. 몸에 힘이 하나도 없고 정신도 없고 추웠다. 엄마는 수건으로 나의 머리와 몸을 닦아주시며 나를 일으켜 세우려 하셨다. 내가 축 늘어지니 엄마는 "현호야, 병원 가자! 얼른 나아서 아빠 만나야지" 하여 나는 힘을 내어 엄마의 등에 업혔다. 엄마는 나를 데리고 병원에 입원시켜서 나와 함께 병원에서 책도 읽고 퀴즈도 내고 즐거운 시간을 가졌다. 나는 열도 내리고 병원에서 엄마와 며칠 동안 함께 책도 읽고 얘기도 많이 하여 엄마와 즐거운 시간을 가져서 아빠를 잊을 정도였다.

그리운 아빠

엄마는 아빠가 싫어하는 이모들과 술 마시는 장사를 그만두고 이사를 하였다.
이제 엄마가 술을 마시지 않아서 아빠가 좋아할 걸 생각하니 나도 기분이 좋았다.
엄마는 나에게 엄마라고 부르지 말고 선생님이라 부르라고 하였고 우리 집은 나의 또래 아이들도 있고 선생님도 계셔 나는 늘 친구들과 놀이를 하였다. 얼마 후 엄마는 저녁에 공부하러 나가서 늦게 들어와 또 나는 우리 집에 있는 아이들과 선생님과 엄마를 기다려야 했다.

그래도 엄마는 낮에는 늘 나와 함께 있었고 공부하러 가지 않는 날은 나를 업고 하늘의 달을 보며 "보름달이 현호를 좋아하나 보다. 현호 따라오네"라고 하기도 해서 난 안정감이 왔으나 나의 아빠에 대한 그리움과 아빠가 없는 외로움을 채워주지는 못하였다.
어느 날 우리가 이사한 곳으로 아빠가 오셨다. 이제는 엄마가 술을 마시지 않아서 아빠도 좋아하겠다 생각했는데 엄마, 아빠는 또 싸움이었다. 아빠는 나에게는 자상하신데 엄마와는 싸우신다. 아빠는 나에게 동물원도 구경시켜 주시고 과자도 사주시고 행복한 시간을 보내고 난 뒤 또 가셨다. 나는 아빠가 오시면 늘 행복했기에 아빠가 가시는 것이 싫어 아빠가 가시고 나면 자꾸만 짜증이 나고 눈물이 나서 울고 심술을 부렸다. 엄마가 달래줘도 계속 울며 심술을 부렸더니 엄마가 나의 종아리를 때려서 나는 억울하여 더 큰소리를 지르며 눈물을 흘리니 엄마도 헉헉거리며 숨을 쉬더니 밤에 토하고 울었지만 나는 더욱 아빠 생각이 나서 계속 "아빠 보고 싶다" 하며 눈을 감고 졸아가며 울었다.

어느날 나는 시름시름 앓았는데 갑자기 열이 나고 목이 부어 병원에 갔더니 의사 선생님께서 스트레스라고 하셨다. 엄마는 나를 보고 "아빠가 너무 그리워 상사병이 났다"라고 하였다.

엄마가 학원을 하고부터는 늘 돈이 없다며 얼굴을 찌푸리고 살더니 예쁜 엄마의 얼굴은 하루하루 늙어가고 야위어 가고 돈에 예민해져 짜증이 늘어났고 나 역시 엄마의 짜증에 짜증이 늘어났다.

어느 일요일, 교회에서 간식을 준다고 하여 친구들과 교회에 갔는데 엄마가 간식을 친구들과 같이 줘서 내가 투정을 했더니 엄마가 나를 두고 친구들만 데리고 가버려 나는 놀라서 "엄마" 하며 뛰어갔더니 한쪽 신발이 벗겨졌다. 엄마는 뒤를 돌아보더니 "신발 신고 와"하며 큰소리를 쳤다. 나는 엄마가 나를 버리고 갈까 봐 겁이 나서 뒤돌아보며 신발을 신으러 가서 겨우 신발을 신고 엄마에게로 뛰어갔다. 그때, 엄마는 늘 나보다 친구들을 먼저 생각하여 나는 선생님이 되어버린 엄마를 친구들에게 빼앗겨 심술도 나고 외로워졌다.

꿈에 그리운 아빠가 오셨다. 나는 너무 좋은데 엄마, 아빠는 또 싸웠다. 요즈음 엄마는 술도 먹지 않고 낮에는 나와 같이 친구들과 노래하고 무용하고 저녁에는 공부하고 오는데 왜 싸우는지 알 수가 없었다. 오늘은 큰소리로 싸워 나는 엄마, 아빠를 번갈아 보았는데 아빠는 화를 내고 엄마는 힘없이 가만히 있었다.

아빠는 내가 원하는 것 모두 해주었고 엄마와 같이 나에게 화도 내지 않아 아빠와 함께하는 시간이 나는 너무도 행복한데 아빠는 또 멀리 가셨다.

아빠가 멀리 가시고 나면 후유증으로 나는 아빠 꿈을 자주 꾸었는데 어느 날 꿈을 꾸고 눈을 뜨니 아빠가 없어 너무 슬퍼서 일어나 울기 시작했더니 엄마의 특유한 느린 말로 "업어줄까? 안아줄까? 과자 줄까?" 세 마디를 하였는데도 계속 눈물이 나서 울었더니 엄마가 갑자기 따라 울어서 나는 "엄마, 엄마" 하며 깜짝 놀라 소리쳤다. 엄마가 나를 따라 울 줄은 꿈에도 생각하지 못하여 울음을 뚝 그쳤다.

엄마는 나를 엄마 학원 가까이에 있는 미술학원에 보내며 양손을 사용하게 하였는데 나는 양손을 곧잘 사용하였고 미술학원 선생님께서 나에게 그림을 잘 그린다며 칭찬을 하셔서 재밌게 다녔다.

엄마는 가끔 외할아버지, 외할머니, 이모가 주는 나의 용돈을 다 써버리고 돌려 주지 않아 나는 나의 용돈을 달라고 하면 엄마가 오히려 화를 내어서 너무 화가 나고 내가 사달라고 하는 운동화도 사주지 않아 엄마가 너무 싫었다.

아빠를 기다려도 오래도록 오지 않아 아빠를 보고 싶어 하는 마음을 포기해야 하는 그때, 엄마와 어떤 남자와 나 셋이 만났다. 나는 아빠가 보고 싶어 남자만 보면 좋아서 목마를 태워달라고 하였더니 목마를 태워주었고 동물원도 데리고 가서 맛있는 것도 사주었다. 나는 엄마와 있으면 아무것도 해주지 않아 늘 불만이었는데 그 남자는 가고 싶은 동물원도 데려가고 목마도 태워주고 먹고 싶은 군것질도 다 사주어 기분이 좋았지만 아빠 생각이 나면서 뭔가 잘못한 것 같다는 생각이 살짝 들었다.

그리운 아빠가 한참 만에 오셨는데 나에게 "엄마는 현호와 아빠를 버렸어" 하시며 엄마와 헤어질 거라고 하셨다. 나는 아빠를 꼭 안으며 "엄마 나빠" 하였다. 그때, 엄마는 늘 돈이 없어 힘들다며 내가 해달라는 것은 아무것도 해주지 않을 뿐만 아니라 나의 용돈도 다 빼앗아 엄마가 싫어 아빠와 살고 싶었다.

엄마, 아빠가 이혼하였다고 하여 난 아빠와 살고 싶은데 엄마와 나는 외갓집에 가서 살았다. 외갓집에 갔는데 엄마가 오지를 않고 외할머니와 외할아버지가 무슨 말씀을 나누시는데 엄마가 나를 버리고 재혼한다는 얘기를 하시는 것 같아 혼자 남은 나는 어떻게 살아야 할지 생각하니 하늘이 무너졌다. 다음 날 엄마가 왔는데 나는 엄마의 재혼 얘기를 하고 싶었는데 입이 딱 붙어서 말이 나오지 않았다. 다음 날도 그다음 날도 엄마는 다른 남자를 만나 재혼하지 않고 나와 함께 외갓집에 있었는데 며칠 지나니 엄마는 어느 작은 집으로 이사를 하여 나와 함께 그 집에 살게 되었다.

이사하여 한 달 정도 있으니 그리운 아빠가 "현호 시골 가서 학교 가야지" 하여 나는 너무나 기뻤다. 아빠는 초등학교 입학 통지서가 나왔으니 학교에 입학하자고 하여 나는 영문도 모른 채 아빠와 함께라는 기쁨으로 김해 큰아버지 집에 갔는데 하루 지나서 아빠는 나를 두고 어디론가 가셨다.

그때, 나는 초등학교 입학을 하는데 김해라는 낯선 곳에 큰아버지도 무섭고 나 혼자 뭐가 뭔지 몰라 헤매며 학교에 입학하게 되었다. 집에 가면 큰아버지의 목소리가 커서 나는 괜히 주눅이 들어 기어들어 가는 목소리로 대답을 하니 큰아버지는 나의 목소리가 들리지 않는다며 나를 혼내어 하루가 1년 같았다. 어느 날 나의 구원자 아빠가 오셔서 나는 큰아버지 무섭다며 아빠 따라간다고 하니 아빠는 나를 데리고 다시 할머니가 계신 시골 남해초등학교에 전학시키고는 또 어디로 가셨다. 나는 남해 할머니 댁에서 초등학교를 다니게 되었는데 친구들이 엄마, 아빠 없다고 놀렸다.

나는 또 엄마도 아빠도 없는 시골에 와 있다. 시골에 오니 친구들이 "너 엄마 바람피워서 가출했지? 저기 영숙이도 엄마 없어" 하며 놀려대어 미운 엄마라도 있는 것이 나의 소원이었다.

할머니는 나에게 "너거 엄마는 못쓴다. 남편 두고 바람피우고. 에이, 나쁜 년" 하시며 늘 엄마를 비난하시곤 마당에서 엄마와 아빠와 나와 함께 있는 앨범을 몽땅 불태우시며 아무에게도 얘기하지 말라고 하셨다.

둘째 큰아버지 사건

이혼하신 둘째 큰아버지와 새로운 숙모님이 할머니 댁에 오신 지 얼마 되지 않은 어느 날 밤, 무슨 일이 났는지 새벽에 남자들의 소리가 들리더니 비명 소리가 나서 할머니와 함께 나갔더니 새로운 숙모님이 소리치며 맨발로 도망가고 둘째 큰아버지가 칼에 찔려 피를 흘리며 쓰러져 계셨다. 할머니는 "아이고, 아이고" 하며 피와 함께 쏟아지는 창자를 보고 둘째 큰아버지의 배를 움켜잡고는 창자를 다시 배안으로 넣으시더니 사람들에게 알려서 범인을 잡으려고 했는지 밖으로 뛰시길래 나도 본능적으로 밖으로 뛰어 도망을 쳤다.

정신이 들어 주위를 살펴보니 교실에 엎드려 있어 깜짝 놀라 일어났다. 아직 해가 뜨지도 않았는데 주변이 훤히 다 보였고 꿈인 줄 알았던 그날 새벽의 사건이 또렷하게 눈앞에 나타났다. 나는 두려움에 휩싸여 넋이 나가 어디로 도망을 가야 할지 몰라 새벽 캄캄한 뒷산으로 뛰어 학교로 왔던 것이다.

그때, 나는 너무 무서워서 본능적으로 다시 집으로 향하여 오니 온 마당에 피가 있고 모르는 사람들 몇 명이 마당에 계셨고 할머니는 방에서 쓰러져 계시더니 그제서야 정신이 들었는지 나를 바라보며 울며 괜찮냐고 하셨다. 나는 놀라서 말이 나오지 않았는데 조금 있으니 김해 큰아버지가 오시고 이어서 아빠와 셋째 큰아버지와 막내 고모가 오셔서 울었다. 뒤이어 큰고모와 둘째 고모도 오셔서 울음바다가 되었다.

둘째 큰아버지의 장례식을 진행하며 아빠는 경찰과 연락도 하고 며칠 어수선하더니 할머니는 늘 울고 계시는데 아빠도 고모들도 큰아버지도 모두 돌아가 버리고 나는 혼이 빠진 할머니와 함께 나도 혼이 빠진 상태로 살아가며 학교에 가니 아이들이 "너희 큰아버지 칼에 맞았지?" 하며 물어보는데 입이 딱 붙어서 말이 나오지 않았다.

다음 날 엄마가 와서는 나를 부산으로 데리고 가는데 좋으면서도 혼자 계시는 할머니 걱정이 되었다.

부산에 오니 아이들이 나에게 돌아가신 둘째 큰아버지에 대하여 물어보지 않아서 좋았다. 나는 소소한 기억을 잠깐 잃었다며 엄마가 나에게 예전 얘기를 계속 들려주어 조금씩 단편적으로 기억이 되살아났다. 나는 배도 머리도 이도 아파서 병원 치료를 계속 받아야 했었다. 이 모두가 충격에서 오는 스트레스성이라고 엄마는 말하였고 치료를 얼마 받지 않았는데 어느새 배도 머리도 이도 다 나았다.

엄마는 나를 학교에 전학을 시키고 내가 좋아하는 논술 학원에 등록도 하고 문화원 프로그램에도 보내주고 나에게 많은 경험과 독서가 중요하다며 책 읽기를 많이 권해주었지만 나는 책 읽기보다 엄마와 얘기하고 엄마와 놀고 싶은데 엄마는 자꾸만 "책 읽어"라고 하여 귀찮았다.

여전히 가난한 엄마

부산에 오니 엄마는 예나 지금이나 여전히 돈이 없어 늘 힘든 생활을 하고 있었는데 이제는 엄마가 대학생이 되어 있었다.
엄마는 나를 데리고 병원으로 다니며 배와 머리, 이 치료를 하며 내가 책과 가까이하기를 바랐다. 엄마는 나를 태권도 학원 문화 체험 프로그램 같은 곳에 보내며 엄마도 공부를 열심히 하였으나 엄마는 예나 지금이나 외할머니, 외할아버지, 이모들이 주신 나의 용돈을 늘 가로채어 써버렸다.
나는 너무 억울했는데 엄마는 당연하게 여겼고 오히려 나를 혼내고 짜증을 부렸다. 엄마는 시간이 될 때면 나를 데리고 산책을 하거나 등산을 다녔는데, 나는 나의 용돈으로 내가 사 먹고 싶은 것을 사 먹고 싶었기에 산책과 등산이 전혀 즐겁지 않았다.

 엄마는 공부하고 일하고 돈 번다고 늘 바쁘고 나는 늘 혼자였다. 엄마가 사는 작은 방에서 혼자서 팽이치기를 하다가 팽이가 날아가 창문을 깨뜨렸는데 엄마는 실수로 한 건 화내지 않는데 용돈 달라거나 책을 읽지 않으면 혼을 내었다. 특히 돈을 달라고 하면 심하게 화를 내어 나도 화가 났다.

 부산에 온 후 처음으로 아빠가 차를 가지고 와서 엄마, 아빠, 나 셋이서 통도환타지아 나들이를 갔는데 엄마, 아빠는 무표정하고 나는 정말 오랜만에 활짝 웃음이 나고 행복했는데 아빠는 또 어딘가로 가버렸다.
 아빠가 왔다 간 후 나는 아빠에 대한 그리움으로 슬프고 엄마만 보면 화가 나서 짜증을 부렸더니 엄마도 화를 내어 기분이 몹시 좋지 않고 엄마가 미웠다.

 엄마와 어린이 공원에 갔는데 또 나의 용돈을 엄마가 가로채어 "아빠는 그러지 않았는데" 하며 엄마에게 짜증을 부렸더니 엄마가 아무 말도 하지 않아서 나는 더 심하게 투정을 부렸다. 그랬더니 엄마는 나뭇가지를 주워 와서 나의 엉덩이와 종아리를 때려서 울었다. 엄마의 얼굴도 일그러지며 "나도 돈이 없어 사는 게 힘들다"

라고 하며 혼자 중얼거렸다.

　부산에 온 지 2년째 되어 4학년이 된 방학인데 나는 늘 혼자였다. 나는 엄마와 산 경험이 있으니 아빠와 사는 경험을 하고 싶다고 하였더니 엄마는 나의 뜻을 아빠에게 전했는지 그날 저녁 아빠와 어떤 여자가 함께 왔었다.

새엄마

　그때, 나는 아빠와 새엄마의 보금자리인 투룸으로 와서 그들과 함께 살게 되었는데 새엄마라는 사람이 아침 등교 준비도 해주고 공부도 지도해 주고 맛있는 것도 해주고 무엇보다 아빠가 쉬는 날에는 나를 데리고 이곳저곳 구경도 시켜주고 먹고 싶은 것 다 사주고 사고 싶은 것 다 해주어 엄마에게는 미안하지만 천국에 온 듯 기뻤다.
　그리고 엄마는 잊어버리고 만나지도 말라고 하여 나는 알았다고 하였다.
　이렇게 하루하루 꿈에서도 그리던 아빠가 나를 보며 웃으며 다정하게 대해주니 너무 행복했다.
　그렇게 한 달쯤 지나면서부터 아빠와 새엄마가 가끔씩 티격태격 말다툼을 하기 시작하였는데 그런 날은 아빠가 없으면 새엄마는 나에게 눈을 흘기며 나의 앞에 앉아 있었다.

나는 새엄마의 눈치가 보였고 엄마처럼 말이 느려졌다.

나는 엄마를 좋아하지 않았는데도 불구하고 엄마 생각이 났는데 아빠와 새엄마가 엄마를 만나지 못하게 하여 엄마 얘기 하는 것이 눈치가 보여 참고 있는 중에 하루는 엄마가 학교로 찾아와서 반가웠다.
나는 엄마와 오랜만에 이런저런 얘기를 하고 엄마에게 나의 집 전화번호를 가르쳐 주고 내가 살고 있는 집까지 와서 "엄마 새엄마 와요. 빨리 가세요"라고 하며 보냈다.

내가 초등학교 4학년 때는 휴대폰을 지금처럼 누구나 가지고 있지 않았기에 엄마는 아무도 없는 시간에 집으로 전화를 하여 나에게 이런저런 상황을 물어보곤 했는데 새엄마가 어떻게 알았는지 저녁에 아빠에게 얘기하여 아빠가 나에게 엄마와 만나지 말고 전화도 하지 말라고 하며 아빠와 새엄마는 전화번호를 바꿔버렸다. 이때부터 나는 새엄마 눈치를 보는 것이 심해지고 새엄마는 나를 더욱 통제하였다.

학교에 겨우 적응이 될 때쯤에 우리 집은 대단지 아파트가 형성된 신도시로 이사를 하게 되었다. 이곳은 아파트가 1만 세대 이상 신축되어 변호사, 의사들만 사는 곳이라 우리 가족들도 이곳에서 그들과 함께 살게 되었다.
좋은 집으로 이사 와서 부자가 되었는데 아빠는 늘 바빠서 얼굴

보기도 힘들었고 몇 달 되지 않아 새엄마와 아빠가 무엇 때문인지 또 싸우는 것 같았다. 새엄마와 아빠가 다툰 날은 새엄마의 스트레스가 겉으로 드러나는데 주로 눈을 흘기며 앉아 있는 것이어서 나는 눈을 어디에 둬야 할지, 뭘 해야 할지 눈치만 보니 땀이 삐질삐질 났다.

　아빠는 아침에 나가면 밤 10시에 들어와서는 운동하러 갔다 오면 12시. 이렇게 아빠와 얼굴 보는 시간은 없어지고 하루하루 마음이 불편하여 새엄마가 없을 때면 나는 엄마와 전화 통화를 한 번씩 하는데 엄마는 경기도에서 대학교에 다니며 열심히 공부한다고 하여 나의 불편함을 얘기하지 못하고 "엄마 꼭 성공하세요"라고 하고는 전화를 끊었다.

　이후 중학교에 입학하여야 하는데 이곳에는 중학교가 두 곳이 있는데 한 곳은 의사, 변호사의 자식들이 선행 학습하여 들어가는 신도시에 있는 학교이고 한 곳은 구도심에 있는 중학교였다. 머리도 자주 아프고 집중도 되지 않고 아빠와 내가 대화하는 시간과 마주치는 시간은 아예 없었고, 새엄마가 아빠가 오면 나의 일거수일투족을 아빠에게 이르는 것이 두 사람의 대화였다. 새엄마는 "현호가 공부도 하지 않고 과외 선생님을 붙여줘도 머리가 나빠서 성적이 나오지 않아요"라는 말을 매일 하였고 아빠는 새엄마 말만 듣고 나에게 왜 공부를 하지 않냐며 큰소리로 나무라서 주눅이 많이 들었고 아빠에게 할 말이 많은데 말을 못 하니 나는 모든 것을 포기하여 무기력해졌다.

나는 초등학교에서 제대로 공부를 못하여 구도심에 있는 중학교에 가고 싶었지만 아빠와 새엄마는 나의 말을 무시하고 이웃 사람들에게 부끄럽다며 나를 자기들이 원하는 중학교로 넣어버렸다. 그곳에는 이미 초등학교 때부터 중학교 선행 공부를 하고 온 학생들이 대다수라 선행 공부도 되어 있지 않아 성적도 중간인데 여기서는 하위권으로 밀려, 나는 더욱 위축될 수밖에 없었다.

나는 학교에 가면 과도한 공부로 인하여 스트레스를 받은 친구들 몇몇이 공부도 못하고 말수가 없고 위축된 나를 놀림감으로 여겨 힘들고 집에 오면 나를 흘기며 바라보는 눈빛, 그 오싹한 눈빛이 힘들어 머리가 텅 비어 잠만 자꾸 와서 눕고 싶었다.

학교에 갔다 오면 수학, 영어, 국어 세 과목 과외를 받는데 새엄마는 과외 선생님께도 "현호가 머리가 나빠서 성적이 하위권이에요" 하였는데 나는 멍하니 있었다.

어느 날 새엄마의 배가 불러오더니 새엄마가 동생을 낳았는데 나와 12살 나이 차가 나고 이름은 이창호라 불렸다. 동생이 생긴 이후부터 아빠와 새엄마는 동생에게 온갖 정성을 쏟다 보니 분주하고 나는 아침밥도 먹지 못하고 학교 가는 날이 대부분이었고 학교에 갔다 오면 새엄마는 동생을 데리고 문화원 학원에 다녀서 집에는 아무도 없었다. 나는 냉장고를 뒤져서 라면을 끓여 먹고 과외 선생님이 오시면 과외를 받는데 머리에 공부가 하나도 들어오지 않고 모든 사람이 나를 바보로 알고 있는 것 같았는데 국어 과외 선생님은 나이가 좀 들어서인지 새엄마가 없을 때면 나에게 공부보다 다른 얘기를 많이 해주셨다. 나는 나를 위한 말인 줄 알지만 그냥 듣기만 하였다. 말할 힘조차 없었다.

　동생 창호는 영재 교육을 받고 있고 아빠와 새엄마는 창호를 영재라고 만족하여 셋이서 행복해하는데 나의 모든 것은 아빠와 새엄마에게 불만족이라 늘 이곳에 나의 존재가 잘못되었다는 생각이 들어 타인의 가족 주변에 고립되어 있고 눈치가 보였다. 나는 또 머리와 배가 아프더니 지난 기억들이 희미해지고 머리가 하얘지고 늘 잠이 오기 시작했다.
　친엄마에게 새엄마 없는 시간에 전화 통화를 하곤 하였는데 오늘은 친엄마와 전화 통화 도중에 새엄마가 들어와 전화기를 빼앗아 들었다. 나는 너무도 당황했고 큰 잘못을 저질렀다는 생각에 땀이 삐질삐질 나서 나의 방으로 들어갔는데 새엄마는 친엄마에게 뭐라고 한참을 얘기하더니 전화를 끊었는데 나를 쳐다보는 눈이 저주의 눈빛이었다.

　무슨 날인지 친엄마가 와서 아빠와 새엄마, 나, 창호, 엄마가 저녁을 먹으러 가서 고깃집으로 가는데 나는 새엄마에게 엄격히 예절 교육을 받아서 우리들의 신발을 신발장에 정리하고 들어가는데 친엄마가 물끄러미 바라보며 뭐라고 하는데 워낙 목소리가 작아서 들리지 않았다. 내가 식탁에 앉아서 모두의 컵에 물을 따라 주었더니 친엄마의 눈에 눈물이 고여 있는 것 같더니 다들 고기를 먹는데 친엄마는 영 먹지 않고 나만 바라보았다. 나는 고기를 몇

점 먹고 새엄마가 동생 창호 때문에 식사를 못 해서 창호를 받아 안았더니 친엄마가 갑자기 눈물을 흘렸다. 소리 없이 눈물만 주룩주룩 흘려서 모두 말없이 밥을 먹고 집으로 왔는데 친엄마도 함께 집으로 와서 나는 더욱 불안해지고 키우던 햄스터가 똥을 싸서 화장실로 햄스터를 데리고 갔는데 친엄마가 또 나를 보며 "햄스터가 왜" 하며 나를 졸졸 따라다녔다. 그런데 친엄마의 눈에 눈물이 또 흐르고 있었다. 그때, 나와 친엄마는 말소리도 작고 그늘진 표정으로 서로 눈치만 보는 약한 사람 같이 보였고 아빠는 목소리도 크고 성공하여 돈도 많이 벌어 강한 사람이고 새엄마는 활발하고 상냥한 아빠의 가장 친한 측근으로 보였다.

친엄마가 가고 아빠와 새엄마가 싸우는데 나는 또 중간에서 눈치를 봐야 하는 상황이 되었다. 아빠는 나에게 친엄마에게 전화하여 아빠에게 전화해 달라고 하라고 하여 나는 친엄마에게 전화하여 아빠가 전화해 달라고 한다고 짧게 전하였다. 아빠의 화내며 전화하는 소리가 귓전에 쟁쟁하는데 나는 무슨 말인지 전혀 알아들을 수 없고 "너만 빠지면 돼"라는 말만 들리고 귀에서 쟁쟁 소리만 나고 나의 몸은 빙글빙글 도는 듯이 어지러워 누웠는데 나는 '내가 이 집에서 빠져야 하나' 하는 생각으로 죽지 못하는 내가 한심했다.

새엄마와 아빠는 언제 싸웠냐는 듯 다시 일상으로 돌아갔고 동생 창호의 영재 교육 갔다 온 얘기로 행복한 시간을 보내고 있었다. 나는 그 공간에 들어가면 안 될 것 같아 내 방에서 꼼짝하지 않왔다. 학교를 간다든지 외출 시에는 이웃 사람들이 다들 나를 보고 수군대는 것 같아서 엘리베이터를 타도 고개를 숙이게 되는데 새엄마는 또 그 모습을 아빠에게 불만을 토하며 이웃 사람들보고 인사도 하지 않아 이웃 사람들이 모두 큰아들이 이상하다고 얘기해서 창피하다고 하여 나는 이웃 사람들의 눈치도 보게 되었다. 나는 사람들과 부딪치는 것이 두려워져서 방에서 꼼짝하지 않고 있으니, 새엄마는 또 내가 방에서 꼼짝하지 않는다고 정신적인 문제가 있다고 하며 아빠에게 나의 문제점을 얘기하였다.

그래서인지 어느 날 친엄마가 와서 무기력해 있는 나를 신경정신과 병원으로 데리고 갔었다.
이후 그 병원에 새엄마와 갔지만 내가 말을 하지 않으니 새엄마가 이런저런 얘기를 하고 나에게 약을 복용하라고 하였다.
친엄마는 나에게 전화도 하고 문자도 보내지만 나는 무시하고 있는데 이유는 친엄마는 아빠와 나를 배신하기도 했고 무엇보다 가장 큰 이유는 어릴 때부터 아빠와 새엄마가 친엄마와 연락하지 말라고 하여 눈치가 보였고 연락을 하면 속여야 하는 뭔가 모를 불편함이 있었다. 그때, 나는 의지할 사람이 아빠밖에 없어 이곳에서 눈치를 보며 견뎌내고 있었다.

그럼에도 나는 한 번씩 친엄마의 소식이 궁금해서 전화를 받았더니 오늘이 나의 생일이라고 한다. 친엄마의 목소리는 뭔가 모를 다급함과 안타까움이 있지만 나는 아무 말도 하고 싶지 않아서 전화를 빨리 끊었다. 오늘이 나의 생일이지만 새엄마와 아빠는 모르고 있었고 나 역시 모르고 있었다.

친엄마는 과외 선생님들과 연락을 하고 있다고 하며 나에게 자주 전화와 문자를 하였고 나는 힘들 때면 친엄마에게 예전과 달리 도움을 청하게 되었다.

우습게도 지금까지 친엄마에 대한 부정적 이미지와 불신으로 아빠를 의지하고 그리워하여 아빠에게 왔는데 아빠는 얼굴 보기도 힘들고 새엄마는 나를 머리부터 발끝까지 마음에 들어 하지 않아 아빠에게 불만을 하면 아빠는 새엄마가 주는 나에 대한 정보로 나에게 훈계와 잔소리를 몇 시간씩 하였다. 그래서인지 초등학교 4학년 때 아빠에게로 와서 지금 다시 친엄마에게 도움을 청하고 있었다.

사춘기

하루는 새엄마가 나에게 큰소리로 잔소리를 하며 나의 일거수일투족을 불만으로 통제를 하여 나도 모르게 주먹으로 방문을 쳤더니 주먹만 한 구멍이 나무문에 생겨나고 나의 손에는 피가 났지만 하나도 아프지 않고 힘이 났다. 그랬더니 새엄마가 놀라서 입을 꾹 다물어 나는 새엄마가 무서운 존재가 아니라는 것을 처음 느꼈다. 그날 저녁 새엄마가 아빠에게 나를 일러 아빠가 나에게 훈계를 하였지만 나는 새엄마에게 큰소리쳐도 된다는 것을 알게 되어 아빠의 훈계가 하나도 듣기 싫지 않았다.

이후 새엄마에게 나는 덤벼들기 시작하였고 새엄마도 나를 예전처럼 막 대하지 않아서 힘이 조금 생겼으나 이제는 나를 무시하며 아빠에게 부풀려 일러주어 억울함이 쌓여갔지만 이전에 꾹꾹 눌러 참을 때보다 훨씬 나았다. 새엄마의 말을 듣고 나에게 불만과 통제를 하는 아빠는 아직 나에게 큰 벽이다.

새엄마에게 덤비고 나니 학교에서도 나에게 화풀이를 하고 놀려대는 아이들에게 맞대응을 하며 몸싸움을 하게 되었는데 몸싸움을 하는 과정에서 나는 어깨뼈에 금이 가서 앞가슴뼈에 늘 통증이 있지만 아무에게도 말하지 않았다. 이후 학교에서의 놀림은 없어져서 학교생활에 겨우 불편함을 면하게 되었다.

중3이 되었다. 고등학교에 가야 하는데 나는 집에 아무도 없을 때 나 혼자 이것저것 해 먹는 것이 제일 좋아서 요리학교를 가고 싶은데 아빠와 새엄마는 창피하다며 차라리 골프를 배워서 특목고등학교를 가라며 강제로 골프를 가르쳤다.

나는 골프를 하기에 적합한 체격이었지만 자신감도 없고 힘도 없어 겨우 학교에 갔다 오고 나면 무조건 누워야 했기에 골프를 칠 수가 없었다.

나는 골프를 배우러 가면 사람들과 눈도 마주치지 못하고 말도 못하고 강사님이 말을 하면 나는 다른 곳을 쳐다보며 멍때리고 있으니 나를 보며 사람들이 수군거리는 소리도 들려와 무기력감과 무능함만 더해져서 열등감으로 아무것도 하지 못하였다.

나의 말을 들어주고 의지할 사람이 없어 친엄마에게 연락했더니 이제는 또 강원도라고 하여 "엄마 언제 부산 와요? 엄마와 살고 싶어요" 했더니 친엄마는 "알았어. 엄마가 내년에는 부산으로 갈게" 하였다. 엄마는 나의 말을 언제나 들어주지만 나에게 엄마는 늘 힘들고 지쳐 있어 내가 의지할 존재는 아니라는 고정관념이 있었다.

이후부터 친엄마는 자주 나에게 연락하고 어떤 날은 부산으로 와서 급히 나를 보고 "네가 가고 싶은 요리고등학교 가도록 하자"라고 말하고는 또 강원도로 가곤 하는데, 어느 날은 나를 데리고 상담소로 데리고 가서 그림을 그리게 하고 어느 날은 병원에 데려가서 상담을 하게 하였는데 그때마다 나는 늘 고개를 기대어 눈을 감고 자고 있었다. 내가 그린 그림에도 나는 누워서 잠자고 있었다.

어느 날 학교 선생님께서 나의 원서를 요리학교로 넣겠다고 말씀하셨다. 며칠 전만 해도 아빠와 통화를 해도 대화가 안 된다며 포기를 하셨는데 무슨 일인지 모르지만 나는 처음으로 아빠를 꺾었고 나의 의지가 관철되었기에 흐뭇하였다.

부산에 온 엄마

어느 날 친엄마가 나의 고등학교 가까이 원룸을 얻어서 부산으로 진짜 왔다. 나는 내가 원하는 고등학교를 다니며 엄마의 원룸

열쇠를 받아 친구들과 어울려 친엄마의 원룸은 나와 친구들의 아지트가 되어 거기서 컴퓨터 게임도 하고 라면도 끓여 먹고 하였다. 나의 고등학교 시절은 그나마 나의 인생에서 활기를 찾았고 친구들과 있으면 말이 느리기는커녕 오히려 빨랐다.

친구들과 게임을 많이 하다 보니 이제는 게임한다고 새엄마와 아빠가 함께 나를 짓누르기 시작하였다. 나를 통제하고 저격하는 어떤 말도 듣기 싫어 나는 문을 쿵 닫아버리고 친엄마에게 전화하여 엄마와 살겠다고 하였더니 친엄마는 알았다며 오라고 하였는데 생각해 보니 친엄마는 예전이나 지금이나 늘 경제적으로 힘들어 내가 가면 더 힘들어질 것 같아 나는 가지 않기로 마음먹고 바리바리 오는 친엄마의 전화와 문자를 받지 않았다.

고등학교 3학년이 되니 빵 공장으로 실습을 나가게 되었는데 삶의 현장은 처절했다. 생각보다 무거운 짐들이 어마어마했는데 밀가루, 앙꼬 등 나는 나의 힘을 믿고 무겁고 힘든 일은 내가 도맡아 하다 보니 허리가 삐걱하더니 그 이후로 나의 허리가 아프고 중학교 때 아팠던 앞가슴뼈가 다시 아파오기 시작했는데 아무에게 말을 하지 않았다. 나의 고등학교 시절은 이렇게 흐르고 동생 창호는 초등학교를 입학하는 시기가 되었고 입학 기념으로 아빠와 새엄마, 동생 창호는 함께 해외여행을 다니며 셋은 완벽한 가족이었고 나는 이방인이어서 늘 불편한 집이었다.

오랜만에 친엄마의 전화를 받았더니 아동 시설을 운영한다고 놀러 오라고 하여 아동 시설로 가서 친엄마와 점심 먹고 외할머니 댁에 갔는데 외할머니께서 나를 보고 너무 반가워하시며 "너거 아빠 공부 엄마가 다 시켜줬으니 나중에 그 보답을 현호 너에게 해줘야 한다" 하시며 나에게 아빠와 새엄마가 잘해주냐고 물으셨다. 친가에서는 엄마를 몹쓸 사람이라고 하고 외갓집에서는 "너거 아빠는 현호 너에게 잘해야 한다" 어른들은 나를 만나면 엄마, 아빠 얘기를 많이 하시는 것 같아 나는 뭔가 모를 혼란이 오는 것 같기도 하고 어렴풋이 아빠는 엄마에게 빚을 졌나 하는 생각이 들기도 했다. 아무튼 나는 친엄마가 어려운 아이들을 보살피고 잘 살고 계셔서 기분이 좋았다.

 그렇지만 여전히 친엄마는 나에게 자주 문자 하고 전화하지만 나는 받고 싶을 때만 받았다.

 고등학교를 졸업하고 나는 양산에 있는 요리전문학교를 가게 되어 아빠가 양산에 원룸을 얻어주어 그곳에서 학교를 다니며 독립을 하였다.

 양산에서 몇몇 친구들과 어울려 학교를 다니며 여자들도 만나기 시작하였는데 군대 영장이 나왔다. 미루다 언제까지 오라는 날짜가 다가오니 초조해져 친엄마에게 전화하였더니 친엄마가 나에게 훈련장에 갈 준비해서 그날 만나자고 하였다.

 친엄마와 약속한 날 친엄마를 만났더니 다짜고짜 나를 차에 태워서 나를 논산 훈련소 안으로 밀어 넣어 나는 "왜 이러세요" 하며 얼떨결에 들어갔더니 모두 달리기를 시켰다. 나는 헐떡이며 뛰었는데 뒷줄이었다.
  나는 훈련소에 가서 상담을 받는데 예전 정신과 치료 이력을 얘기했더니 나가서 진료기록을 가져오라고 하여 나오게 되었다.

  나는 훈련소에서 나와 친엄마에게 전화하여 우울증 진단을 받아야 한다고 하여 예전에 진료받았던 기록을 가지고 훈련소로 가서 한 달 훈련을 받고 의무경찰로 빠지기로 하였다. 생각보다 훈련소에서의 생활은 괜찮았다. 훈련을 마치고 나오니 친엄마와 이모들 그리고 아빠가 와 계셨다. 아빠는 새엄마가 사주신 도시락이라며 도시락을 가져와 함께 밥을 먹고 친엄마와 나, 아빠가 함께 사진도 찍었다.
  아빠도 좋아하고 친엄마도 좋아하여 나도 좋았고 무엇보다 친엄마가 있는데 아빠가 화를 내지 않고 함께 웃으니 보기 좋았고 마음도 편했다.

  나는 의무경찰로 근무하게 되었는데 친엄마의 아동 시설 가까이에 있는 경찰청 구내식당에서 복무를 하게 되었다. 친엄마는 중대장님과 전화를 자주 하는 것 같았는데 중대장님은 나의 처지를 나보다 더 잘 알고 계셨고 나는 중대장님과 친하게 되었는데 중대장님은 친엄마는 내가 공부하여 유학을 하기를 원하지만 공부보다 장사를 하여 돈을 벌 수 있는 상가를 아빠에게 받도록 하여 장사를 생각해 보라고 조언을 해주곤 하였고 의무경찰 대원들과의 소통 창구 역할을 나에게 시켰다. 군 복무는 아주 편하고 재미있게 끝났다.

군 복무를 마치고 나는 식당 주방에 취직하여 이모들과 함께 일을 하는데 남자는 나밖에 없어 무거운 것들은 내가 다 하다 보니 허리도 아프고 어깨도 아팠지만, 나는 말을 하지 못하고 인내하며 일을 했다. 무거운 육수와 미역을 건지며 하루 열두 시간씩 일을 하며 돈을 모으고 있다. 그래도 돈을 모으는 재미가 쏠쏠하였다.

친엄마의 전화와 문자가 올 때가 되었는데 오래도록 오지 않아 오늘은 내가 연락을 했더니 친엄마가 병원에 입원해 계셨다. 친엄마는 오지 말라고 하는데 나는 가겠다고 하여 병원으로 갔는데 얼굴이 엉망이라 마음이 아팠다.

얼마 후 친엄마는 아동 시설을 그만두고 강원도로 간다고 하며 연락이 왔는데 한곳에 오래 머물지 못하고 늘 이동이 잦은 친엄마를 보니 불안정해 보이기도 하고 어린 시절부터 있었던 친엄마에 대한 불신이 스쳐 지나갔다.

6년간 식당 주방 일을 하며 돈을 제법 모았는데 예전에 빵 공장에서 삐걱한 허리가 너무 아파 병원에 갔더니 디스크가 왔다 하고 중학교 시절 친구와 싸우다 다친 앞가슴뼈가 비정상적으로 어긋나 있고 어깨도 석회가 끼어 오십견이 벌써 왔다고 지금 치료하지 않으면 고질병이 된다고 하였다.

병원 갔다 오는 길 친엄마의 전화가 와서 받았더니 늘 하는 말 "별일 없지? 몸은 건강하지? 지금 하는 일은 어렵지 않아? 아빠는?" 물음이었다. 나는 "모두 괜찮다"라고 하며 하루 열두 시간씩 일하여 돈을 모아 아빠와 여행 가고 싶다고 하였더니 친엄마는 좋아하였다. 병원에서 치료를 받으며 일을 하는데 허리와 어깨가 너무 아프고 병원에서도 일을 하면 아무리 약물 치료를 해도 낫지 않는다며 휴식이 필요하다고 하여 결국 식당 일을 그만두게 되었다.

그간 열심히 일할 때는 아빠가 나에게 평생 짓지 않던 미소를 지어 나의 마음은 봄눈 녹듯 녹아서 아빠가 일 때문에 얼굴 보기도 힘들고 새엄마 말만 듣고 나의 마음을 몰라줄 때도 많지만 나를 못마땅하게 생각하는 새엄마와 나의 사이에서 고생이 많다고 이해를 하며 좋은 관계가 되었다.

그러나 일을 그만두고 나니 그나마 나의 인생에서 가장 가까운 사람이라 생각한 아빠가 또 새엄마의 고자질만 듣고 나를 억압하고 부정적인 잔소리를 하여 나는 웃음을 잃었다.

새엄마는 동생 창호가 고등학교 입학 준비 중이라 정신없이 바쁜 가운데 내가 실업 상태로 집에 있으니, 얼굴만 마주치면 나에 대한 지적과 불만이었고 저녁에 아빠가 오면 나에 대한 부정적 얘기를 하여 아빠는 새엄마와 함께 나를 한심한 놈, 실패작으로 취급하는 대화가 나의 귀에 들려 미칠 지경이고 나의 자존감은 늘 밑바닥이었다.

어느 날은 새엄마가 낮에 또 나에게 방에서 게임만 하고 있냐며 잔소리하길래 나도 화가 나서 밥도 주지 않고 내 밥 내가 차려 먹고 사는데 게임을 하건 무슨 상관이냐고 덤볐더니 그날 저녁 아빠에게 일러바쳐서 아빠는 방문을 열고 "엄마에게 말이 그게 뭐야! 일도 하지 않고 게임만 해서 뭐가 되려고 해" 하여 나는 아빠에게 "몸이 아파서 쉬는 거예요. 몸이 부서져도 일을 해야 해요?" 하니 아빠가 "어디서 아빠에게" 하며 소리치길래 나는 화를 주체하지 못해 밖으로 나와버렸다. 처음으로 아빠에게 덤빈 사건이었다. 언제 한 번도 나의 마음을 알아준 적이 없는 아빠에게 너무 서운해서 처음으로 아빠에게 증오심이라는 부정적 감정이 심하게 생겼다.

광안리 바닷가를 걷는데 누구와 대화를 해야 하나, 아무도 없었다. 강원도에 있다는 친엄마에게 전화를 했다. 나는 떨리는 목소리로 아빠와 싸웠다고 했더니 친엄마는 나를 진정시키는 것 같았다. 너무나 흥분한 상태라 나는 무슨 말을 했는지 기억이 나지 않는다. 나에게 강원도에 와서 함께 일하며 살자고 하며 달래는 말에 약간의 진정이 되어 전화 한 통 없는 그들의 집으로 새벽녘에 들어갔다.

이럭저럭 삶은 계속되고 일상을 또 살아가고 있고 새어머니의 못마땅한 눈빛은 여전하고 아빠의 갈팡질팡하는 눈빛도 여전한 가운데 나는 카페 알바를 하며 여자 친구들도 만나며 20대 후반 청년 시절을 보내고 있었다.

우연히 그나마 무거운 도구를 사용하지 않는 맥줏집 주방에 취업을 하여 일을 하게 되었고 이제는 맥줏집 재료 발주와 전체적인 영업 관련 제반 업무를 보며 급여도 괜찮고 친엄마도 부산에 있어 가끔 만나기도 하며 살고 있었는데 아버지로부터 상가 분양을 받아 장사를 해보라는 말을 듣게 되며 그 말이 나의 삶의 전환점이 되었다.

<u>현실</u>

두 번 다시 오지 않을 나의 어린 시절은 아버지의 부재로 인한 경제적 어려움에 처한 친엄마와의 생활에 불만으로 부재중인 아버지를 그리워하며 애정의 결핍과 경제적 결핍으로 만족하지 못하는 생활의 연속이었다.

어린 시절부터 보호받지 못하고 이리저리 내팽개쳐진 나를 생각하면 무엇인지 모를 억울함과 분노의 감정이 나를 지배한다. 이 분노도 걷어내고 지금, 내 안에 누워 있는 아이를 일으켜 세워 걸음마부터 시도하기에 앞서 가장 먼저 해야 할 일은 나의 주변 어른들이 나의 생활 방식, 사고방식, 행동 방식이 이렇게 저렇게 마음에 차지 않는다고 지적하고 충고하는 입은 다물게 하고 무조건적으로 부모 역할을 하지 못하고 방치하여 나에게 두려움부터 익히게 한 그들이 잘못을 인정하고 사죄와 보상을 하게 하는 것이다.

사랑, 그리움, 인정 이따위는 이제 스스로 새롭게 경험하고 가슴에 만들어 가야 한다. 더 이상 징징대며 결핍을 채워달라고 하지 않으리라.

정철

잃어버린 길

　창호는 의대에 갔으니 공부로 밀어주고 현호는 공부를 시키려 하였으나 성적이 따라가질 못하여 겨우 전문대학교 요리학과를 나왔으므로 고급 상가를 분양받아 현호에게 프랜차이즈 카페를 하게 하였다. 인테리어 과정에서 창호 엄마는 어떤 연유인지 인테리어가 엉망이라고 늘 불만인데 내가 인테리어 중인 가게를 가보니 인테리어가 정말 마음에 들지 않아 현호에게 이런저런 조언을 해주었는데도 불구하고 계속적으로 창호 엄마, 현호, 나 모두 불협화음이다. 어느 날은 나의 조언에 현호가 말대꾸를 하여 결국 화가 치밀어 집기를 들고 밖으로 던져버리고 소리치고 하여 누군가 경찰을 불러 경찰이 오고 한바탕 소동이 일어났다.

소동이 난 후 어떻게 알고 현호 엄마로부터 문자가 여러 개 왔는데 문자를 읽어 내려가는 마음이 뭐라 말할 수 없이 압박감이 오고 참담하였다. 창호 엄마에 대한 비난이 있어 더 이상은 읽을 수가 없어 문자를 무시하고 수신 차단을 하였다.

　'나의 삶은 실패다'라는 생각이 들고 현호에 대한 책임감과 불편함이 밀려오니 솔직한 나의 마음은 현호가 귀찮아지고 벗어나고 싶기도 하고 측은하기도 한 두 마음으로 지치는 것은 사실이다.
　겉모양은 완벽했던 나의 인생이 속으로는 곪아터져 있어 그 불행이 겉으로 드러나기 시작했다.

　나는 여전히 똑같은 삶의 루틴으로 살고 있는 가운데 창호 엄마와 관계가 더욱 악화되어 가고 있다. 창호를 잘 키워 의대를 입학시켜 주어서 나에게 큰 위로가 되었지만 나를 바라보는 혐오스러운 눈길과 성의 없는 밥상에 감정이 상하여 마음의 문이 닫히고 있다.

　어제는 창호와 창호 엄마의 카드 지출을 줄이라고 하였더니 돈이 없어 반찬을 구입하지 못한다며 오늘 밥을 차려주지 않아 냉장고 음식을 바닥으로 던져버리고 소리쳤더니 가정폭력으로 신고하여 파출소 순경들이 집으로 왔다. 어디서부터 나의 삶이 꼬인 건지 풀 길이 없다.

　상가를 분양받고 창호 엄마와 현호는 단절되었고 나와 현호도 서먹하게 되었다. 모든 원흉은 상가를 분양받고 일어난 일이다.
 상가 월세를 말하였더니 현호는 창호 엄마에게 장사를 하든지 세를 놓든지 알아서 하라고 하며 집을 나가버렸다.

 창호 엄마는 현호에게 얼마 줘서 연을 끊기를 원하고 현호 엄마 역시 현호에게 어떤 식으로든 보상을 해야 한다고 한다. 나의 나이도 육십 중반이 되니 창호 의대 공부시키려면 6년이라는 세월 동안 밀어줘야 하는데 두 명을 책임진다는 것이 힘에 겹기는 하다. 막상 15억 상당의 상가를 현호에게 주려고 하는데 은행 융자 이자도 부담스럽고 눈앞에 있는 물질을 선뜻 준다는 것이 쉽지 않다는 것을 깨달았다. 나의 마음에 이러한 갈등이 일어난다면 창호 엄마의 마음은 백배 더할 것이라 생각하니 한편 이해가 되기도 한다.

 이렇게 길을 잃고 헤맬 때면 현호 엄마에 대한 원망과 증오심이 불쑥 나오기도 하고 그러다 또 측은한 생각도 들지만 현호 엄마에게는 "너 때문에"라는 탓을 하여야 한다. 이 모든 일은 현호 엄마의 외도로 일어난 일이기에 나의 양심에 죄의식은 없다.
 나의 진실을 나도 모르고 있지만 알고 싶지도 않다. 이미 새로 짜인 판인데 다시 예전의 낡은 판을 생각할 필요가 없다. 나는 현재 나의 이 삶을 완벽하게 가꾸고 창호 엄마로부터 케어받으며 안정된 노후를 보장받고 싶을 뿐이고, 이후 의사가 될 든든한 아들도 있어 이 새판을 헝클어 버리지 않는 길이 가장 편하고 안정된 길이라 여기는데 실상은 그 길이 행복하지도 즐겁지도 않다.

창호 엄마와 나의 좁혀지지 않는 신뢰 관계에서 그 어떤 선택이나 판단을 할 수가 없는 것인지, 하지 않는 건지 모른 채, 지금 나의 젊음과 상처와 모든 것으로 이루어 놓은 신분 상승의 판이 여기서 멈추어 버렸고 어디로 가야 하는지 길을 잃어버린 채 똑같은 삶을 무표정하게 오늘도 반복하고 있다.

나의 젊음과 상처와 모든 것으로 이루어 놓은 지금을 유지하기 위해 이정표 없는 이 갈림길에서 나는 어떤 선택과 판단을 해야 하기에 삭제해야만 했던 나의 과거를 하나씩 떠올리기 시작했다.

지현과의 첫 만남

1980년대 초 그때, 대학생들의 일일 찻집이 유행이었고 장발이 유행이었다.

10월의 마지막 날 토요일 오후 대학교 2학년인 우리는 음악다방에서 평화의 댐 건립 모금 일일 찻집을 하고 있었는데 여학생 두 명이 음악다방의 문을 열었다가 인파의 물결로 돌아서 나가려는데 나는 그중 한 명이 낯이 익어 나도 모르게 뛰어나가 "들어오십시오!! 제가 자릴 만들겠습니다"라고 하며 우리들이 쉬는 공간 테이블로 굳이 안내하였더니 다행히 그 여학생들은 긍정적으로 받아들였다.

커피를 가지고 나는 그 여학생들의 옆으로 가서 앉았더니 낯이 익은 그 여학생이 "안면이…"라고 유달리 작은 목소리로 얘기하는데 나 역시 낯이 익어 뛰어나갔기에 놀랍기도 했고 운명적이라 여겼다.

그녀와 나는 시선을 고정시킨 채 기억을 더듬는 시간을 30초쯤 가졌는데 그 시선이 얼마나 강렬했던지 전기에 감전된 듯했다.

일일 찻집이라 어수선하고 정신없는 가운데 나는 그녀들의 자리로 자주 가서 나의 이름은 이정철이라며 소개를 하며 각자 통성명을 하였는데 그녀의 이름은 최지현이었다. 나는 11월 첫 주 토요일 5:5의 미팅을 제안했고 그녀도 수락하여 이곳 음악다방에서 저녁 6시에 미팅 약속을 하고 헤어졌다.

약속한 미팅 날이 다가왔고 나는 함께 자취를 하고 있는 경민과 일찍 도착하여 파트너를 정하기 위한 쪽지를 만들고 있었는데 약속한 친구들과 그녀와 친구들도 들어오는데 다들 보통 이상의 외모였다. 그런데 시간이 다 되었는데 여자 한 명이 아직 오질 않았다. 그 시절에는 휴대폰도 없고 삐삐도 없는 터라 주최자인 최지현 그녀는 답답했을 것인데 그녀가 조용히 나가더니 어떤 여학생을 데려왔는데 친구를 대신하여 지나가는 여성에게 사정 얘기를 하여 데려왔다길래 나와 나의 친구들은 유달리 말이 느리고 목소리가 작고 말수도 적어 조용한 그녀의 반전 모습에 놀라웠다.

우리의 미팅은 그렇게 시작되었다. 나는 그녀에게 첫 장은 남기고 친구들에게 돌리라며 내가 만든 쪽지를 주었고 그녀는 내가 말한 대로 첫 장을 남기고 나머지를 돌려 우리는 약속한 파트너가 되었다. 그날 이후 나는 그녀에게 정성을 들이게 되었는데 그녀도 나의 정성에 호응이 좋아 여자를 만나기가 늘 어려웠던 나는 정말 모든 것이 나의 생각대로 잘 풀리고 있었다.

나는 대학교에 다니며 여자를 몇 번 만나보았지만 번번이 실패였다. 내가 좋아하면 상대 여자는 "정철아, 난 너가 너무 좋아. 그런데 남자로 보이지가 않아" 하였고, 어쩌다 여자를 만나 애인이라 생각했는데 다른 남자와 양다리를 하여 난 여자에게 상처뿐이었는데 지현 같은 여자만 있다면 세상 여자 다 내 여자라는 생각을 했다.

태어날 때부터 가난했던 우리 집은 한글도 모르는 무식한 부모 아래서 남매들도 모두 제대로 공부를 하지 못하여 형들은 공장에 다니고 누나들도 시장 바닥에서 일하고 있어 나는 어떻게든 지긋지긋한 하류 인생에서 벗어나기 위해 부산으로 나와 통신고등학교를 졸업하여 나름 전문대학교도 다녔는데, 나의 의지와 현실에서의 장벽은 컸다. 점점 나의 의지는 꺾이고 여자들을 만나며 즐기던 중 지현을 만난 것이다.

지현의 집안은 아주 보수적이어서 여자가 순결을 잃으면 죽음이라 생각하여 얼떨결에 우리는 결혼을 하고 아이를 낳고 고달픈 삶을 살다가 결국 지현의 외도로 이혼하게 되었는데, 상간남을 만났을 때 권투를 해서 건강미가 넘치는 그놈이 사과는커녕 "당신 아내와 아이에게 책임을 다했냐"라며 따져서 그놈의 뺨을 후려갈겨야 했는데 오히려 위협을 느껴 그때가 나에게 씻을 수 없는 상처로 남았다.

나와 지현은 너무도 쉽게 만났고 긴 세월 동안 많은 갈등과 상처를 주고받으며 진작 이별할 만도 했었는데 한 번도 이별을 경험하지 못한 지현은 결국 결혼까지 하고 이별하는 데 15년이라는 세월을 보냈다. 결혼 전 지현이 순결을 잃는 것을 죽음으로 여겨 먼저 이별할 수가 없었다.

새로운 연인

지현과 별거 중일 때 나는 고시원에서 생활하며 교회를 다녔는데 교회 목사님으로부터 소개받은 한 여자를 진지하게 만나고 있는 중이었다.

나는 두 번째 의사 국가고시에 합격하였고 나보다 9살 어린 대학교를 졸업한 미혼인 여자와 동거를 하며 병원에 근무도 하게 되어 완전히 새롭게 태어나게 되었다.

이제 나의 삶은 대학교 나온 품위 있는 젊은 아내도 있고 돈만 모으면 완벽한 상류층의 모습이었다. 나의 과거는 깨끗이 삭제하고 완전한 신분 세탁으로 신분 상승과 경제적 성장도 함께 이룰 것이라 생각하며 흥분되고 모든 것이 완벽하였다.

  나의 신혼이 한창 깨가 쏟아질 무렵 현호 엄마로부터 전화가 왔다. 현호가 외롭다며 아빠와 살기를 희망한다는 것이다. 나는 아내에게 얘기를 했더니 아내는 어떤 증세로 인하여 임신이 안 된다며 현호를 데려와 키우자고 하였다. 나는 그날 저녁 바로 현호 엄마를 만나 현호를 데리고 왔다.
  나의 아내는 외국어 대학교를 졸업한 5녀 중 막내라서 그런지 현호 엄마와 달리 싹싹하였다.
  나는 지금 완벽한 나의 신분 세탁을 위하여 현호 엄마와 현호의 만남을 끊어야 한다고 생각하였고 나의 아내도 같은 생각이었다. 이유는 현호 엄마가 현명하지 못하다는 것과 현호의 혼란을 방지하기 위함이었고 우리뿐만 아니라 타인에게도 현호와 나 그리고 아내, 우리를 완벽한 가족 상류층 인생으로 만들기 위해서였다.
  나의 경제적 성장은 한 달 한 달 쑥쑥 올라가서 투룸에서 아파트로 이사를 할 수 있게 되었다.
  나는 돈 버는 일에만 몰두하며 하루 종일 병원에서 일하고 야간 진료가 없는 날은 병원 홍보 차원에서 골프 모임을 갖고 하루를 마무리하여 귀가하면 12시이다. 쉬는 토요일 오후 일요일도 골프 모임이 있어 병원의 환자도 많고 환자가 많은 만큼 수입도 늘어나고 수입이 늘어나는 만큼 인맥 관리 시간도 늘어났다. 살림과 현호의 교육은 아내에게 맡기고 아내에게는 의사의 아내로서 누릴 수 있는 취미 생활을 비롯한 고급 승용차와 생활비도 넉넉히 주었고 아내는 마음껏 누리고 살고 있었다.

잊어버리고 살았던 현호 엄마로부터 경기도에서 병원으로 편지가 왔는데 편지의 내용은 현호 어린 시절 살았던 환경과 상처들이어서 읽는 내내 현호가 불쌍해서 가슴이 저려왔지만 모른 척 그리고 생각하지 않으려 오히려 지현의 정서적 문제를 지적하였다.

아내는 현호 엄마에게 온 편지를 어떻게 알아내고 나에게 왜 숨겼냐며 잔소리를 해대며 떳떳하면 현호 엄마 전화번호를 달라고 하여 나는 대화도 통하지 않고 진심으로 당당했으므로 전화번호를 주었는데, 나의 삶에서 가장 어려운 것은 여자들의 마음을 아는 것이었다.

현호 동생

편지 사건 이후로 아내는 나를 아주 심하게 바가지 긁어대는 가운데 이후 불임인 줄 알았던 아내가 임신이 되어 아들을 출산했는데 이름을 창호라 지었고 이번에는 꼭 성공적으로 내 새끼를 직접 키워야겠다는 결심을 하였다.

창호가 태어나고 나는 아내와 이 가정을 위해 더욱 열심히 살아야 해서 힘이 불끈불끈 솟았다. 현호는 중학생인데 성적이 너무 나오지 않고 성격도 소심하니 꼭 제 엄마를 닮았다. 현호에게는 미안하지만, 어린 시절 내가 직접 양육하지 않고 현명하지 못한 지현이 양육하여 실패한 것이라 여기는데 창호 엄마 역시 어린 시절 내가 양육하지 않아 엉망이라며 늘 현호의 생활 습관을 못마땅히 여기고 있었다.

창호 엄마는 근래 부쩍 현호를 친엄마에게 보내고 싶어 하였다. 어린 나이에 미혼으로 나를 만나 양육 경험 없이 초등학교 4학년인 현호를 양육하게 되었고 결혼식도 올리지 못한 창호 엄마의 마음을 모르는 건 아니었다. 사실 나도 현호의 모든 것이 마음이 들지 않지만 삭제시킨 과거에 현호는 남겨놓았고 내가 책임지기로 한 약속을 지켜야 한다는 굳은 결심과 누구에게도 나에게조차도 말하기 싫은 현호 엄마에 대한 죄의식도 조금 있지 않나 싶었다. 그래서 현호를 보면 나의 가슴 한쪽이 아파오기도 하였다.

창호의 머리가 좋아 영재 교육을 받고 있을 즈음 우리 부부의 관계가 제일 좋았던 때여서인지 창호 엄마의 마음에 들고자 하여 내가 원하는 모습의 아들과 우리 부부만 있다면 완벽한 집이라는 생각을 함께 하고 있었기에 현호는 짐이기도 하였다. 그런 와중에 현호가 친엄마와 전화로 소통을 하고 있다는 말을 창호 엄마로부터 저녁마다 듣다 보니 나 역시 아이는 친엄마가 키우는 게 맞다는 생각도 들고 있었다. 창호 엄마의 입장에서는 무엇보다 현호와 창호의 나이 차이가 12살이 나고 창호 엄마의 나이가 어려 22세에 현호를 낳은 것으로 되어 학부모 모임을 비롯한 타인들이 시선이 불편하기도 했을 것이고 현호가 사춘기에 들면서 창호 엄마를 힘들게 한다는 걸로 알고 있어 현호 엄마에게 언제 부산에 오는 날에 우리 가족들과 얼굴을 보자고 하였다.

부산에 온 현호 엄마와 우리 가족들과 저녁을 먹으며 서로 진지하게 대화를 해보기로 했다.
나는 현호 엄마에게 현호가 보고 싶고 데려다 키우려면 그렇게 하되, 양육비는 요구하지 말라고 하였더니 현호에게 물어보자고 하였다. 그래서 현호에게 물어보았더니 현호는 아빠와 살겠다고 하여 모든 것은 없는 것으로 되었다.

나는 나의 가정을 지키고 싶고 이 가정에 소속되어 안정되게 살고 싶은 마음인데 현호로 인해 불화가 생기니 현호 엄마가 부산에 와서 현호를 키웠으면 하는 마음도 큰데 현호가 엄마를 찾지 않고 현호 엄마 역시 조용한 것도 있지만 현호 엄마를 보니 돈도 없어 보이고 전혀 신뢰가 없어 현호를 맡기는 것도 편한 마음이 아니었다.

현호가 요리전문고등학교를 간다고 하기에 남자가 요리를 한다는 것이 이해가 되지 않고 지인들에게 부끄럽기도 하여 차라리 골프고등학교를 가기를 원하였지만 현호는 골프를 원하지 않아 골프 레슨을 해도 아무것도 하지 않고 멍때리기만 하고 모기만 한 목소리로 억지 대답만 하여 결국 포기하게 되었다.

　창호 엄마는 현호에게 전혀 관심 없는데도 현호의 부정적인 면과 부족한 점을 꼭 꼬집어 내는 것은 잘하여 나에게 불만을 토로하지만 내가 봐도 창호 엄마의 심정이 이해가 가서 아무 말도 못하고 있지만 이로 인해 창호 엄마와 나의 관계에서 보이지 않는 유리 벽 같은 것이 나도 모르게 생기고 있었던 것 같다. 이러한 가운데 학교 선생님으로부터 전화가 와서 현호의 생각대로 하자는 말에 화가 치밀어 선생님이 현호 미래를 책임질 거냐며 전화를 끊어버렸다.

　우여곡절 끝에 현호는 요리를 공부하는 고등학교를 가게 되었고 창호 엄마는 창호에게 영재 교육을 시키며 혼신을 다하고 그에 보답하듯 창호는 잘 따라주어 나와 창호 엄마는 창호를 칭찬하며 잘 돌보고 세상 부러울 것 없이 살고 있었다.
　사실 현호는 있는지 없는지도 모를 정도로 나와 얼굴을 마주한 적이 없었고 현호는 가족여행에도 따라가지 않으려 하여 창호와 창호 엄마, 나 셋이서 가다 보니 현호의 존재를 어떤 때는 잊기도 하였다. 나름 고등학교 시절을 잘 보내고 있고 사춘기다 보니 가족과 어울리기 싫어한다고 생각하였다.

　생각보다 현호가 고등학교 시절은 큰 탈 없이 잘 보내는 것 같아 나는 여태 돈만 번다고 누리지 못한 상류층의 레저를 마음껏 즐기며 살고 있었다.

　아침에 눈 뜨면 출근하고 열심히 일하고 나면 저녁이고 모임하고 운동하고 나면 늦은 밤 하루하루가 눈 깜짝할 사이 지나가고 틈틈이 여러 모임을 하여 골프에 푹 빠져 휴일은 골프 약속으로 꽉 차 있었다.

부산에 온 지현

　현호 엄마가 부산으로 와서 아동 시설을 하고 있다는 것을 알게 되었다. 순간 참 순진한 어린 시절에 우리가 건물을 구입하여 1층에는 병원을 하고 2층에는 어려운 아동을 돕는 시설을 하고 제일 위층에 우리가 살자고 한 얘기가 아련히 떠올랐다. 긴 시간 고생하더니 결국 해내었구나 생각하니 대단하다는 생각도 들고 옛 추억이 아련해지기도 하지만 나에게 큰 상처를 준 사건은 용서할 수 없는 일이었다.

　현호는 고등학교 졸업 후 양산에 있는 전문대학교 요리학과에 갔고 나는 학교 가까운 곳에 원룸을 얻어주었다.
　구정인데도 현호가 집에 오지 않았고 연휴 동안 아내와 창호, 나 우리 셋은 외국 여행을 갔다 온 뒤 나는 현호와 통화를 하여 "엄마 만나냐?"라고 질문하였다. 현호는 "가끔요"라고 대답하였고 아동 시설을 잘하고 있다고 하여 나는 현호 엄마의 모습이 아련히 생각나기도 했지만 현실적으로 현호 엄마가 잘되면 현호를 위해서도 좋고 현호에 대한 책임감이 가벼워져 나에게도 좋다는 생각으로 얼른 바꾸었다.

현호에게 군대 영장이 나왔는데 영장 발부서를 들고 혼자 갈 준비를 하고 군 입대를 하여 기분이 좋았다. 나는 군대 영장이 나왔을 때 차일피일 미뤄서 결국 늦은 나이에 군 복무를 하였는데 대견하였다.

현호가 한 달 훈련을 받고 훈련을 마치는 날이라 현호를 보러 갔더니 현호 엄마와 전 처형과 처제가 함께 와서 반갑기도 어색하기도 하였다. 현호 엄마의 얼굴이 몰라보게 좋아져서 예전의 예뻤던 모습이 있어 너무 놀랍기도 하였다.

다행히 현호는 훈련소에서 적응도 잘했고 모습도 편안해 보이고 인물이 훤칠하였다. 현호를 부대로 보내고 현호 엄마와 일행들과 돌아오는 길에 전 처형과 함께 차를 타고 오면서 현호 엄마는 나를 배신했다며 비난하고 창호 엄마는 속이 좁고 의부증이 있어 헤어지고 싶다고 비난했는데 전 처형과 헤어지고 나니 후회가 되었다. 나의 깊은 마음속 한구석에 뭔가 모를 편치 않은 것이 있어 전 처형에게 현호 엄마, 창호 엄마 둘 다 싸잡아 비난을 하며 내가 무엇 때문에 어떤 변명을 자꾸만 한다는 듯한 생각이 들고 혼란스러웠다.

현호는 훈련을 마친 이후 부산 경찰청에서 의무경찰로 근무하며 요리 담당을 하여 군 복무를 마치고 취업을 하여 돈을 벌고 있어 흐뭇하기도 한데 창호 엄마가 창호의 공부에만 집중하여 집안을 돌보지 않아 집에서 식사를 하지 못한 지 한참 되어 나와 말다툼이 잦아지다 보면 결론은 현호의 행동이 마음에 들지 않는다는 말로 귀결되어 가정 분위기가 암울하게 되었다.

나도 현호의 내성적인 성향과 방에 박혀 있는 행동이 만족스럽지 않기에 반격을 할 수는 없지만 그로 인해 더욱더 두꺼운 벽이 생기기 시작하였다. 창호 엄마가 현호에게 불만이 많고 관심을 주지 않고 있다는 것을 알고 있지만 현호 역시 원하는 방향으로 자라주지 않아 만족이 되지 않는 것도 사실이었다. 삶이 공허하고 나의 인생길을 되돌아보게 되는 나날이 많아질수록 나는 바깥 생활에만 치중하게 되었다.

현실

나는 어린 지현을 만나 호르몬이 시키는 대로 사랑을 했고, 지현은 멍청할 만큼 순진하고 아무것도 몰랐다.

나는 더 잘 살기 위해 공부를 선택했고 지현은 어린 현호를 데리고 생활하며 나의 학비를 마련해 주었다. 지현이 고생했기에 고마운 것은 지극히 당연한 것인데 지현이 나를 배신하고 외도를 한 것 역시 사실이고 용서할 수 없는 것이다.

내가 열심히 공부하여 지현과 현호와 나 모두 잘 살기 위해 많은 노력을 한 만큼 지현이 인내했으면 현호도 지현도 행복했을 것이다. 인내하지 못한 지현으로 인해 나의 인생도 현호의 인생도 불행해진 것이다.

내가 뭘 잘못해서 이 고통을 받아야 하는지 알 수가 없다. 사실 나의 인생에서 현호만 없으면 창호 엄마, 창호, 나 셋이서 행복하게 살 수 있는 것이었다.
지금 나의 고통은 현호에게 사랑과 관심을 주면 창호 엄마는 그만큼 나를 적대시하는 것이기에 원인은 현호이고 곧 지현의 외도이다. 현호에게 얼마만큼의 위로금을 보상해 주는 것으로 마무리하려고 현호에게 말하였고, 지현은 내가 아는 여자 중에 가장 착한 여자라는 생각이 들어 현호에게 얼마의 돈을 주어 이 모든 것을 마무리하려는데 나의 가슴 깊은 뜨거운 곳에서 현호와 지현의 얼굴이 창호와 창호 엄마의 얼굴을 일시적으로 덮어버려 정신을 가다듬어야 했다.
내가 정한 삶의 방향은 나의 참행복과 점점 더 멀어지고 있다는 것을 예감하고 있다.

지현

변심

  날이 갈수록 얼굴이 훤해지고 키도 훤칠하니 커서 보기만 해도 흐뭇한 현호는 맥줏집 주방 일과 재료 발주를 맡으며 매장 전체를 관리하는 일을 하고 있으며, 나와 연락을 자주 하지는 않지만 오늘은 오랜만에 연락이 되어 저녁을 먹기로 하였다.
  다행히 현호는 어릴 때부터 잘 먹고 튼튼하여 좀체 감기도 걸리지 않더니 지금도 면역력이 좋아 코로나 확진이 한 번도 되지 않아 뿌듯했다.

  현호는 어린 시절 너무나 큰 상처를 받고 열악한 환경에서 양육되어 심리적 위축감과 불안감이 높아, 아직은 내성적이고 사람들의 눈을 피하기는 하지만 누구보다 강하여 큰 상처만큼 큰 성장을 하리라 굳게 믿는다.

　현호 아빠 이정철을 만나서 현호의 장래를 함께 의논해야 한다는 숙제 같은 마음이 늘 있는데, 선뜻 연락을 하지 못하고 있는 와중에 정철에게서 문자가 왔다. 문자의 내용은 나의 부모님 이를 해 드린다는 것이다.
　나는 현재 부모님 이는 다 한 상태이고 이제는 나의 이가 여기저기 고장 난다고 하였더니 저녁에 보자고 하여 만나 식사를 하고 커피를 마시며 이런저런 얘기를 하는데 나의 얘기는 하지도 못하게 차단하며 "현호는 신경 쓰지 마. 내가 알아서 할 거야"하며 둘째 아들 창호의 자랑만 했다. 스트레스가 엄청 밀려오고 반박할 마음은 있었는데 무엇이 문제인지 스스로 현호를 위해서 많이 참았다는 변명만 수년째 하고 있다.
　정철이 나를 만난 이유도 모르겠고 나 역시 나의 할 말을 하지 못하는 이유를 모른 채 커피를 마셔서인지 정철을 만나서 자랑질만 듣고 나의 할 말을 또 못 해서인지 새벽까지 잠 못 들고 뒤척였다.

　한동안 연락이 없던 현호로부터 반가운 소식이 들려왔다. 현호 아빠가 가족들이 살고 있는 고급 아파트 부근에 고급 상가를 분양 받았는데 그곳에서 현호에게 장사를 해보라고 하였다고 한다. 현호는 맥줏집에서 일을 하였으므로 맥줏집을 하고 싶었으나 현호 아빠가 카페를 하지 않으면 새엄마에게 가게를 주겠다고 하여 얼떨결에 프랜차이즈 카페를 하기로 하여 희망으로 설계 중이라는 것이다. 이 소식을 접한 나 역시 날아갈 듯 기쁘고 현호의 미래를 책임지겠다는 약속을 지킨 현호 아빠에게 감사했고 그간 할 말 하지 않고 인내했었는데 드디어 인내하며 얻은 영광의 상처들이 그 다디단 열매가 되었다고 생각하며 나의 인내에 대한 현명함을 확신했다.

인테리어 중일 텐데 현호에게 문자를 해도 답이 없어 늘 그랬듯이 어릴 때는 나와 연락이 단절되면 즐겁게 잘 사는 것이고 나이가 들어서 나와 연락이 단절되면 힘든 일이 있다는 것이라고 생각했다. 현호 새엄마가 가게에 왔다 갔다 할 것 같아 가게로 가지는 못하고 현호 친구들에게 전화를 하여 현호의 현 상황을 알게 되었다.

현호는 인테리어 공사가 끝나기도 전에 아빠가 인테리어가 마음에 들지 않는다며 폭력을 행사했을 뿐만 아니라 아빠와 새엄마의 갈등으로 둘이서 번갈아 가며 전화가 왔는데 내용은 월세 500을 달라는 것이다.

이러한 갈등이 지속되는 가운데 어느 날 현호가 아빠와 새엄마가 있는 자리에서 "왜 친엄마를 만나지 못하게 했어요? 나의 어린 시절 사진은 어디 있어요?"라고 물었더니 새엄마는 발뺌을 하고 아빠는 침묵 속에 있었다고 한다.

현호는 법이 몇 분간 없었으면 하는 생각을 하다 "상가 필요 없으니 가지세요" 하고는 집에서 나와 고시텔에서 생활하며 심리적으로 어려운 상태라고 하였다.

나는 이 소식을 접하고 밤을 꼬박 새우며 속에 천불이 나고 화가 치밀고 분노가 나서 현호 아빠에게 문자를 보냈다. '현호 아빠 무슨 일이에요? 현호가 좀 마음에 들지 않아도 아빠가 감싸야죠, 살인 현장에서 아무 보호도 받지 못하고 학교 교실에서 밤을 새운 애가 이 정도 자라준 거, 고마운 거 아닌가요? 창호 엄마가 현호 아빠가 총각이라고 하여 현호가 없는 줄 알고 처음 만났다고 나에게 말하였는데 그때 현호도 함께 있어서 많은 상처받았어요. 현호는 누군가요? 우리들의 희생양이잖아요. 현호가 아빠 사랑을 얼마나 바라고 그리워하였는데 사랑 좀 주면 안 되나요? 창호, 창호 엄마, 창호 아빠 가족 속에서 혼자 얼마나 힘들었겠어요. 창호 엄마 대놓고 과외 선생님들에게 현호 머리 나쁘다고 말하고…. 어릴 때부터 자존감 밑바닥 생활을 한 애가 지금 이 정도로 자라준 거, 고마운 거 아닌가요? 현호는 창호 엄마에게 상처받고 친모인 나에 대한 생각도 바람피운 엄마라 여겨 부정적이고, 오로지 아빠 한 사람만 바라보고 있는 불쌍한 인생인데 그래도 살아보려고 나름 뛰고 있는데 인정 좀 해주고 믿고 기다려 줘야죠. 인간은 완벽할 수 없어요. 각자 능력대로 색깔대로 최선 다하는 거잖아요. 창호 엄마가 무슨 말을 해도 현호를 믿고 그냥 바라봐 주세요. 어차피 현호가 가게를 운영하는 건데 이 사람 저 사람 입 열면 너무 힘들어요. 정말 더 이상 현호 짓밟지 마세요. 창호 엄마 착하다고 나에게 말했죠? 현호 아빠가 생각하는 만큼 창호 엄마 착한 사람 아닙니다. 현호 중학생 때 상담 선생님 연결하려고 부산에 와서 창호 엄마 고생한다고 옷도 사주고 현호 과외 선생님들 다 만났어요. 나도 눈, 귀가 있어요. 무례하고 못되게 굴어도 현호를 키울 능력이 없어서 참았어요. 착한 사람은 그럴 수 없죠. 현호 아빠가 눈이 멀었다 생각했어요'라며 처음으로 나의 할 말을 문자로 보냈다. 문자는 더 보냈지만 현호 아빠는 여기까지만 읽고 문자를 보지 않았다. 나는 최대한 감정 조절을 하고 현호에 대한 측은지심만 가져달라는 말만 했는데도 현재 살고 있는 부인의 부정적인 말이 읽기가 불편했겠지.

억울함과 분노가 복수심으로 변하였지만, 현호 아빠로 인해 내 감정이 휘둘리는 자체가 스스로 용인되지 않아 이 감정에 압도당하지 않기로 다짐하였다.

신분 상승을 위해 열심히, 성실히 산 사람은 칭찬받을 만하지만 양심을 져버린 사람은 가만히 두고 싶지 않다. 그런 사람을 보면 속이 뒤틀리는 사람이 바로 나다.

다음 날 현호 가게로 가고 싶은 마음이었지만 창호 엄마가 있을 수도 있고 현호 아빠가 해준 건데 내가 나서는 건 아닌 것 같아 현호에게 전화하였더니 다행히 전화를 받았다.

현호가 조금 안정이 된 것 같아 나의 밑바닥 가슴에는 현호 아빠를 죽이고 싶어도 말은 그 반대로 "아빠가 너에게 상가를 해주려고 하는 그 마음이 고맙다"라고 했더니 현호도 "그건 알겠는데 인테리어 중인데 벌써 세 번째 집기를 부수고 계약 파기하라며 소리치고 말도 이랬다저랬다 하길래 더 이상 인내할 수 없었어요"라고 하였다.

나는 현호와 전화를 끊고 악마의 본성에 압도당하여 정철을 죽이고 싶고 그 가족들 모두 죽이고 싶을 정도의 분노가 들끓고 있는데 바보 같이 칼자루는 정철이 쥐고 있었다. 나는 말로만 현호의 미래를 보장받았고 그 말엔 법적 근거가 전혀 없었기 때문에 할 말을 하면 안 되었다.

정철을 짓밟아야 하는데 막상 앞에 가면 목소리는 작아지고 분노의 마음을 표현도 못 하는 두 마음에 나를 미워하게 되어버린 나는 바보가 되었다.

현호가 첫 사업을 시작도 하기 전에 좌절을 맞이했는데 어처구니없이 현호아빠와 새엄마까지 서로 싸우는 모습을 보게 되었고 온 가족이 서로서로 미워하고 원망하며 폭언과 폭력이 난무했다.

현호는 그간 피우지 않던 담배를 다시 피우며 아빠에 대한 애증의 감정에서 힘들어하는 나날들이 많아지고 얼굴에는 다크서클이 끼고 엉망이 되어가서 나의 마음도 힘들고 현호의 무지막지한 노동엔 관심이 없고 오로지 현호의 부정적인 모습만 짚어내고 말할 꼬투리만 찾아내는 정철이 원망스럽고 말할 수 없는 분노로 치가 떨리고 있다.

　오늘은 술을 마셨는지 현호의 통화 목소리가 우는 것 같아서 나는 "아빠가 상가를 해주지 않아도 걱정하지 마라. 엄마가 나름 열심히 해서 함께 머리를 맞대고 살아가자" 하였더니 현호는 "상가가 중요한 게 아니라 어쩐지 지금까지 인생이 고립된 듯 뭔가 느낌이 이상하여 진실을 알아야 해서 할 말을 했을 뿐이에요. 이 사람 저 사람 말이 다르고 서른셋이 되어 새로운 진실을 알고 새로운 삶을 살아야 한다는 게…. 후유…. 그동안 인내하며 살았던 세월이 억울해서…. 후유…. 그 셋이서 행복한 꼴 나는 절대 볼 수 없어요…" 현호는 횡설수설하며 말을 잇지 못하고 한숨만 쉬더니 전화를 끊었다.

　그 집안에서 무슨 일이 일어나고 있는지 모르는 상태고 현호가 몹시 자신의 큰 변화에 혼란스러워하여 나 역시 마음이 무척 힘들다. 현호는 어릴 때 아빠를 사무치게 그리워하며 살았기에 그 기억에서 벗어날 수가 없어 지금까지 아빠의 사랑과 관심을 중요하게 생각하고 있는데 현호 아빠의 마음은 현호의 그 마음에 미치지 못하고 있는 것까지는 그나마 분해도 참을 수 있지만 그동안 현호가 그 셋의 가족 속에서 혼자 고립되었고 울분을 참고 살았다는 생각을 하니 정말 그 집에 당장 찾아가 그들 모두 어떤 식으로 구체적으로 죽이고 싶다는 생각이 들어 내 피가 더러워지는 걸 느꼈다.

그 후 정철에게 나도 할 말을 해야겠다 싶어 전화를 하였으나, 수신 차단이 되어 있었다.

나만 참으면 현호의 미래는 보장이 된다고 생각하여 그동안 짓밟히고 무시당해도 무조건적으로 인내했는데, 이런 결과라면 나 역시 받아들이지 못한다. 절대로. 어떤 식으로든지 현호에게 사과와 보상을 해야 한다. 그것은 처음부터 한 나와의 약속이기도, 계약서 없는 계약이기도, 나의 젊음과 고통과 인내이기도 하였다.

현호에게 연락해도 답이 없다.
현호의 힘듦에 나도 덩달아 힘들고 잠도 못 자고 밤새 사자에게 쫓기는 꿈을 꾸었다.

내 인생에 마지막 내가 해야 할 일이 드디어 일어나고 곪았던 것들은 치료를 하고 취해야 할 것은 취해야 하는 날이 다가왔는데 이 일을 혼자 감당하는 것이 쉽지 않다. 현호의 얼굴은 밝은 날이 없었고 나에게 어린 시절 얘기를 자주 묻고 기억이 나는 어린 시절 얘기를 나에게 하기도 하였다. 그것은 현호가 자신의 삶을 되돌아보고 느끼며 과거를 기억하되, 가슴 아픈 슬픔이 아니라 진실을 알고 우울과 어둠을 걷어내기 위함이어야 한다.

현호 아빠가 약속한 현호의 미래를 책임지기로 한 계약서 없는 양심의 문제인 계약을 변심한 것에 대하여 직접 만나서 할 말을 하고 해결해야 하는데 나의 이 할 말. 지금까지 인내해 왔던 억울함은 말해야 하는데, 알려야 하는데 길을 모르겠다.

나는 고심 끝에 더 이상의 인내는 아무런 의미가 없다고 판단하여 양심의 문제이며 증거이기도 한 그때 우리들의 삶과 현호의 상처, 나의 어리석음을 글쓰기를 통하여 할 말을 하기로 했다.

2부

20대 그때,

첫사랑

정미

　정철을 처음 만나게 된 건 14세 때 공장에 같이 다닌 친구 정미를 만나서이다.
　정미를 길 가다 우연히 두 번 보았다. 처음엔 중1 때 내가 교복을 입고 하교하는 중에 정미가 신문 꾸러미를 허리 옆에 끼고 신문 배달을 할 때였다. 그 당시 불우한 아이들 중에는 어렸지만 신문 배달하는 친구들이 많아 교복 입은 나의 모습에 죄의식이 들어 못 본 척 피했고, 두 번째는 상업고등학교 고3 때라 졸업 전 취업이 되어 수습 기간 중에 서면 길거리에서 우연히 만났다. 정미는 긴 생머리가 찰랑거렸으며 청바지와 청재킷을 입었는데 아주 세련된 모습으로 변해 있었고 난 겨우 교복을 벗고 검정 7부 치마에 하얀 블라 우스와 검정 정장 재킷을 입었는데 촌스러움이 있었다. 우리는 서로 "정미" "지현" 하며 반가워했다. 14세 때 정미도 예뻤지만 6년이 지난 지금 숙녀가 된 정미는 우아해져 있었다. 난 정미에게 "어떻게 지냈어? 영옥인?" 했더니 정미는 그간 영옥이랑 함께 가방 공장, 장갑 공장, 옷 공장 등 잦은 이직을 하며 전전하다가 1년 전부터 정미는 음악다방에서 서빙하며 커피 내리는 일을 배우고 있고 영옥인 일식집에서 서빙을 하며 주방 일을 배운다고 했다.

  6년이라는 세월 동안 내가 정미와 영옥을 잊고 지낸 건 아니다. 아마도 서로 평생 잊지 못할 친구들이라 생각했을 것이다. 그럼에도 우리는 한 번도 연락할 방법을 알려고 하지도 않았고 각자의 자리에서 부적응하며 살아왔을 것이다. 만날 사람은 어떻게든 만나지는 것은 우연인지 필연인지 운명인지 우리는 다시 만났다. 우리는 서로의 소식을 물으며 말보다 표정보다 가슴이 더 흥분되었다. 정미는 "내가 일하는 곳에 같이 가자. 내가 커피 한잔 줄게"라고 하여 우리는 정미가 일하는 음악다방으로 함께 갔다.

  음악다방에 가서 난 정미가 앉으라고 하는 곳에 앉았고 정미는 카운터인지 주방인지 커피 가루에 물을 부어 커피를 내리는 남자에게 무언가를 주문하였다. 나중에 알고 보니 그 남자는 음악다방 지배인 겸 커피를 내리는 사람이었다.

  우리는 지난 시절 살아온 세월을 하염없이 말하고 있었다. 정미는 14세에 가출한 그날 이후 그렇게 미워한 아버지였는데 걱정이 되어 한 달 후 집을 살피러 갔는데 아버지의 온몸과 얼굴이 부어 마비가 되어 있었다고 했다. 그리고 3일 후 아버지가 돌아가시고 옆집 할머니의 도움으로 누군지 모를 사람들이 와서 아버지의 시신을 화장하여 유골 뼛가루를 주어 혼자서 장례를 치렀다고 하였다. 장례 후 신경성인지 일시적으로 다리가 아파서 쉬는 중에 신문 배달도 잠시 했고 그때 교복을 입은 나를 보았는데 내가 못 본 척하여 불편함을 줄까 봐 자신도 모른 척 지나갔다고 했다. 나는 그랬냐며 나는 못 봤다며 시침을 뚝 떼었다.

다리가 조금 나아지고 정미는 우리가 다녔던 가방 공장으로 가서 그곳에서 영옥을 만났다고 한다.

그때 영옥은 외삼촌의 성폭력을 엄마가 알았음에도 도움이 되지 않아 가출하여 자취를 하며 우리의 가방 공장에서 우리를 기다리던 중 그곳에서 정미를 만났다고 하였다. 이후 정미와 영옥은 함께 월세방을 얻어서 1년을 동거하다 각자 남자 친구가 생겨 각자의 남친과 동거를 하는 중이라는 것을 정미를 통해서 알게 되었다.

한참 얘기를 하고 있는데 커피를 내리던 지배인이 정미를 불렀고, 커피를 두 잔 가져오는 정미는 "지배인 오빠가 너 자기 동생과 닮아 동생 같다며 10월 31일 대학생들 일일 찻집이라 쉰다고 그날 이곳으로 너랑 오래. 맛있는 거 사준대"라고 하였다. 난 커피를 마시며 그 지배인 얼굴을 보았다. 순하고 착하게 생겨서 싫진 않았다. 한창 남자 친구에게 관심이 많은 나이여서인지 "맛있는 거"하며 키득키득 웃었다. 우리가 14세 때는 말하기가 되지 않아 말수가 적었고 말하는 것이 수줍었는데 나는 아직 그 증세를 완전히 벗어나질 못했지만 정미는 그때와 완전히 달라져 있었다. 우리는 지난 시간 얘기를 하느라 시간 가는 줄 몰랐다.

첫 만남

 10월의 마지막 날 토요일 오후 영옥은 일을 하게 되어 오지 못하여서 나는 고등학교 동창인 친구 미경과 정미와 함께 가게 지배인과 약속을 하여 음악다방에 갔더니 음악다방에서는 대학생들이 일일 찻집을 하고 있었고 쉰다는 지배인은 대학생들이 커피를 내릴 줄 몰라서 일하게 되었다고 하였다. 입구에 들어서니 시끌벅적 인파의 물결이 있었다. 문을 닫고 휙 돌아서는데 검은 뿔테의 장발을 한 남학생이 뛰어왔다. 미소와 조금은 과장된 헐떡이는 호흡으로 차마 나의 팔은 잡지 못하고 그의 손은 허공을 이리저리 헤매고 그의 다리는 괜한 스텝으로 후진과 전진을 하고 있었다. 그리고 "제가 자릴 만들겠습니다. 오십시오"라고 했다. 미경과 정미와 나는 본능적으로 눈을 마주쳤다. 그리고 누가 먼저랄 것도 없이 긍정적으로 받아들였다.
 그는 홈런 친 선수처럼 뛰어가서는 저 안쪽에 있는 자기의 친구들을 다른 쪽으로 쫓아내고 우릴 앉혔다. 그리고는 그가 나의 곁에 앉았다.
 그와 나는 시선을 고정시킨 채 강렬한 눈빛을 주고받았는데, 마치 전기에 감전된 듯했다. 일일 찻집이라 어수선하고 정신없는 가운데 그는 우리 자리로 자주 와서 자기의 이름은 이정철이라며 소개를 하고 우리도 각자 통성명을 하고 오늘은 너무 바쁘니 다음 주에 미팅을 제안했고 우리는 수락하여 헤어졌다. 정미는 남친도 있고 그날 일하는 날이라 미팅에 참여하기 힘들다고 하여 고등학교 친구 다섯 명을 정하였다.

  미팅을 한 그날 이후 23살 대학교 2학년인 정철은 나에게 정성을 쏟았다. 난 대학생이라고 거짓말한 적은 없는데 고3 실습 나온 직장인이라는 말을 하지 않아 그들은 우리가 대학생인 줄 알고 있는듯했고 난 말할 타이밍을 놓쳐버렸다. 만나는 횟수가 많아질수록 그 사실이 부담스러워졌다.
  어느 날 음악다방에서 〈록키 3〉의 주제곡 〈Eye of the Tiger〉를 신청하고 사실은 졸업을 앞둔 이제 20살 되는 고등학생이라고 고백을 하려고 하였다.
  그리고 힘들게 말을 꺼내는데 정철은 이미 알고 있었다고 하며 그보다 더 심한 고백을 듣고 말았다. 처음 본 순간 '이 여자다'라는 생각을 했었고 미팅하는 날 '이 여자와 결혼할 거다'라고 생각했다고 하여 가슴이 뛰었다.
  우리가 10월의 마지막 날 첫눈에 반해 만남이 이루어진 건 불과 3초의 순간이었다.
  이후 오랫동안 10월의 마지막 날은 나에게 의미가 있는 날이 되었다.

정철은 시골에서 중학교까지 다니고 부산으로 와 친구가 일하고 있는 곳에서 치과 기공 기술을 배우며 일을 하는 가운데 통신고등학교를 입학하여 졸업하고 전문대학교 호텔관광과에 입학한 상태였다. 우리는 연인 사이로 지냈고 나에겐 첫사랑이었다.

우리는 매일매일 만남을 가졌고 만나면 헤어지기 싫어 집 앞까지 왔다 갔다를 반복하다가 늦은 시간 집에 들어가곤 하였다.
다음 해 2월, 나는 고등학교를 졸업하여 완전한 사회인이 되었다.

치과 기공실에서 일한다는 정철이 호텔관광과를 입학하고 졸업한 것이 의아해서 나는 정철에게 왜 기공과를 가지 않고 호텔관광과를 입학하였냐고 물었더니 정철은 호텔관광과에 여자들이 많아서라고 대답하며 "세상에 여자들이 다 지현이 같으면 다 내 여자"라고 하였다. 너무 쉬웠다는 말을 하는데 나는 그 말을 착하다는 말로 알아들었다.
일요일에는 김밥을 말아서 공원에서 김밥 데이트를 하고 하루 종일 걸으며 왔다 갔다 하며 많은 대화를 하였는데 낯가림이 심하여 말하기가 잘 되지 않았던 나는 정철과는 말하기가 되기 시작하였다. 1년 동안 연인으로 지내며 우리는 좋은 날, 싫은 날을 마구 섞으며 세월 속에 기억을 만들었다.
만난 지 1년 정도쯤에 정철은 미뤄왔던 군 복무를 하지 않으면 안 되는 시점이 되어 고향 남해로 가서 방위병 근무를 하게 되었다.

매일 데이트를 하다 멀리 떨어져 편지로 소식을 전하며 지내는 중에 편지가 오지 않으면 마구 좋지 않은 기억만 꺼내어 괴롭고 힘들어하고, 기다리던 편지가 오고 나에게 관심을 주면 사랑이 마구 샘솟고. 늘 이런 식으로 난 없고 그의 상황에 따라 나의 마음이 움직였다.

그때는 정철도 마찬가지로 서로 멀리 있어서 많이 그리웠는지 견디지 못하고 군 복무지를 부산으로 이동하여 자취방을 얻어 방위 생활을 했다. 우리는 뜨거운 감정을 억누르지 못하여 하루도 만나지 않으면 안 되었다.

동거

오늘은 나의 인생 전환점이 되었다. 엄마가 아버지의 내연녀 집에 아버지가 계실 것이라 생각하여 같이 가자고 해서 엄마와 같이 갔는데 아무도 없었다. 늦은 저녁에 아버지가 오셨다. 그때 우리 집은 슈퍼마켓을 하고 있었는데 엄마는 슈퍼에서 물건 정리를 하였고 나는 물건 진열대 뒤편 부엌에서 양치질을 하고 있었는데 엄마는 아버지를 보니 화가 났는지 그 여자 얘기를 하며 아버지와 말다툼을 하시다 부엌에 있는 나에게 그 여자 집에 있는 거 봤다고 얘기하라고 시켜서 나는 엄마의 요구대로 나는 "그 여자 집에 가셨잖아요" 하고 아버지께 말대답을 하였는데 태어나서 처음으로 아버지에게 말대답을 하였고 우리 가족 중에 처음으로 아버지께 말대답을 하였다. 처음으로 아버지가 방에서 부엌에 있는 나에게로 뛰어나오시길래 난 순간적으로 집에서 도망을 나와 정철의 자취방으로 갔다. 도망갈 곳이 있었기에 쉽게 나오지 않았나 싶다. 그 이후 나의 동거 생활이 시작되었다.

 난 집에서 뛰쳐나왔는데 들어가질 못했다. 동거하면서 난 뭔가 잘못되었다는 생각을 하게 되어 슬프고 허전하고 후회되어 집에서 나를 찾기를 바랐는데 아무도 찾아오지 않았다. 날 찾으러 올 줄 알았던 엄마가 오질 않아 엄마에 대한 믿음이 완전히 없어졌다.

 결국 내가 먼저 집으로 갔으나 집에 들어오라는 말이 없었던 엄마가 오히려 내가 동거하는 집으로 가보자고 하여 아버지와 함께 정철과 나의 동거하는 형편없는 자취방으로 오셔서 우리 부모님과 정철의 첫 만남이 이루어졌다. 아버지는 정철에게 "자네 집에서 반대하면 어쩔 건가?" 하고 질문하셨고 정철은 "자신 있습니다" 하고 대답하여 동거를 인정하고 가셔서 나는 꼼짝없이 이곳에 있게 되었고 우리 집은 친정이 되어버렸다. 우리 부모님의 성교육은 순결을 잃었으니 이제 이 남자와 결혼해야 한다는 것이었고 나 역시 그렇게 받아들였다.

낙태

성교육이 전혀 되어 있지 않은 나의 몸이 이상하여 임신 테스트를 하였더니 임신이었다. 어떻게 해야 할지 몰라 다급한 마음에 은행에서 차례를 기다리는 시간에 옆에 있는 연배가 있는 언니에게 사실을 얘기하고 상담했다. 그 연배가 있는 언니는 나에게 유산하는 길을 알려주어 나는 정철과 같이 가서 유산을 하였다.

어릴 때 교회를 다녀 청교도식 사고방식이 머리에 박혀 있어 유산에 대한 죄의식으로 그 후유증이 심해져 히스테리 증세가 나타나 정철이 군 생활할 때 주고받은 우리의 편지, 사진을 모두 다 없애버렸다. 나에게 남은 것이라곤 없다. 이때 나의 광적인 행동이 나를 많이도 괴롭혔고, 정철도 힘들었을 것이다.

나는 아무런 성에 대한 지식도 없고 엄마에게 들은 성에 대한 표현은 "더럽다"라는 것이었는데 내가 배운 성교육은 이름도 성도 모르는 은행에서 만난 나보다 연배가 있는 여자분에게 배운 유산하는 법이었다. 사무실에서도 갑자기 터져 나오는 웃음과 눈물로 머리를 흔들어 봐도 분명 미친 건 아닌데 겁이 났다.

한순간의 잘못으로 이런 신체적, 정신적인 고생을 하니 이미 나의 마음은 병들어 버렸다. 이럭저럭 정철은 군대 생활을 마치고 이제 사회생활을 할 수 있게 되었다. 이제 돈을 벌 수 있다는 것이었다.

군 생활할 때 잘해주던 정철도 무엇이 문제인지 이제는 나에게 서운하게 하는 것이 많아졌다. 나는 나도 돈을 벌고 있으니, 어제는 정철에게 친정 부모님의 용돈을 드리자 했더니 아무런 말이 없어 나는 "자기 어머니는 혼자 계신다고 내가 먼저 용돈 챙겨 드렸잖아" 했더니 정철은 "듣기 싫은 소리 하지 마"라고 하였다. 나는 이런 부당한 말을 들어도 아무 말을 하지 못하였다. 그리고 가슴 한편에 쌓아놓은 감정 덩어리를 어느 날 폭발시켜 울고 소리쳐 버리고 후회하곤 하였다.

퇴근하고 집에 오니 제대한 지 넉 달이 지났는데 취직을 하지 못한 정철이 빨래하고 있었는데 나는 괜히 짜증을 내고 나니 후회가 밀려왔다. 정철은 잠잘 때도 나를 안아주었지만 난 포근함을 느끼지 못했다. 정철이 싫어서가 아니라 유산에 대한 후유증으로 심리적 상처가 치유되지 않아 성관계가 무서워진 것이었다.

계속 가족 생각이 나고 가족들에게 못한 죄책감이 들어서 나는 친정 엄마에게서 계를 두 개 들어 하나는 나의 것이고 하나는 엄마의 것으로 하여, 정철에게 말하지 않고 곗돈을 엄마에게 주었다.

머리가 아프고 정철이 옆에 있으면 더욱 답답하기만 하고 우리는 사랑한다면서 늘 싸우고 감정을 추스르지 못하고 막말하고 후회하고 하는 게 서로 닮아가고 있었다.

정철의 생일이라 나름 상을 차려주었고 코르덴 한 벌을 사주었더니 좋아했는데 정철도 나도 나의 생일은 챙기지 않았다. 신경성인지 배와 허리가 아파 걸을 수가 없고 늘 몸이 아픈 나날들이었다.

상황을 받아들인다는 것, 감정을 다스린다는 것, 사랑을 주고받는다는 것 등 이 모든 어려운 것들이 공중에 떠다니기도 하고 땅바닥에 널브러져 있기도 하고 나는 정신이 늘 혼란스럽게 뒤엉켜 살아가고 있었다.

낙태 후유증

실업

 직장 생활 도중 유난히 피곤하고 특히 아침에 일어나기 힘들더니 사람들에게 전염되는 비형간염 바이러스 양성이었다. 그 당시 우리나라에 비형간염이 유행이고 전염병으로 여겨져 취업 등 여러 곳에 제약이 많았던 터라 사무실을 그만두어야 했다. 내가 실업자가 되니 정철은 돈을 벌기 위해 취업 자리를 알아보다 포항에 취직하여 갔다.
 오늘은 직장 생활 하며 친정에 곗돈을 넣어 준 것을 정철이 알게 되어 정철과 싸우게 되었는데, 난 내가 벌어서 내가 준 건데 화를 내는 정철에게 서운했다.

한창 사랑앓이를 하는 정미를 만났는데 색안경을 끼고 왔지만 금방 눈에 멍이 들었다는 것을 알 수 있었고 예쁜 얼굴과 몸에도 멍이 들어 있었다. 정미는 늘 남자가 옆에 있었는데 만나는 남자마다 의심증이 있었다. 정미는 어릴 때도 아버지에게 폭력을 많이 당하고 자랐는데 만나는 남자 친구들도 폭력성이 있어 힘들어했다. 이런 폭력에도 불구하고 남친의 진심은 자기를 너무 사랑한다는 것을 알기에 만남을 지속한다고 했다.

영옥은 일식집 주방 일을 배우는 중인데 우리와 만날 시간이 나지 않을 정도로 늦은 시간까지 일하고 있어 우리는 영옥의 가게로 가서 저녁을 먹으며 늦은 시간까지 온갖 얘기를 하였다. 영옥은 동거했던 남친이 다른 여자와 양다리를 걸친 것을 알고 똑같이 양다리를 걸치다 자연스럽게 서로 이별하고 이제는 또 다른 동료와 연인 사이로 지내는 중이었다. 정미와 영옥은 14세 때 말하기가 잘 되지 않았던 증세를 완전히 고쳤고 남친 교체도 이직만큼 잦았다. 우리는 만나면 자신의 상황을 담담히 얘기를 하지만 누구 하나 스스로에게 자신감이 없어 뭐가 좋겠다는 답은 하지 못하지만 서로 똑같이 남자로 인하여 힘들어한다는 것은 알고 있었다. 이런 정미와 영옥에게 나는 동거남이 폭력을 하는 것도 아니고 바람피우는 것도 아닌데 문제가 뭔지 모르지만 서로가 행복하지 않은 것 같다고 하며 다들 피임은 어떻게 하냐고 물었더니 피임약을 먹기도 하고 남자들에게 콘돔을 권하는 것이 가장 먼저라고 자기들의 얘기를 해주었다. 낯가림이 심한 나는 정미와 영옥을 만나면 말도 잘하고 목소리도 컸다.

나도 성에 대한 지식을 친구나 책을 통하여 배워 정철에게 피임을 하라고 콘돔을 요구했는데 정철이 콘돔 사용을 거부하여 난 피임약을 먹었는데 또 임신이 되었다. 유산의 고통스러운 경험으로 너무 괴롭고 힘든데 정철은 아무 감정이 없어 이젠 혼자 병원에 가서 유산을 하였다.

정철의 성 지식은 임신을 원하지 않아도 남자는 피임에 대해 아무런 의무가 없고 임신이 되면 병원으로 가서 유산하면 되는 간단한 것이라고 그렇게 되어버렸나 보았다. 나는 자주 악몽에 시달리는데 주로 아이를 죽이는 꿈이어서 잠에서 깨어나면 구토하고 숨쉬기조차 힘들었다. 이 모든 것을 혼자 감당하며 잠 못 드는데 정철은 잘 자고 있었다. 게다가 친정의 돈 문제로 서로 예민한 상태여서 정철의 아무 일 없는 듯 편히 잠자는 모습이 잔인하였다.

오늘은 아침부터 친정에 준 돈 때문에 크게 싸웠다. 나도 예민한 상태라 몇 마디 하다가 감정대로 악 소리 질렀더니 정철이 "시끄러워" 하고 큰소리치며 나의 뺨을 양쪽으로 때렸다. 귀도 멍하고 별이 보였다. 나도 때리려 했는데 헛손질하고 나니 그제서야 정신이 차려졌다. 나는 원망의 눈을 흘겼는데 눈에서 그냥 물이 줄줄 나오는데 무서울 정도였다. 유산 후유증으로 몸도 아직 좋지 않은데 비를 맞고 걸었다.

붉은 가로등 아래 붉은 비가 나의 눈에, 가슴에 흐느끼며 붉은 비가 나의 몸과 마음을 붉은 피로 물들였다. 집에 오니 정철은 화가 풀리지 않았는지 따로 자자고 하여 머리는 터질 것 같고 죽고 싶은 마음뿐이었다. 정철이 잠들고 난 뒤 정철의 일기장을 보았는데 나에게 아무런 장래가 없다며 나와 헤어졌으면 한다는 글이 있었다. 나는 이 글을 보고도 지금 몸도 힘들고 실업 상태라 더욱 위축되었기에 헤어질 힘과 용기가 없었다. 생각해 보면 나도 정철과 헤어지고 싶다는 글을 나의 일기장에 많이 적었는데 그 글을 정철이 보았다면 지금의 나와 같이 상처받았을 텐데 난 정철의 글에만 서운해한 것 같았다.

싸움은 계속되고 가슴은 갈기갈기 찢어지는데 더욱 냉정해지는 정철이 너무 미웠다. 난 그가 먼저 떠나면 떠나리라 하는 마음으로 마지막 만찬으로 저녁에 반찬을 이것저것 많이 만들고 고기도 구워놓았더니 일찍 들어온 정철이 흡족한 얼굴이어서 나도 웃었더니 며칠간의 냉전이 흐지부지 끝이 나고 언제 그랬냐는 듯 일상으로 돌아갔다. 사실 '내가 조금 예민함을 한쪽으로 밀어놓고 통제하면 정철과 나는 그리 싸울 일은 없는 것이 아닐까'라는 생각도 들고 모든 잘못이 나에게도 돌려졌다.

오늘은 정철과 내가 손을 잡고 외식을 했다. 정철과 나의 사이는 무엇인지 서로 사랑하고 공공연히 싸우고 후회하고 마음 아파하고 이런 삶의 도돌이표였다.
정철도 이직이 잦은 편이라 우리는 직장 따라 포항의 생활이 끝나고 다시 부산으로 오게 되었다.
부산에 온 지도 벌써 몇 달이다. 언제부터인가 정철의 일기장을 슬쩍 보는 나쁜 짓을 하다가 오늘도 정철의 일기장을 보았는데 동거를 후회한다는 글이 여러 번 있는 것을 보고 '우리 사이는 끝이다'라는 생각이 들었다. 몇 번의 같은 글을 보니 '노력해야지' 생각이 들다가도 자신감이 없고 괴롭고 슬퍼서 저주하고 싶은데 그 대상이 누구인지 모르겠다.

정철이 11시 넘어 들어와 나의 곁에 누워 나를 안으려 하다 나에게 "나무토막 같다"라고 하였다. 그 어떤 말보다 상처가 되고 충격이라, 희미한 정신만 남아 정말 나무토막처럼 누워 캄캄한 어둠 속에서 나의 눈물로 베개를 흠뻑 적셨다. 이건 나의 잘못이 아니다. 정철의 잘못이다. 이렇게 나무토막이 된 이유를 물어보지도 않고 너무도 부당한데 난 할 말을 하지 않고 혼자 생각만 했다.
나는 유산의 상처로 인해 성기능이 완전히 마비되어 버려서 정철과의 성관계가 점점 어려워졌지만 이런 나를 정철은 조금도 이해하거나 해결하려 하지 않았다. 심지어 윤활유가 나오지 않아 성관계가 어려워도 정철은 자기 본능만 해소하고 끝이어서 난 성관계가 점점 힘들고 귀찮아졌다. 이런 날들이 쌓이다 보니 23살, 26살인 우리는 각자의 본능을 같은 방에서 부끄러움도 없이 각자 자위로 해결하는 것이 습관이 되었다. 그러다 보니 정철은 나에게 "친구 부인들은 어떻게 하더라"라고 하며 성적 불만을 토로했다. 나는 엄마로부터 성에 대한 이미지를 더러운 것이라고 배웠고 성교육과 성행위를 아무에게도 교육받지 못해 혼란스럽기만 했기에 정철의 이런 말들로 인해 나는 더욱 위축되어 자신감이 하락하였다.

돼지우리 같은 캄캄한 방. 11시 40분인데 정철은 오지 않았고 나무토막 같은 여자는 피곤함인지 무기력증인지 견딜 수가 없어 누워버렸다.

오늘도 똑같은 하루였다. '난 일찍 죽고 싶다'
똑똑하지 못하게 태어난 나, 무능한 나, 초라한 나는 똑똑한 사람들에 묻혀 열등감에 살아가고 있었다. 지금은 새벽 1시인데 정철은 오지 않고 나는 아무 남자나 유혹하고 아무 남자에게나 안기고 싶었다. 나도 그만한 매력은 있는 여자라는 것을 보란 듯 보여주고 싶었다. 나를 여자로 알아주고 필요로 하는 그곳을 찾아가고 싶었다. "이렇게 살 수는 없는 거다. 부당하다"라고 혼자 되뇌며 울고 있었다.

마음이 힘들면 정미와 영옥을 만나야 했다. 그리고 이런저런 얘기를 하다 보면 마음이 편해졌다. 정미는 의심증이 있는 남자 친구와 어렵게 헤어졌고 영옥은 이직하려고 현재는 쉬고 있는 중이었다. 정미는 당분간 남자 친구 없이 살겠다고 하였고 영옥은 현재 직장 동료이며 연인인 남친과 사랑이 식어 이별하였고 나는 함께 동거 중인 남자와 성 문제로 힘들다고 하였다. 저녁을 먹고 카페에서 칵테일을 마시며 우리는 쉼 없이 각자의 현재 상황과 어떻게 하고 싶다, 라는 얘기를 하고 서로의 얘기를 들어주고 바라보고 공감하며 술을 마셔댔지만 취하지도 않고 마음이 개운해졌다. 정미는 지독한 가난으로 인한 과거의 상처로 부자로 살고 싶고, 영옥은 엄마의 무관심으로 외삼촌에게 성폭행을 당한 상처로 인해 알콩달콩 진심을 나누는, 짐승이 아닌 사람 같은 사람을 만나고 싶다고 하였고, 나는 현재가 잘못된 것 같은데 뭘 할지 모르겠지만 나의 능력을 개발하고 싶다고 하였다. 정미와 영옥은 술을 잘 마시고 주량이 세지만 주사가 있거나 매일 마시지는 않는다. 나 역시 술 마시는 분위기를 좋아하여 우리가 만나는 날은 술 마시는 날이었다.

언니가 형부 될 사람을 데리고 왔다. 형부 될 사람은 일찍이 부모님이 돌아가셔서 무슨 연유인지 가족이 아무도 없이 세상에 혼자 남게 되었다고 하였다. 언니는 아버지와 반대인 형부를 만났는데 우리가 보는 관점에서는 처음 보는 남자의 유형이었다.

결혼식

언니는 어릴 적부터 돈의 가치를 알고 있었는지 늘 가난이라는 것에 몸서리쳤다. 늘 "나는 꼭 부자로 살 것이다"라고 하였다. 언니가 형부 될 사람을 만난 이유는 돈을 벌지 못하셨던 우리 아버지와 반대의 성향이라는 것 때문이라고 하였다. 그런 언니가 가족 친지들 다 모인 가운데 결혼식을 하고 다음 해에는 우리의 동거가 아닌 결혼식을 준비하라고 부모님께서 말씀하셔서 결혼식을 준비하였는데 정철의 형과 누나가 결혼식을 하지 않고 동거 중이라 먼저 해결해야 하는 임무가 있었다.

이런저런 어려움 속에 형은 결혼식을 올렸으나 누나는 결국 결혼식을 못 하여 동생인 우리가 먼저 하게 되었다.

결혼 후 우리는 속리산으로 신혼여행을 갔는데 미래를 설계하고 알콩달콩 잘 지내다 집에 오니 시어머니가 우리의 신혼여행에 대한 서운함, 혼수가 빈약하다는 서운함을 내세우며 소리치고 울며 벽에 머리를 박아서 나는 너무도 깜짝 놀랐는데 정철은 예사로 보았다. 그동안 시어머니와 나는 사이가 좋았으므로 성격이 화끈한 줄만 알았지, 이렇게 폭력적이라는 것은 상상도 못 했었다. 나의 친정아버지는 워낙 점잖으셨고 엄마는 짜증이 심하고 잔소리가 많았지만, 손으로 우리를 때린 적이 없었다. 나는 비로소 정철이 화가 나면 기물 파손 하거나 폭력을 쓰는 것이 엄마로부터 배운 것이라는 것을 알게 되었다.

언니도 나도 결혼 이후에도 친정에 늘 돈을 보냈다. 언니는 지혜롭게 비자금으로 처리를 하였지만 난 정철에게 속이지를 못해 친정집에 보내는 돈을 그대로 알아서 정철의 불만이 많았었다.
엄마는 무슨 빚이 그리 많은지 자녀들이 주는 돈으로 빚을 탕감한다고 하였다. 아버지도 돈벌이가 되는 건지 안 되는 건지 일하러 늘 나가시긴 하지만 친정집은 여전히 어려웠다.

오늘은 오랜만에 정철과 친정에 가서 돼지고기를 먹었는데 아버지는 은근히 치과 기공 일을 하는 정철에게 이를 하고 싶은 모양이었는지 이가 아프다며 자꾸만 이 얘기를 해도 정철은 묵묵부답이었다. 눈치가 없는 건지 귀찮은 건지 너무 야속했는데 난 나의 마음을 얘기하지 못했다. 나도 아버지도 정철의 눈치를 보는 것이었다. 나는 아버지 이를 해드리자고 얘기했어야 했는데 또 할 말을 못했고, 그 일이 나에게는 평생 한이 되었다.

잉태

정철 대학교 입학

연애 초기, 취업에 어려움을 겪는 정철에게 나는 치과 기공사가 왜 전공으로 호텔관광과를 갔냐고 하며 공부하여 자격증을 취득하라는 말을 했었다. 하지만 지금은 결혼도 하고 내가 능력도 없는데 정철은 자격증 없이 여기저기 취직하는 것이 힘들다며 치과 기공사 자격증을 취득한다고 김천에 있는 전문대학교 치기공학과에 입학한다고 통보하였다. 공부를 함으로 인해 우리의 가정경제에 차질이 생기는데 의논 자체도 없는 통보여서 가정경제를 위해 그동안 나는 다시 사회생활을 하기 위해 피부 미용을 배워 미용실에서 마사지를 하며 부산에 혼자 있게 되었다.

친구 정미는 여전히 카페를 전전하며 살아가고 있는데 지인들을 마사지 손님으로 소개해 주어 돈도 벌고 얼굴도 보고 하는 날이 주 1회가 되었다. 친구 영옥 역시 일식집에서 일하며 지인들을 마사지 손님으로 소개해 주어 많은 도움을 받고 있었다.

정미, 영옥이 지인들을 마사지하러 가는 날 저녁마다 정미의 원룸에서 술 마시고 수다 떨다 보면 우울해서 무표정하게 집은 나왔지만 지금 여기서 내가 웃고 울고 있었다. 나만큼 정미와 영옥도 삶이 힘들었던 건지 수다스러운 얘기라 해봐야 현재 만나는 연인과 과거 연인으로 인한 기쁨과 슬픔, 성교육 이러한 얘기인데 웃기도 하고 울기도 한다. 이렇게 수다를 떨다 보면 우울감이 사라지고 속이 후련하여 마음이 가벼워진다고 하니 우리는 서로의 현재 상황과 희로애락을 얘기하며 서로의 우울감을 치유하는가 보다.

어느 날 정미 집에서 지인들 피부 마사지를 하고 영옥이 늦게 합석하여 깔깔거리며 시간 가는지 모르고 수다를 떨다 새벽에 집에 가니 토요일이지만 부산에 온다고 연락도 없었는데 정철이 와서 밖에서 여섯 시간이나 기다렸단다.
  정철은 저녁도 먹지 않고 술을 마신 흔적이 있어 나는 정철이 술 마신 이유가 내가 늦게 귀가한 것이라 생각하여 가슴이 아프고 시려 눈물이 났다. 내가 정철에게 울며 밥이나 먹고 술을 마시라고 하였더니 정철은 아무 말이 없었지만 나는 마음속으로 '정철과 나는 이대로 끝나는 것인지도 모르겠다'라는 생각을 했다.

다음 날 나는 정철에게 "진심으로 나를 사랑하냐"라고 물었고, 정철은 "사랑, 사랑 하지 말라고" 하며 감정이 격해졌다. 나의 이런 행동이 집착인지 애정결핍인지 문제가 있다고 생각은 하지만 정철도 나를 조금도 이해하려고 하지 않고 나의 생활은 안중에도 없으니 지금 이 기회에 나라는 존재가 그에게 어떠한 존재인지 알고 싶었는데 정철이 더 이상 대화를 받아주지 않아 또 그냥 넘어가 버렸고 지금 흐지부지 지나면 난 안정되지 않고 허무한 생활을 할 것 같은데 나는 또 할 말을 못 했다.

아무런 보람도 능력도 없는 형편없는 계집애라는 부정적인 감정에 압도당한 나의 마음은 이미 실연당한 여자였다. 정철의 성격이겠지만 정철은 현재에 만족은 없고 늘 더 높은 곳을 동경하며 신분 상승의 욕구가 먼저이고, 나는 오순도순 애정의 욕구가 먼저인 사람이라는 것을 요즈음 깨닫고 있다. 그래서 정철의 눈에 나는 늘 부족하고 모자란 사람이었던 것이다.

나의 인생이 어떻게 될는지 모르겠고 정철과 다시 사이가 좋아질는지 의문이었고 정철과 나의 관계가 불안하기만 한 가운데 세월은 선택도 판단도 모른 채 흘러가고 있었다.

정철은 자기 인생에 바쁘고 난 마사지하는 일을 하며 돈 버느라 바쁘고 각자의 삶으로 바쁘게 살고 있다고 해야 하나, 의미 없는 반복을 하고 있다고 해야 하나 모르는 채 살고 있었다. 그런 가운데 정미와 영옥을 만나면 마음이 편하고 가슴에 있는 말을 모두 편하게 한다는 자체가 즐거워서 시간이 나면 나는 자주 정미와 영옥을 만나 술을 마셨다. 오늘은 한동안 남자 친구를 만나지 않겠다던 정미의 새로운 남자 친구까지 합석하여 술을 마시고 늦게 집에 왔더니 정철이 소식도 없이 부산에 와서 화를 내어 나는 할 말이 없어 가만히 있었다.

그날 저녁 또 아무런 피임 없이 성관계를 하려 했고, 난 완강히 거부해야 했는데 또 당하고 말아 이럴 때면 좋았던 기억은 모두 삭제되고 나쁜 기억만 뚜렷해졌다. "자신을 돌볼 줄 모르고 남자에게 덮어씌우다니. 자신은 자신이 지켜야지" 난 바보 같아 자존감이 바닥으로 추락하여 별안간 "나를 어떻게 키웠기에 이 지경인가"라며 엄마를 원망하였다.

아니나 다를까 난 어쩌다 한 번 한 성관계에 임신이 되었는데 나도 정철도 대학생이라 아이를 낳을 수 있는 상황도 아니라고 생각하였지만 아마도 아이를 낳고 키울 자신도, 용기도 없었던 것 같았다. 지옥의 문으로 나는 혼자 들어갔고 혼자 모든 죄를 감당하고 돌아와 빨래와 집안일을 하는데 손목과 무릎이 시려서 일하다 서러움과 죄책감에 눈물을 쏟아내었다. 정철의 진심도 모르겠고 나는 더 원망스러운데 그때는 아무런 대안은 생각하지도 못하였다.

오랜만에 정철이 부산에 왔는데 유산을 많이 해서 임신에 대한 두려움과 죄책감이 커져서 우울증으로 눈물이 그냥 흐르고 불면증에 시달리고 우울해해도 정철은 관심이 없는 건지 이런 나를 전혀 모르고 알려고 하지도 않고 우울한 나의 성격에 문제가 많다고 하였다.
　째깍거리는 시계 소리, 드물게 정철의 한숨 소리, 한밤을 소리와 함께 지새웠다.

　깜박 잠든 사이에 정철이 오랜만에 왔는데 서로 반갑거나 애틋함도 없이 각자의 자리에 누웠고 티브이에서는 〈자니 윤 쇼〉가 떠들었다. 이 좁은 공간에서도 두 사람은 각자 다른 감정으로 자신의 내면을 접하며 눈은 감고 귀는 열고 있었다.
　아침에 속이 쓰려 늦게 일어났더니 정철이 계란을 삶아 먹고 두 개 남겨놓아 나를 위한 그 행동에 감동을 하며 곧장 난 늦잠 잔 나의 잘못, 감정 기복이 심한 나의 잘못과 정철의 변함없는 일상을 보니 정철은 분명 바르고 현명한 사람이라는 확신을 했고 '나는 많이 부족한 사람이 맞다'라고 확신을 하며 자책으로 부끄러워했다.

　방문 마사지 일을 마치고 돌아가는 길에 나의 마음을 나도 모른 채 현기증과 두려움, 무서움에 떨며 비가 와서 답답한 마음으로 바닷가에 갔다. 나를 위해 살고 싶은데 자꾸만 현실은 내가 아닌 정철을 위해 살고 있는 것 같아 피해의식이 있어 힘들다는 나의 진심을 처음으로 마주하였다. 빗소리는 '쏴~아' 하며 수많은 은빛 사선을, 그리고 출렁이는 파도가 우울한 나를 위로해 주었다.

　어느덧 정철이 학교를 졸업하고 치과 기공사 1, 2차 시험에 합격하여 아는 사람들과 동업으로 치과 기공사 사업을 운영하였지만, 정철의 사업은 순탄치 않았고 돈벌이도 순탄치 않았다. 정철과 함께 일하는 사람과 전화 통화를 하며 정철이 화를 내고 소리도 질러대는 것을 보니 나만큼 사는 것이 힘들고 고생하는 정철이 가여워서 언제 정철과 문제가 있었냐는 듯 정철이 삶에 지치지 않기만 바랐다.

우리의 가정경제는 몇 년 전 그대로 전세에 살고 있지만 정철이 학교를 졸업하고 나니 어떤 목표에 도달했다는 안정감 덕분인지 우리의 관계는 조금씩 회복되어 임신에 대한 생각을 하였다.

일요일이라 빨래하고 묵묵히 집을 치우는데 정철이 코에 개기름을 짜서 코가 빨개져 있는 그 행동이 눈에 거슬렸지만 못 본 척했다. 모처럼 휴일인 오늘 이렇게 시간이 지나갔다.

치과 기공사 자격증을 따면 직장에서의 대우가 나아질까 생각했는데 돈 안 되는 동업을 그만두고 직장에 취업을 선택하여 나는 정말 오랜만에 마음 편히 집에서 쉬고 임신에 대한 두려움 없이 잠을 잘 수 있어 이것만으로도 행복하였다.

문득 달력을 보니 나의 28번째 생일이었다. 지금 시간은 저녁 11시 30분. 정철은 동업을 하나, 취업을 하나, 늘 늦은 시간까지 소식이 없고 전화 한 통도 없고 배에서는 꼬르륵 소리가 요동을 쳐서 기분이 좋지 않았다.

낮에 여유로운 시간에 마음이 편하여 잡지책을 보고 그림을 그려 벽에 붙이고 작은 행복에 젖었다. 지금은 11시 10분. 정철은 직장에서 퇴근한 지는 꽤 되었다는데 전화 한 통 없어 마음은 야속한데 몸은 버스 정류장으로 향해서 한 시간가량 기다리다 12시가 넘어 혼자 집으로 돌아왔다. 새벽에 정철은 술을 적당히 기분 좋게 마시고 왔는데, 난 화가 났지만 정철이 벽에 붙여져 있는 나의 그림을 보며 누가 그렸냐며 잘 그렸다고 칭찬을 하여 나는 화가 금방 풀려버려서 평화롭게 잠자리에 들었다. 정철의 직장 생활이 만만찮은 건지 사회부적응인지 정철도 이직이 잦아 쉬운 것이 하나도 없었다.

임신

그동안 언니는 첫아들을 낳았고 나에게 결혼했으면 아이를 낳아야지 왜 그리 비정상으로 살아가냐며 잔소리를 많이 했는데 드디어 며칠 속이 메스꺼워 임신 검사하니 임신이었다. 나의 뱃속에 한 생명체가 꿈틀거린다는 것이 신기하였다. 난 뱃속의 아기에게 말을 했다. "아가야, 너의 형님을 많이도 없애버렸어. 너를 위해 뭐든 최대한 참으며 훌륭한 엄마가 되도록 할게. 너도 건강하게 잘 자라줘.

임신도 하고 태교도 해야 해서 울지 않으려 했는데 정철이 새벽 5시에 와서 결국 참지 못하고 울고 욕하고 짜증을 부렸다. 그래도 오늘 오후에는 정철이 바닷가에 데려가 줘서 여기저기 다니며 맛있는 거 많이 먹고 우유도 마시고 자두도 먹었더니 기분이 좋아졌다.

　오늘은 휴일이라 청소하고 점심 먹고 정철과 해운대에 가서 배도 타고 재미있었는데 난 뱃멀미를 했는지 머리가 아파서인지 짜증을 내었더니 정철이 아기에게 해롭다고 나무랐다. 그리고 아기를 열 달 동안 나에게 맡겨놓은 자기 것이라 하여 난 정철이 아기를 귀하게 여겨 은근히 기분이 좋았다.
　새벽에 잠이 깨어 발밑이 이상해서 보니 정철이 몸부림쳐서 거꾸로 누워 있었고 가만히 보니 뒤척이며 피곤한지 괴로운지 신음 소릴 내었다. 하루 일과를 마치고 든 잠자리는 포근하고 아늑해야 하는데 그렇지 못한 모양인가 생각하니 측은하였다.
　아침에 정철이 출근하고 난 집을 청소 깨끗이 하고 먼지도 닦아내고 저녁에는 피곤해 보이는 정철에게 안마도 해주고 맛있는 반찬도 해줘야지 생각하며 시장에 가서 부식을 사 와 반찬을 하였다. 조물조물, 보글보글 정성 들여 사랑 담은 반찬 냄새에 온 집안에 구수한 냄새가 진동하였다.
　정철의 퇴근 무렵, 그를 기다렸지만 정철이 오지 않아 비를 조금 맞고 걸었다. 비에 젖어서 열쇠로 문을 열고 집에 들어와 배가 너무 고파 밥을 먼저 조금 먹고 기다리는데 한참 후 정철이 비에 젖어 들어왔다. 반가워서 안아주고 싶어 자꾸 웃었더니 정철도 몹시 좋아하며 맞장구를 쳐주어 저녁 식사를 차렸더니 오물오물, 냠냠, 쩝쩝 맛있게 먹는 소리, 달그락달그락 춤추는 숟가락, 젓가락에 식탁도 장단을 맞추어 소소한 행복에 내 마음은 금세 내일 시장에 가 있었다. 대충 치우고 우리는 바둑을 두다 행복하게 잤다.

임신 중이지만 입덧으로 힘들지 않고 오히려 평소 잘 먹지 않았던 육류는 더욱 좋아하게 되어 찾아서 먹고 원래 잘 먹던 야채, 과일도 맛있게 잘 먹으니 임산부의 얼굴이 하얗게 예뻐졌다는 소리를 많이 듣는 요즈음 행복이 넘치는 나날이었다.

나의 몸에 변화가 일어난 지도 이제 서서히 4개월에 접어들었다. 정철이 학교를 졸업하고 직장에 잘 다니고 주위는 온통 물 흐르듯 새로운 환경이 서서히 조성되어 가고 있었는데 한 가지 바뀌지 않는 것은 정철이 매일 늦게 집에 오는 것이었다. 오늘도 새벽 2시 10분에 들어왔는데 근래에 들어 좀처럼 잠이 오질 않아 신경이 많이 날카로워져 있어서인지 정철에게 아주 심하게 히스테리를 부렸더니 잠은 5시에 잤다. 가만히 생각해 보니 뱃속의 아기도 생각지 않고 온갖 욕을 다 한 내가 정말 옹졸한 것 같아 앞으로는 후회할 행동은 하지 말아야겠다고 하는데, 될는지 나도 자신은 없었다.

그를 의심하는 건 아니지만 홀몸도 아니라는 걸 알기에 자정까지만 들어와 달라고 부탁을 했는데 나에게 관심을 가져주길 바랄 뿐이었다.

임신 5개월인데 태동을 느꼈다. 사람들에게 얘기하니 자꾸만 아직 태동 시기가 아니라고 하였지만 나는 분명히 느꼈다. 정철과 바둑을 두는데 배를 조금 굽혔더니 물방울이 톡 터지는 듯한 느낌이 왔다. 난 아기가 불편하구나, 하고 바로 생각하며 배를 굽히는 자세는 피하였다.

새해를 밝히는 네온 빛을 거두기도 전에 정철은 또 늦기 시작이었다. 오늘도 12시 넘어 정철이 들어와서 나에게 거짓말도 하였다. 난 화가 나서 소리치고 욕하고 울었다. 정철은 나의 지나친 관심을 싫어하였다. 사실 정철의 늦은 귀가는 대부분 일을 늦게 마쳐서이고 가끔씩 동료들과 술을 마시기도 하기 때문이었다.

그동안 열심히 돈을 벌며 살았던 영옥과 정미가 전세를 마련하고 한 달간 쉬겠다며 배가 부른 나를 찾아왔다. 나는 한껏 부른 배를 안고 동네 삼겹살집으로 갔다. 평소 돼지고기를 먹지 않았는데 임신을 하니 고기가 당겼다. 우리는 점심부터 고기를 먹고 영옥과 정미는 맥주도 마셨다. 나는 몸 안에 나의 아기 한 생명이 있다고 생각하니 화가 나도 화를 내는 나를 돌아보고 "안 돼"라고 화를 다스리고 있고 싫어했던 고기도 맛있고 처음 보는 사람과 말도 하게 된다고 했더니 정미와 영옥은 "임신은 네가 했는데 우리도 엄마가 된 듯 삶이 신중해지고 너와 같은 행동과 증세 나오는 건 뭐야" 하며 웃었다. 닮으려 노력하지도 않는데 우리는 서로 닮아가고 있다는 것을 느끼며 먹는 즐거움, 말하는 즐거움, 추억의 즐거움으로 한껏 웃었다.

어느덧 하루가 지나가고 있어 나 혼자 주위를 둘러보니 여태껏 내가 살면서 저질러 놓은 흔적들이 집 안에 가득하였다. 내 마음처럼 정돈되지 않은 흔적으로 집안이 가득하였다.

조금 일찍 일어나 정철의 밥상을 차렸더니 정철은 더 자라고 하며 흐뭇해했다. 사람은 누구나 사랑과 관심을 원하는 모양이다. 사실 나도 주부로서 많이 부족하다. 아침 밥상 차리는 것이 당연한 건데 정철이 늦게 온다는 이유로 나도 늘 늦잠을 자는 날이 많았다. 이제 배가 많이 불러 숨도 차고 쪼끄만 아가가 발로 가슴도 콕콕 찔러댄다.

3부

30대 그때,

가족해체

출산

하늘에 새들이 날았다. 많은 새들 중에 유난히 날개가 가지런하고 순하게 생긴 저 새를 갖고 싶다고 생각하였는데 바로 그 단정한 새가 나에게 날아와 안겼다. 난 그 새를 갖고 싶어 날아가지 못하게 관자놀이를 눌렀더니 그 새는 눈을 감고 슬픈 모습으로 나에게 안겨 있었다. 눈을 뜨니 다른 날과 다른 느낌의 꿈, 태몽이라는 것을 바로 알아차릴 수 있었는데 그 단정한 새는 산비둘기였다. 기분이 좋았지만 한 가지 마음에 걸리는 것은 내가 그 산비둘기를 슬프게 한 것이었다.

정철이 출근하면 레스토랑을 운영하는 언니와 나는 친정으로 와서 담소를 나누곤 하였다. 언니와 함께 자라며 담소를 나누는 게 처음은 아니지만 시간적으로나 심리적으로나 이렇게 편하게 진심으로 속에 담아놓았던 얘기를 하기는 처음이었다.

엄마의 양육 방식은 편애와 비교로 경쟁을 부추기는 것이어서 우리 자매들은 서로 시기 질투를 하여 서먹할 때도 많았는데 그중에 중간에 끼어 있었던 내가 가장 가족들과 불편한 관계였다.

언니와 나는 이렇게 서로를 모르며 갈등하고 사랑과 미움, 애증의 지난날을 이해하는 시간을 가지고 있던 어느 날, 여느 때와 같이 담소를 나누는 중에 유달리 불렀던 배가 아프고 다리 사이로 뭔가 흐르는 듯하여 병원에 갔더니 양수가 터진다고 급히 수술을 준비하였다.

원래는 3월 중순이 산달인데 10개월을 채우지 못하고 아이가 거꾸로 있어 병원에서는 제왕절개 수술을 권하였다. 언니는 급히 내가 제왕절개 수술을 하게 되었다며 정철에게 연락을 했고, 나는 산달을 채우지 못한 9개월 보름쯤 1991년 2월 23일 토요일 맑은 날 오전 11시에 제왕절개 수술로 아들을 낳았다. 마취 중에 아가의 우렁찬 첫 울음소리가 어렴풋이 들리며 정신을 차리니 건강한 아들을 낳았다고 하는 간호사의 말이 들렸다. 아아. 난 벅찬 감정으로 어찌할 줄 몰라 저절로 누구에게든 감사를 드렸다.

제왕절개 수술을 하여 수술 후유증으로 누워 있어야 했고 당시 나는 전염되는 비형간염을 앓고 있던 중이라 아기가 태어난 직후 바로 아기는 나와 격리되어 비형간염 예방 접종을 했다. 나는 기다리던 아기를 낳았는데 아기와 격리를 해야 해서 아기가 잘 자라는지 아기가 바뀌지는 않는지 건강한지 너무 궁금하고 불안하여, 아기 꿈에 시달리다 깨어나면 눈물이 앞을 가리고 있었다. 아기 병동 간호사가 나의 병실에 들어서는 것을 보고 나는 "우리 아기 울지 않아요?" 하고 물었더니 잘 운다고 하여 어디가 불편해서 잘 우는 건지 가슴이 아프고 불쌍하여 견딜 수가 없어 복부에 상처가 아물지 않아 아직 움직일 때가 아닌데도 불구하고 나는 배를 움켜쥐고 몸 따로 마음 따로 허리 굽혀 벽을 잡고 신생아실로 향하였다. 유리창 안 빠알간 얼굴에 새까만 머리카락, 눈, 코, 잎, 손가락, 발가락 다섯 개. 금방 나의 아기라는 것을 알아차릴 얼굴이 보이고, 뛰는 가슴이 환희에 젖었다. 아기는 새근새근 잠들어 있었는데 한참을 보고 있으니 인상을 찌푸리며 울었는데 우는 소리도 우렁찼다. 일주일의 격리가 지나고 이제 아기에게 비형간염 항체가 생겨 아기를 품에 안을 수 있어 나는 아기를 안고 잠도 자고 매일 이 아기를 위해 뭘 해야 할지 생각하니 행복은 우리 옆에서 팔짝팔짝 뛰어다녔다.

정철과 나는 아기가 현명하고 맑게 자라길 바라서 현명할 현, 맑을 호 자를 골라서 이현호라 이름을 지었다. 이제 정철은 현호 아빠가 되고 나는 현호 엄마가 되었다. 보름을 병원에 있다가 집으로 왔는데 현호 아빠와 나는 조심조심 아기 목욕을 시키고 기저귀도 함께 갈아주고 우유도 가장 좋은 것으로 먹였다. 현호는 쉴 새 없이 안아달라고 보채고 나의 어깨는 바늘로 찌르는 듯 아팠지만 난 자다가도 현호가 울면 안아주었고 현호는 잘 먹고 잘 싸며 건강하게 잘 자랐다.

백일까지 현호는 보채고 밤낮이 바뀌고 하더니 점점 순해지고 밤에 통잠을 자고 새벽이면 깨었다.

현호 아빠도 현호를 보며 신기하고 행복해하며 한편으로는 책임감도 느끼는 것 같았다.

현호 아빠가 하는 일은 여전히 원활하게 되지 않았다. 기공사 자격증을 따고 취업했다, 동업했다를 반복하였는데 일정한 수입이 없고 출퇴근 시간도 정해져 있지 않았다. 가끔은 퇴근 후에도 동업자와 의견 교환을 하느라 늦기가 일쑤라 생활 패턴이 엉망이었다. 오늘도 5시경 퇴근했는데 9시 15분인데 소식이 없었다. 현호 아빠가 돈벌이를 잘할 때 저축해 놓은 여윳돈이 있었으므로 우리가 경제적으로 어려워서 당장 먹는 것 걱정할 정도는 아니어서 나는 현호 아빠가 돈을 적게 벌더라도 집에 일찍 들어오기를 바랐으나 현호 아빠는 여전히 늦고, 불규칙적으로 귀가를 하였다. 현호를 안고 현호의 얼굴을 한참 보고 있으니 현호 아빠가 일찍 오면 행복한데 늦거나 없으면 마음이 슬퍼지고 우울해지는 나 자신이 못나 보여 현호에게 미안했다.

현호 아빠는 새벽에야 귀가하고 아침에는 늦잠을 자다 보니 늦게 출근하는 날이 많아지더니 실업자가 되었다. 이후 현호 아빠는 나름 가장으로서의 책임감인지 치과 기공소 일은 하지 않지만, 택시 운전까지 하며 쉬지 않고 이 일 저 일을 하였다. 그때는 나도 어려서 몰랐지만, 그때 현호 아빠는 나름 가장으로서 어떤 일을 하여 먹고살아야 하는지에 대한 스트레스와 불안감이 심했던 것 같다.

 6월이라 날씨가 참 좋다. 내가 사는 동네는 달동네 언덕배기라 문 앞에 나가면 동산으로 들어가는 입구가 있는데 산책하기 좋은 곳이고 나무도 많이 있었다. 현호를 백일 지나서부터 새벽 6시만 되면 유모차에 태워 오솔길을 한 바퀴 돌았는데 6월이라 공기도 좋고 새들도 아침 일찍 일어나 지지배배, 쨱쨱거리며 한바탕 수다를 떠는 소리도 듣고 좋았다. 한 바퀴 돌고 집에 와서 현호에게 우유를 주면 한 통을 벌컥벌컥 먹고 야채 이유식도 잘 먹었다. 두 시간 간격으로 우유 한 통씩 먹고 하더니 현호는 12개월이 되니 대소변을 가렸고 걸음마도 잘했고 건강하게 성장하여 병원에 가는 일도 좀체 없어 다들 부러워하였다.

 현호 아빠는 치기공사 자격증을 취득했지만 별다른 수입의 차이도, 대우의 차이도 느끼지 못하여 현호 첫돌 무렵 치과의사가 되기 위해 필리핀에 가서 치과의사 공부 4년을 하고 싶다고 하여 난 깜짝 놀라서 이기주의라 쏘아붙였다. 현호 아빠가 치기공학과에 입학하여 2년 동안 공부하고 자격증도 땄으니 이제 가정을 위해 아이도 낳고 안정되게 살고 싶었는데 지금 위치에서 만족하지 않고 이상만 좇는 것 같아 그가 원망스러워 나의 실망은 컸었다.

이러한 가운데 현호 아빠와 잠자리하지 않은 지가 1년은 족히 넘었는데 정확히 얼마나 되었는지 기억조차 없었다. 언니와 동생은 현호 아빠가 외도를 한다고 확신하였지만 난 절대로 아니라고 하였다. 현호 아빠는 나에게 첫사랑이었고 우리는 바보 같을 정도로 순진했기에 외도는 생각하지도 못했다.

현호 아빠가 시어머니가 홀로 사시는 남해에 현호를 데리고 가자고 하여 시골로 향했다. 시어머니께서 현호를 보시고 아빠 어릴 때와 똑같다며 좋아하셨다. 1박을 하고 부산으로 돌아오는 차 안에서 노래를 좋아하는 내가 노래를 부르니 현호 아빠도 나와 함께 큰 소리로 노래를 부르며 사랑 가득한 시간으로 하하, 깔깔 웃으며 작은 차 안에 행복이 가득하였다.

필리핀

한국에서 의대를 가려면 힘든데 필리핀에서 의대를 졸업하면 한국에 와서 의사 시험만 합격하면 되기에 현호 아빠는 함께 필리핀으로 가기로 결정한 친구를 만나서 결국 필리핀행을 강행하였다. 저번에 시어머니를 만나러 갔을 때 이미 시어머니에게 현호는 아직 어려 돌봐줄 사람이 필요하다며 시어머니에게 현호를 부탁한다는 말까지 해놓았다고 나에게 통보하였다.

필리핀으로 가는 일은 일사천리로 진행되어 필리핀으로 떠나는 현호 아빠를 나는 그저 물끄러미 바라볼 뿐 아무런 말도 못 했다. 나의 입장에서는 내가 어떻게 먹고살아야 하는지 아무 조치도 없이 갓 돌이 지난 현호와 30살에 접어든 나를 버리고 갔다고밖에 생각할 수 없었는데 현호 아빠는 우리를 위해서 더 나은 미래를 위해서라고 하여 뭐라고 해야 할지 멍하였다.

현호 아빠가 필리핀으로 가고 나는 무엇을 해서 돈을 벌어야 하는지 눈앞이 캄캄했다. 나는 아무런 희망도, 기댈 언덕도 없을뿐더러 상어가 다니는 망망대해에 나 혼자 힘겹게 노를 저어 헤쳐 나와야 하는듯한 두려움에 휩싸였다.

나는 현호를 데리고 뭘 해야 할지 고민을 하며 지낸 세월이 두 달이 훌쩍 지나버릴 즈음 시어머니께서 내가 어떻게 사는지 궁금하셨는지 부산으로 오셨다. 내가 뭘 해야 할지 모르겠다고 하였더니 시어머니는 현호를 남해에 데려갈 테니 돈벌이를 해보라고 하시며 그날 시어머니는 현호를 데리고 남해로 가셨다.

현호가 할머니와 남해로 갔는데도 불구하고 할 수 있는 일이 없어 막막하고 설상가상 현호의 생각으로 나의 가슴은 찢어져서 늘 눈물의 시간이었다. 별다른 자격증이 있는 것도 아니고 아무런 능력이 없었기에 내가 바보 같았다. 무엇보다 갑자기 거의 10년 만에 나 혼자 덩그러니 놓인 모습이 두렵고 외로웠고, 한 번도 살아보지 못한 길을 살아가야 한다는 것 역시 두려웠다.

현호가 간 지 한 달이 되어간다. 빨리 돈을 벌어서 현호와 같이 살아야 한다는 생각이 들어 결혼 후에 레스토랑을 운영하는 언니 가게로 가보았다. 언니는 형부와 신뢰가 없어 늘 독립적인 경제생활을 하고 있었고 형부는 여전히 영업 활동을 한다며 늦게 다니고 외박도 하지만 언니는 인내하고 살고 있었다.

현호 아빠가 필리핀에 도착하여 첫 전화 통화를 하였는데 "나는 잘 지내니 걱정 마"라는 현호 아빠의 약간 목이 메인 전화 목소리에서 슬픔이 느껴져 눈물이 났다. 전화를 끊은 후 '필리핀은 덥다는데 더운 날씨에 현호 아빠는 어떻게 지낼까? 독하게 마음먹고 견디어 내야 할 텐데' 가슴이 아팠다.

나에게 다가오는 삶들, 아직 시작도 하지 않았는데 벌써 지치고 힘겹다는 생각이 들어 나도 눈물부터 흘러내렸다.

레스토랑

나는 현호를 남해에 보내고 언니 가게에 자주 가서 알바를 하였는데 마침 언니는 장사에 싫증도 나고 돈도 어느 정도 벌어서 나이도 있고 하니 다른 종목을 생각해 보는 중이라 언니는 돈이 필요하면 레스토랑을 해보라고 하여 나는 내가 레스토랑을 인수해 볼까, 생각하게 되었다. 나는 장사 경험이 있는 친구 정미와 영옥을 만나서 의논하여 함께 인수하여 운영할 것을 제안하였고 친구들도 동의하여 레스토랑이 있는 송도로 이사를 하게 되었다.

 차류는 정미가 맡아서 하고 식사류는 영옥이 맡아서 하면 나는 영업장 청소와 카운터를 맡아서 하니 서로 손발이 잘 맞았다. 낮에는 커피와 차류, 간단한 식사를 팔고 저녁에도 역시 간단한 차류와 식사 그리고 안주와 술을 팔다 보니 시간이 갈수록 말이 레스토랑이지 저녁 장사가 주였고 남자 손님들이 주류를 이루고 있어 거의 술집이 되어버렸다. 정미와 영옥의 활약으로 시간이 지날수록 아는 사람들이 많아져서 단골손님이 되어 같이 합석하여 대화하고 술도 마시곤 하는 횟수가 늘어남에 따라 우리 가게는 송도에서 유명한 집이 되어 늘 손님으로 가득했다. 힘든 점도 있지만 살면서 스스로 이렇게 많은 돈을 만져보기는 처음이었다.

 돈벌이가 잘되어 현호 아빠에게 달러도 잘 보내고 남해에 있는 현호를 데려오기 위해 시어머니에게 연락을 하여 부산으로 오시게 하여 현호를 6개월 만에 보게 되었는데, 갈 때 그대로 하나도 성장을 못 하여 조그맣게 그대로 온 것을 보았다. 시어머니는 아들이 공부를 하고 며느리인 내가 술장사를 하여 새벽에 들어와도 나무라지 않고 협조적이었는데 시골의 이웃과 정서를 잊지 못해 홀로 다시 남해로 가셨다. 시어머니가 가시고 현호는 곧잘 먹고 하루가 다르게 키가 쑥쑥 자라고 발육이 잘 되어 역시 아이는 엄마와 있는 것이 뭐가 달라도 다르다는 것을 알게 되었다. 나는 가게에서 거의 모든 시간을 보내다 보니 현호를 돌보는 할머니를 두어 현호를 돌보도록 하였지만, 시간이 되는 대로 점심에는 집에 가서 현호의 식단을 챙겨주었다. 생선구이를 해서 생선 뼈를 발라 숟가락 위에 올려주면 현호는 한 입 먹고 나를 보고 춤을 추며 다녔다. 현호의 토실토실하게 적당히 붙은 살에 미끈하게 빠진 몸에 춤을 추는 모습을 보니 정말 흐뭇하였다. 현호를 돌보는 할머니는 살뜰히 현호를 잘 챙겨주셔서 나는 안심을 하며 장사에 집중하는데 어느 날 내가 없을 때 현호 아빠 전화가 두 번 왔다고 하셨다. 밤 장사를 하다 보니 집에 들어오는 시간이 점점 늦어져 새벽에야 들어오는 날이 많아서 전화를 받지 못하니 나의 마음은 불안한데 정미와 영옥만 일하게 할 수도 없고 더 중요한 것은 돈을 많이 벌어야 하는 사람은 나이기도 하였다.

현호 아빠와 통화가 되었는데 동남아 향토병으로 열이 나고 아프다고 하는 목소리가 너무도 애절하여 뭐라 말할 수 없이 나의 생가슴이 아파왔지만, 달러를 보내는 것 외에 할 수 있는 것이 없어 답답하였다. 이후 걱정이 되어 전화를 기다렸지만 오지 않았다.

날이 갈수록 가게는 늘 시끌벅적한데 손님이 주로 술과 남자여서 마음이 편하지 않다. 그나마 영옥이와 정미가 있으니 얼마나 큰 위로가 되고 힘이 되는지 모른다. 우리는 가끔 술기운이 있으면 돈을 많이 벌어서 좋긴 한데 가슴 한편에서 뭔가 모를 양심의 가책을 느껴 신세 한탄을 하며 눈물을 흘리곤 하였다. 가슴 아픈 건, 정미와 영옥은 어려서부터 지금까지 늘 공장이나 식당을 전전하며 살다 이제는 남자와 술을 마시며 돈을 버는 일을 하며 살아가는 자체에서 자신들은 하류 인생을 타고났다고 단정을 짓는 것이었다. 나는 우리가 부모 잘못 만나서 힘든 삶을 살고 있지만 아직 젊다며 긍정적인 말을 계속 해댔는데 사실 나도 가슴 밑바닥에서는 지긋한 밑바닥 하류 인생을 끝을 낼 수는 있을지 의문이 들었다.

 정미는 이곳에 일하기 전에 연인과 헤어진 상태라 자유를 만끽하는 상황이었고 영옥은 이곳에 일하기 전부터 만나는 연인이 있었는데 사업으로 늘 바쁘고 사업 자금이 필요하여 열심히 일하여 그 남자의 사업 자금을 마련해 주고 있는 상황인데 그 남자는 심지어 몇 달에 한 번씩 영옥과 만나는 상태라 일하는 데 아무런 지장이 없었다. 반면 나는 현호를 케어하고 현호 아빠 눈치 보며 돈 벌어서 현호 아빠 학비를 달러로 바꾸어 보내고 있는 중이라 돈을 벌어도 지출이 많았다.
 현호 아빠가 6개월 만에 필리핀에서 한국으로 처음 돌아왔다. 우리는 오랜만에 만나서 서로 격려하고 그리움의 회포를 풀고 그간의 생활을 나누어야 했는데 예상 밖으로 비난을 들어야 했다. 심지어 현호 아빠는 나와 친구들을 싸잡아서 남자 상대로 술장사를 한다며 따지고 비아냥거렸다. 나는 그런 현호 아빠를 보면 정말 못나 보여서 불쌍할 지경이었다. 그래도 현호에게는 한없이 다정한 아빠의 모습을 보여줬으므로 나는 현호 아빠의 눈치를 보며 고생했다며 먹거리를 챙겨주며 최선을 다하였더니 현호 아빠도 필리핀에서의 어려운 상황 얘기를 하였다. 낯선 타향에서 서로 개인주의가 되어 같이 간 친구도 각자도생의 길을 가고 있다고 하며 먹는 것도 그렇고 공부도 그렇고 모든 것이 어렵고 힘들다고 말하는데 나는 나도 힘든데 나의 힘듦에 대한 어떤 말도 없었기에 사실 그 말을 건성으로 들었다.

이후 현호 아빠는 필리핀에서 3개월 만에 한국에 왔는데 저녁 늦게까지 일하고 들어가니 현호 아빠는 내가 일하는 곳을 몰래 들여다보고 간 모양이었다. 아마도 남자들과 자연스럽게 웃고 얘기 했거나 옆에 앉아 이런저런 얘기로 웃고 있었을 수도, 어쩌면 술잔을 받아 마시고 있었을 수도 있었을 것이라 짐작되었다.

현호 아빠는 늦게 집에 돌아온 나에게 불만을 드러냈다. 여전히 죄 없는 정미와 영옥이를 비난하며 비웃었다. 나에게 지금 가장 힘이 되고 고마운 친구들인데 현호 아빠의 비난에 친구들에게 미안하고 화가 났다. 난 정말 힘들게 일하고 돈 벌고 눈치를 보느라 피곤했고 속에서 할 말이 목까지 올라왔지만 또 아무 말 하지 못하였다.

현호는 아빠가 오면 아빠랑 도란도란 얘기도 하고 맛있는 것도 함께 먹고 목마도 타고 외출도 하니 세상 행복한 나날이라 웃음이 떠나질 않아 나는 그것으로 만족했으므로 현호 아빠의 비웃음은 무시할 수 있었다.

겨우 3일 있다가 현호 아빠는 필리핀으로 가며 가는 그날 아침부터 현호에게 나를 비난하여 싸움이 되어 흥분이 가라앉질 않았다. 현호 아빠가 나가고 난 후 사발을 몇 개 깨어야 마음이 진정이 되어 주방에 깨진 그릇이 너절하게 어질러져 있고 아빠 말만 듣고 아빠와 있으면 아빠와 함께 나를 비난하는 현호에게 너도 아빠 따라가라고 했더니 현호는 공포에 질려 있었다. 지금 내가 뭐 하는 짓인가 후회가 되어 머리도 아프고 가슴도 아파서 울었더니 현호도 따라 울었다. 여러 생각으로 억울했다. 거기에다 현호에게 나를 비난하는 말을 하니 현호도 나에게 하는 말이 "아빠에게 일러준다"라고 하여 난 아이의 말이지만 화가 났다. 난 돈벌이하느라 현호를 일하는 할머니에게 맡겨놓은 상태라 현호에게 소홀한 건 맞지만 나야말로 생고생을 하고 있는데 현호 아빠는 한 번씩 필리핀에서 부산으로 오면 현호와 하루를 온전히 보냈기 때문에 현호는 아빠를 늘 그리워하며 좋아했다. 난 억울하지만 어린 현호에게 아빠를 부정적으로 말한 적이 한 번도 없고 오히려 아빠를 훌륭하게 말하고 있었는데 진심이 아니었다.

 난 돈을 벌어서 현호 아빠가 공부하는 필리핀에 달러로 보내야 했다. 달러는 원화의 15~16배여서 웬만큼 벌어도 달러 교환하면 생활하기에 힘든 금액이었다. 하지만 다행히 레스토랑 장사가 잘 되어 현호와 먹고살아 가는 데 문제는 없었다. 이 모두가 친구 영옥과 정미의 덕분이라고 생각하고 있다.

 현호 아빠와 통화가 되었는데 필리핀으로 미숫가루를 보내달라고 해서 언니와 함께 시장에 가서 가장 좋은 제품의 재료로 미숫가루를 만들어 보냈다. 현호 아빠와 만나면 늘 싸우고 원망도 많이 하는데 난 나의 본심도, 누구의 본심도 알지 못하고 어려운 경제생활이지만 당연히 현호 아빠에게는 가장 좋은 것을 주고 싶은 마음으로 살고 있었다.

현호 아빠가 필리핀에 간 지 언 1년쯤, 현호 아빠가 필리핀에서 연락도 없이 집에 와 있었는데 난 그날따라 가게에서 새벽 3시까지 장사를 했다. 집에 오니 현호 아빠가 정신을 잃고 나를 몰아붙였고 나도 술을 마신 상태라 "필리핀에서 달러 받을 땐 좋고 내가 집에 늦게 오는 건 싫은가 봐" 하며 악을 지르며 덤볐더니 현호 아빠는 나를 주먹으로 치며 살림을 부숴버리려고 협박하였다. 나도 힘만 있으면 현호 아빠를 밟아 죽이고 싶다는 생각이 저절로 들었다. 이 모든 것이 현호의 앞에서 벌어진 일이고 현호의 충격을 생각할 여유가 없었나 보았다. 자포자기 상태인 우리가 이 가정을 지켜나갈 수 있을까 의문이었고 우리는 심하게 흔들리고 있고 현호는 뒷전에 밀려나 있었다. 이렇게 나쁜 행동을 한 후 나는 무력감으로 쓰러져 있고 현호 아빠는 나를 비난하며 흥분하였다. 현호는 어리지만 돈 버느라 집에 자주 늦게 들어오고 가끔 술도 마시고 들어오는 나의 모습을 직접 보았으니 아빠의 비난이 나의 잘못이고 현실적으로 맞다는 생각을 하는 것 같아 가슴이 아팠다.

이제 스물여덟이 된 동생이 결혼을 앞두고 동생보다 2살 위인 제부가 될 사람도 무슨 연유인지 부모, 형제가 없이 혼자가 되어 도시로 나와 이것저것 안 해본 게 없이 고생을 했다고 한다. 아이러니하게도 언니와 동생은 둘 다 가족이 없는 사람을 남편으로 데리고 왔다. 제부 될 사람을 소개할 겸 69번째 친정아버지 생신에 현호 아빠를 제외하고 가족 모두 모였는데 현호 아빠는 필리핀에서 와서 집에 있었지만 오지 않았다. 노래도 부르고 편지도 읽고 가족들의 좋은 분위기에서 현호는 글도 모르는데 종이를 집어 들더니 "오늘은 큰 날입니다" 하며 똘똘하게 작문을 잘해주어 기분 좋았다. 현호 아빠가 한국에 오면 현호를 돌봐주시는 할머니께서는 휴가를 가시고 안 계셔서 집에 오니 현호 아빠는 라면을 끓여 먹고 설거지 그릇, 라면 봉지, 라면 부스러기로 부엌이 엉망이었다. 난 엉망인 부엌을 보니 기분이 상해서 어떻게 살아야 할지 모르겠고 사랑받지도 자유롭지도 못한 지금의 처지에 갑자기 기분이 다운되어 자유롭게 사는 게 더 편하고 행복할 것 같다는 생각을 했다. 친정에도 현호 아빠가 한국에 있으면서 처갓집에 오지 않아 변명을 해주느라 눈치가 보여 친정 가족과의 관계까지 어색하게 되었다. 그럼에도 현호 아빠는 마음 내키는 대로 말하고 행동하고 돈도 눈치 보지 않고 내놓으라는 식이어서 나에게는 치한이고 현호에게는 자상한 아빠로 지내다 이번에는 방학이라 15일 만에 필리핀으로 갔다. 내가 알기론 더 있어도 되었는데 일찍 필리핀으로 가줘서 고마운 지경까지 되었다.

친구 영옥과 정미도 충고하고 지적만 하는 현호 아빠와 대화가 되지 않아 만나려 하지 않는다. 이제는 아예 필리핀에서 와도 왔다는 말을 하지 않는데 오히려 정미와 영옥이는 현호 아빠가 왔다 가면 고생했다며 나에게 위로를 해주었다.

현호는 아빠가 필리핀에서 왔다 가면 부쩍 말을 듣지 않아 나는 심한 스트레스를 받았다. 이제 4살이 된 현호는 기분만 나쁘면 "아빠에게 일러준다"라며 "엄마가 말을 듣지 않아 아빠가 비행기 폭발해서 죽는다"고 했다. "엄마 술 마시면 안 된다" "엄마가 아빠 말 듣지 않아서 아빠가 엄마 죽인다 했어" 이런 말들을 하며 대꾸하였다. 어떻게 해야 할지 난감하여 현호 아빠가 있으면 욕이라도 하겠지만 현호 아빠는 없고 현호는 눈치만 살금살금 보며 어른에게 인사하라고 해도 들질 않았다. 억울하고 분하고 어린아이에게 엄마를 비난하고 욕한 현호 아빠의 정신상태가 제정신인가 싶고 내가 없을 때 얼마나 많은 비난을 했기에 현호가 저럴까 생각하니 아찔했다.

어느 날 현호가 열이 심하게 났다. 가와사키라는 아이들에게 유행하는 병이었다. 현호가 축 늘어져서 난 "현호야, 현호야" 불렀지만, 일어나질 않았다. 난 현호가 가장 그리워하고 좋아하는 말이 무엇인 줄 알고 있었기에 "현호야, 얼른 병원 가서 치료받고 나아서 아빠 만나야지" 하니 벌떡 일어났다. 몸이 불덩어리인 현호를 업고 택시를 타고 병원으로 가서 응급실에 입원하였다.
  나는 현호의 병원 일지도 쓰고 열이 나면 머리도 감기고 했더니 열이 바로바로 떨어지고 하루 종일 차려주는 밥에 현호랑 책도 읽고 둘만의 시간을 보내니 병원 생활이 너무 여유롭고 행복하고 비로소 엄마 같아 사는 것 같았다. 나는 한 가정의 가장으로 남편의 학비 뒷바라지하며 아이를 키운다는 것이 너무 버거웠다. 현호가 퇴원하고 다시 일상으로 돌아가는데 나는 또다시 너무 슬프고 아프고 숨이 막혀왔다.

어느 날은 여느 때와 같이 정미와 영옥, 나는 가게에서 일하고 있는데 하반신 마비인 장애인이 가게에 왔는데 자꾸만 술을 더 달라고 하여 막 주고 돈을 받았는데 나중에 뻗어서 집에도 못 갈 정도가 되었다. 정미와 영옥과 나는 울면서 함께 하반신과 머리를 들어 올려 방으로 데려다 눕혀놓았는데, 우리는 스스로 '이건 우리 삶에서 용인할 수 있는 일이 아니다'라는 생각이 들었고 정미도 영옥도 나도 일치하여 가게를 정리하게 되었다. 이 계기로 돈을 많이 벌 기회는 놓쳤을지언정 우리들 삶의 가치관이 일치하여 신뢰도가 올라가서 기뻤다.

정미는 1년 조금 넘긴 짧은 기간에 돈을 많이 모아 커피 바리스타 자격증을 취득하기 위해 학원을 등록하기로 하고, 평소 요리를 잘하는 영옥이는 남친의 사업 자금을 빌려주고 일부 모은 돈으로 요리학원에 등록한다고 하였다. 나는 경제적으로도 제자리걸음이었고 무엇을 할지 정하지도 못하고 당장 현호 아빠에게 달러 학비를 보내야 하는 처지라 또 불안해졌다.

정미와 영옥이, 나는 모처럼 시간이 나서 현호와 바닷가에 놀러 가서 옷도 사주고 과자도 사주고 맛있는 음식도 사 먹고 달리기도 하며 즐겁고 행복한 시간을 보냈는데 현호는 웃다, 웃다 쓰러질 정도로 즐거워하였다. 정미와 영옥이가 현호의 이 모습에 더욱 가슴 아파하는 이유는 자신들의 어린 시절 상처를 보는 듯 현호의 상처를 보기 때문이었다.

레스토랑을 접고 잠시 쉬는 동안 정미와 영옥과 나는 자주 만남을 가졌는데 우리는 늘 힘들고 가슴이 아픈 이유가 무엇 때문인지 알 수가 없었다. 정미는 레스토랑에서 일하다 만난 남자와 동거를 하는 중인데 정미의 동거남인 그 남자가 정미의 일거수일투족을 감시하고 의처증 증세가 있어 위태위태하다고 하였고, 영옥이는 지금 만나는 남자와의 연애에 푹 빠져 있었는데 그 남자는 사업 확장 중이라 그간 모아둔 영옥의 돈을 제법 많이 빌려줬다고 하였다. 난 늘 똑같이 현호와 먹고살고 있고 현호 아빠 학비가 걱정이라고 하였다. 우리는 다들 답답하고 스스로에게 만족이 되지 않는 아픈 가슴이지만 누가 누구에게 조언할 만큼 지혜롭지 못하다는 것을 스스로 알고 있었다.

아우성

탁아소

 현실적으로 레스토랑을 넘기고 무엇을 할지 고민할 시간적, 심리적 여유도 없이 또 다른 일을 해야만 했으므로 며칠 쉬지도 못하고 부동산으로 갔다. 미용실이나 아동 관련 물건이 보고 싶다고 하며 물건이 나오면 연락 달라고 하였더니 어느 날 탁아소가 나왔다며 연락이 왔다. 그 탁아소로 가서 인수할 원장님을 만나 야간에 공부하여 자격증 취득할 동안 운영할 수 있도록 하는 조건으로 인수인계하겠다고 하여 정말 충동적이고 운명적으로 탁아소를 개원하고 야간에 보육교사 자격증을 취득하기 위해 보육교사 아카데미라는 학원에 공부하러 다니게 되었다. 나는 문득 어릴 때부터 내가 불쌍한 아동을 돕는 일을 하길 원했던 생각이 났다. 잊어버리고 살았는데 어떻게 이런 기회가 생겼는지 신기할 따름이다.

　현호 아빠가 필리핀 가기 전에 남기고 간 전세금에다 필리핀 유학비를 보내고 우리가 먹고살고 남은 돈을 더 보태어 탁아소를 인수하고 주간에는 아이들을 돌보고 야간에는 공부하며 열심히 일하였다. 직접 아동 모집 벽보를 붙이고 탁아소 입구부터 내부까지 직접 인테리어와 꾸미기를 열심히 하다 보니 처음 인수받았을 때 왔던 아동 두 명에서 점점 아동 수가 늘어나고 있었지만 먹고살고 달러를 보내야 하는 나의 경제력은 불안하기만 했다.
　매일 새로운 아침마다 희망과 좌절이 교차하며 나의 축축한 노동은 마를 날이 없었다.
　주야간으로 일하고 공부하다 보니 무리가 되어 목 안의 물집으로 통증이 심하고 눈 깜짝할 사이에 하루가 지나갔다. 현호는 또래 아이들과 어울려 노래하고 무용도 하고 놀이도 하니 신나 하였지만, 내가 야간에 공부하러 갈 때면 불안하였는지 처음 며칠은 울었고, 곧 적응하여 "다녀오세요" 인사하며 받아들였다. 처음 몇 개월은 현호도 나도 새로운 환경에 적응하느라 정신없는 가운데 즐거움도 있었는데 현호 아빠에게 보낼 학비가 없어 경제적 어려움에 부딪히다 보니 나의 스트레스와 우울감은 바로 현호에게 전달되었다. 야간에 공부하러 가니 현호는 늦은 시간까지 혼자 야간 선생님과 있어야 했고 야간에 공부하러 가지 않는 토, 일요일에도 탁아소에는 아이들이 있어 현호와 나의 관계는 선생님과 원아의 관계라 엄마로서 오롯이 사랑과 관심을 줄 수 있는 상황은 잠잘 때뿐이었다. 시간이 흐를수록 나도 힘들고 현호도 힘들어 현호는 거의 아침마다 아빠를 찾으며 울었다.

이 열악한 상황에서도 현호가 아직 어려서 엄마가 원장 선생님이라 혹시 또래 아이들에게 텃세를 부릴까 봐 조심스러워 더욱 엄하게 교육을 하였다.

오늘 밤은 초저녁 둥근달이 너무도 밝아 탁아소에 필요한 문구도 구입할 겸 현호와 밖으로 나갔다. 난 현호를 업고 걸어가며 "보름달이 현호 따라오네" 하였더니 현호는 "왜 따라와요?" 하였다. 난 "보름달이 현호를 좋아하나 보다" 했더니 현호는 헤헤 웃었다. 정말 작은 행복인데 그간 누리지 못한 나와 현호를 생각하며 눈물을 삼키니 목이 아파왔다.

난 문구점에 다 와가서 현호에게 "이제 엄마 다리가 아프네" 하였더니 선천적으로 착한 심성을 가진 현호는 바로 내려달라며 등에서 발을 동동거리며 내리려고 하여 현호의 앞길이 나처럼 험난한 길일까 봐 괜히 마음이 아팠다.

현호 아빠가 필리핀에서 한국으로 오는 날이라 내가 운영하는 탁아소로 왔는데 여전히 우리의 거리는 좁혀지지 않았다. 여전히 현호 아빠는 나를 의심하고 현호 앞에서 나를 비난하는데 난 아무 말도 하기 싫었고 귀찮았다. 지금 내가 하는 일도 너무 벅차고 피곤해서 입안이 헐어 있고 정신적, 육체적으로 여유가 없었기도 하고 나에게도 현호 아빠에게도 실망감으로 모든 게 귀찮았다. 나와 어린 아들을 두고 자신의 야망을 위해 유학을 간 사람이 이제 별일 아닌데 나의 숨통을 조르고 다시 필리핀으로 갔다.

매일 정신없는 날이다. 난 24시간 아이들을 돌보고 같이 자고 하는 아이들도 있었다. 주간에 맡기는 부모도 늦게 오기가 일수다. 새로운 선생님도 일을 힘들어하고 현호도 나도 탁아소 한편에 방을 만들어 24시간 돌봐주는 아이들과 함께 숙식하는데, 환경이 정말 엉망이었다.

나의 33번째 생일인데 여전히 아무도 모르고 나도 이제 감정이 없다. 매일매일 바쁜 가운데 모처럼 한가한 저녁이라 클래식 음악을 틀었는데 그냥 춤추고 싶어 춤을 추었더니 현호와 나영이는 깔깔거리며 나의 슬픈 춤에 신나 하며 엉덩이를 흔들었고, 이 좁은 공간에서 눈물과 웃음이 뒤엉킨 채 한바탕 푸닥거리를 하여서 뭔가 모를 후련함이 땀에 흠뻑 젖었다.

야간에 공부하며 리포트를 썼는데 교수님께서 대단한 실력이라 칭찬해 주셔서 지금까지 경험하지 못한 칭찬도 듣고 제대로 교육을 받으니 자기 자신을 사랑하고 타인을 사랑하는 것의 중요성을 희미하게 느끼며 '나를 사랑하는 것'에 관심을 가지게 되었다. 내가 공부하는 '보육교사 양성 교육'은 여성들의 사회 진출을 위하여 여성인력을 개발하기 위해 아동 보육교사를 양성하는 정책이라고 들었다. 보육교사 자격증을 따기 위한 공부인데, 수박 겉 핥기식의 심리 상담과 인문학 위주의 수업이지만 나의 적성에 맞고 공부가 재미있기도 하고 '타인도 존중되어야 하지만 나 자신도 존중되어야 한다'는 내용에 지금까지 내가 살았던 삶에서 느끼지 못했던 신세계를 경험하고 있는 중이었다.

아이들과 24시간 365일 갇혀 살다 보니 나름 보람도 있지만 정신적, 육체적, 경제적 스트레스가 외로움으로 변해 우울해져 현호 아빠를 원망하였다. 우리 부부는 어떻게 될 것인지 희망도 믿음도 없는 가운데 탁아소 운영으로 달러 학비를 보내기는 역부족이라 여전히 나는 하루에도 몇 번씩 좌절과 희망이 엇갈리는 삶을 살아내고 있었다.

현호 아빠도 외롭겠지만 스스로 택한 삶이고, 난 원하지 않는 타인의 삶에 엉켜서 나의 삶을 내어주고 피해의식을 가지고 있는 내 모습에 부쩍 외롭고 쓸쓸하여 우울한데, 이런 나를 조금도 공감하려 하지 않는 현호 아빠에게 원망이 늘어만 가고 있었다.
어제에 이어 오늘도 내 마음을 대신하여 하늘에서는 여름 소나기가 내렸다.

일요일이라 한가하였다. 아무것도 모르고 현호와 내가 24시간 돌보는 나영이는 뛰고 질문하고 웃고 귀찮게 하였다. 애들에게 나의 감정을 전달하지 말아야 했는데 나도 모르게 의자에 앉아 시선을 한곳에 응시하고 있었더니 이상한 눈으로 아이들은 나를 바라보았고 난 알 수 없는 미소로 그 아이들을 바라보았다.

비가 그쳐서 현호와 나영이를 데리고 바다로 갔다. 현호와 나영이는 모래를 파고 조개를 집어 들고 던지며 즐겁게 놀고 있었다.

폭풍우가 지나간 바닷가 모래 위 조개들의 영혼이 부지런한 아주머니들의 바구니에 담기고 있다. 갈매기, 잿빛 하늘, 구름, 세상 그리고 많은 영혼은 어디서 왔다 어디로 가는 걸까? 파도를 보니 마치 유리 파편 같고 잔잔한 바다는 거대한 유리판 같아 두려움으로 심장이 뛰었다.

두려운 이 바닷속 깊은 곳에서도 많은 영혼들이 뭔가의 희로애락으로 살아갈 것이라 생각하니 모두가 측은하였다.

저기 고깃배. 저 배는 자신의 목적을 가지고 바닷속에서 일상의 희로애락으로 살아가는 생선을 잡아 죽이고 육지로 가져갈 것이다. 그 생선에게는 육지가 큰 두려움인 동시에 죽음이라 생각이 드니 삶의 희로애락이 저 물고기의 죽음보다는 두렵지 않은 것이라 생각되어 그물에 걸려든 물고기가 측은하였다.

어느 날 바다를 노닐다 잡혀 온 물고기와 같이 죽음과 같은 불확실한 미래를 두려워하며 많은 사람들 모두가 제각각의 생각으로 제각각의 명사를 가지고 제각각의 사연과 삶의 애환으로 나름의 목적지를 가고 있는 것이 측은하였다.

아이들과 있을 때는 현호가 아이들에게 배려심, 양보심도 많고 리더도 하고 잘 놀아 괜찮은데 아이들이 가고 나면 아빠 보고 싶다며 부쩍 나를 괴롭히며 울어대는데 아무리 달래도 안 되고 징징 울어대는 것을 멈추지 않아 현호의 종아리를 때렸다. 왜 그랬을까? 후회가 되었다. 그래서인지 저녁 먹고 체하여 약을 먹어야만 했다.

밤새 손가락을 입에 물고 불안해하는 현호의 모습이 뇌리에서 생생하여 차라리 삶이 멈추었으면 하는 슬픔에 압도당하며 울다가 잠든 현호의 모습을 보니 나보다 더 아픈 작은 아이가 신음하고 있었다. 자책하며 미안하여 작은 손을 조몰락거리며 눈물로 밤을 새웠다.

어느덧 6개월이 되어 보육교사 자격증을 취득하여 나의 자격증을 벽에 걸어 뿌듯했지만 현호 아빠에게 달러를 보내고 나면 내가 살아가는 데 쓸 돈이 늘 적자였다. 현호에게 이러면 안 된다는 것을 너무 잘 아는데 현호가 아빠를 너무 찾으니 그 문제에서 난 아무것도 할 수 없고 억울함이 폭발하여 감정 기복이 심해져서 현호가 떼를 쓰면 달래주지 못하고 소리치고 후회하는 나를 보며 이제 나의 인내심에 한계가 오고 있다는 생각을 하였다.

이렇게 몸도 힘들고 마음도 힘들었는데 바쁜 일상은 세월을 착착 넘겨 1년간 규칙적인 생활을 했더니 10년 넘게 보유했던 비형간염 바이러스에 항체가 생겼다. "이런 경우는 복권 당첨과도 같다"라고 의사 선생님께서 말씀해 주셨다. 규칙적인 생활이 면역력을 향상시켜 신체의 바이러스를 무찔렀나 보다 생각하니 신기했다.

저녁 부식 거리를 구입하여 쓸쓸히 찬바람을 느끼며 길을 걸었다. 길은 언제나 있었다. 이 길이 아스팔트건 비탈길이건 그것은 나의 선택인데 내가 선택한 길이 맞는지 모른 채 어떤 길이든 소중히 받아들이며 그 길의 끝을 보지 못한다 해도 당연히 받아들여야지.

인생은 끊임없이 나와의 투쟁이고 나는 미래에 속아 현재가 아프고 있었다. 현호 아빠가 필리핀에 간 지 2년이 다 되어가는데 이제는 대놓고 한국으로 나오지 않고, 나는 정신적이고 육체적인 외로움으로 허우적대며 살아내고 있다고 해야 하나, 자꾸만 한계에 부딪혔다는 생각을 하고 있다. 20대부터 현호 아빠와 나는 성에 대한 인식이 뭔지 모르는 가운데 만나서 지금까지 부부관계에서 성관계는 없는 것이었고 정숙한 여자인 나는 본능 통제가 너무나 힘들어 불면증에 뒤척이다 먼지들의 부딪침에 깨어나 무서운 어둠에 결박당하고 어둠은 그리움을 몰고 와 온 마음을 강탈한다.
이제는 오히려 밤이 좋다. 보이지 않는 어둠, 모두 잠든 정적, 보이지 않아도 음흉한 나를 만나는 밤. 정적이 주는 날카로운 메시지, 나와 싸우고 화해하는 밤이 좋다.

현호 아빠가 필리핀에서 1년 만에 왔는데 여전히 더 두꺼운 벽만 느끼게 하고 나를 비난하고 이틀 만에 가버렸다. 이틀 동안 우리는 육체적 본능을 해소하기 위해 잠깐의 시간을 가졌는데 그것도 현호 아빠의 원함이 아니라 나의 원함으로 이루어졌는데 전혀 사랑을 느끼지 못하는 가운데 현호 아빠가 머리가 아프다고 하는 말에 더 이상 행위를 진행할 수 없어 중단되었다. 현호는 아빠가 다녀간 이후 부쩍 우는 날이 많고 손가락을 입에 물어 너무 속이 상하고 안타까운데 갑자기 억울하다는 생각까지 들었다. 현호는 시름시름 앓더니 갑자기 열이 나서 병원에 가니 목이 부었다 한다. 약을 먹고 자던 현호는 잠깐 잠에서 깨어 아빠를 찾았다. 병원에서 심한 감기는 아니라는데 열이 나고 식기를 반복하고 있어 피곤함이나 신경성일 가능성이 있다고 하여 나도 현호도 너무 힘든 삶이 모두 현호 아빠의 원망으로 돌아갔다. 난 삶에 늘 시달리고 여유롭지 않은 경제 상황에 시달리다 보니 현호와 즐거운 시간도 가지지 못하는데 어쩌다 한 번 오는 아빠는 현호에게 너무 잘해주니 현호는 아빠에 대한 그리움으로 상사병이 났다. 현호는 아빠가 그리워 힘들고 나는 그런 현호를 보며 현호 아빠가 더욱 미워지고 있었다. 현호에게 아빠에 대한 그리움 외엔 나는 아무것도 해줄 수 없고 지금 달러를 보내고 먹고사는 것만으로도 나는 너무도 힘들고 벅차서 겨우겨우 살아내고 있었다.

가난의 상처

일요일인데 일하는 부모들의 아이들 세 명과 현호, 나영이를 데리고 아이 부모 중 한 명이 다니는 교회에 가면 간식을 준다기에 아이들 다섯 명을 데리고 교회에 갔다. 교회에서 과자를 나누어 주는데 조금 부족하여 반쪽을 나누어 주니 현호가 받질 않아 현호는 그냥 지나치고 다른 아이들을 주니 현호 몫이 없었다. 그때부터 현호가 칭얼거려 다른 사람에게 방해만 되는 것 같아 데리고 나오는데 계속 칭얼거렸다. 아무 말도 하지 않고 오는데 현호가 오지 않고 서 있었다. 나는 다른 아이들을 데리고 그냥 걸어갔더니 갑자기 현호가 인상이 두려움에 싸인 채 엄마를 외치며 뛰었다. 반사적으로 뒤를 돌아보니 한쪽 신발이 벗겨진 상태로 두려움에 떨며 뛰고 있는 그 모습이 가여워서 감정이 앞서 더욱 화가 났다. 앞을 보니 차도에 차는 다니고 한 아이는 말을 듣지 않고 다른 아이는 손을 놓고 위험천만이라 아이들을 돌보는 나도 정신이 없었고 나의 가슴은 절규를 하고 있었다. 놀란 현호는 신발을 가지러 가면서도 계속 엄마가 혼자 가는가 불안해하며 뒤를 돌아 확인하며 신발을 신고 왔다. 현호의 모습이 지금 나의 심리 상태와 똑같아 머릿속에서 지워지지 않는다. 너무 아파서 지우고 싶은데, 심장에 문신이 새겨져 버렸다. 현호에게 좀 더 부드럽고 자상해야 했었는데 못했다는 후회와 자책으로 긴 세월 매일매일 아팠다.

나를 자책하는 만큼, 현호에게 미안한 만큼 현호 아빠가 원망스러운 시간들이었다.

현호 아빠가 필리핀에서 4개월 만에 왔다. 보이지 않는 벽, 사랑하려고 노력하였으나 남은 건 동정 연민뿐, 우리는 서로 솔직한 감정을 털어놓아야 했는데 그러질 못하고 이젠 서로 아무런 노력도 없었다.

　나는 일하고 현호와 현호 아빠는 동물원에 갔다 오니 오랜만에 밝고 명랑한 얼굴을 하며 좋아하는 현호 얼굴을 보니 나의 마음도 오랜만에 행복을 느꼈다. 그런 행복을 주었으면서 현호 아빠는 현호에게 그리움만 남기고 홀연히 필리핀으로 갔다.

　현호 아빠가 필리핀 가는 날 나는 용기를 내어 사진 한 장 가져가라고 내밀었더니 필요 없다는 듯 나의 손을 치우기에 서운함이 폭발했지만, 현호를 보면 "그래, 현호의 아빠지…. 현호가 그토록 좋아하는 현호 아빠" 하고 혼잣말을 하기도 하였고, 지금 나의 본능도, 이성도 통제가 되지 않아 자괴감을 가지고 있는데 현호 아빠의 이러한 무시하는 행동으로 난 자존감이 땅바닥으로 추락했고, 답답함, 인내, 억울함, 이런 식의 감정들이 도를 넘치다 보니 이제 초연해지고 '우리는 헤어질 수도 있다'라는 예감도 하게 되었다.

　현실을 부정하려고 눈을 찔끔 감아보았다. 눈을 감으면 세상이 없는 건가? 운다고, 눈을 감는다고 달라지는 건 아무것도 없었다.

　맘에 선을 품지 못해 잠 못 이루는 까만 밤들이었다. 까맣게 이렇게 사라지는 슬픈 젊음, 혼자 감당해야 하는 삶의 무게, 나에게 주어진 고통의 삶. 너무 길이 멀다. 아니, 가까워짐에도 희망이나 기대를 느끼지 못하는 절대적인 고독과 외로움에 비틀거리며 오늘도 살아내고 있었다.

어김없이 밤이 깊어간다. 오늘 밤 나는 또 어떤 존재와 어떤 놀이를 하며 밤을 새울까?
째깍거리는 시계 소리, 휘잉, 바람 소리, 느닷없이 끽, 기계 소리. 한밤을 멍청하게 소리와 싸운다.
깊은 밤 애벌레들이 깊은 곳에서 흐느적거리며 조용히 기어 나와 나의 심장을 내장을 갉아 먹고 있었다.
두 손 바짝 들고 바닥에 납작 엎드려 항복을 하지만 나의 심장은 조여만 오고 뒹굴다, 뒹굴다 현실의 공기가 싫어 이불을 뒤집어쓰려는데 여명이 천천히 다가오고 있었다.

계속 불면증과 속 메스꺼움, 어지럼증이 나를 괴롭혔고 벽에 걸린 현호 아빠의 사진을 봐도 아무런 감정이 없고 피곤하고 지쳐 있었다. 그런 가운데 현호가 손가락질하며 말하고 나를 때릴 때면 현호 아빠의 행동을 그대로 나에게 하는 것 같아 싫었다.
현호가 "엄마, 아빠 싸우면 아빠가 이긴다" 하는 작은 아이의 말에도 서운한 마음이었지만 피곤하고 지쳐서 현호에게조차 화낼 힘이 없었더니 현호와의 관계는 좋아지고 있었다.

감기가 걸렸는데 좀체 낫지 않다가 혈관 주사로 겨우 나았는데 나의 몸이 좋지 않으니 현호도 함께 아파서 병원에 가게 되어 치료를 받았다.

오랜만에 아이들과 얘기도 하고 장난도 치며 놀았더니 힘들기도 하지만 뿌듯하였다. 한참 아이들과 놀고 있는데 밖에서 아이들이 소리치는 소리에 현호의 소리가 들려서 밖으로 얼른 나갔더니 큰 개가 현호의 등 위에 있었다. 난 평소 개를 무서워하는데 본능적으로 소리치며 뛰어갔더니 큰 개는 다른 쪽으로 홀쩍홀쩍 달려갔다. 난 현호를 업고 달래주니 빨리 안정이 된 현호의 안정된 가슴이 나의 등에서 느껴져 작은 행복을 느끼기도 전에 현호의 안정된 가슴을 느끼는 게 너무 오랜만이라 슬픔을 느꼈다.

가을비가 오는 쓸쓸해지는 쌀쌀한 아침, 산에 안개가 자욱하였다. 비를 먹는 산, 비를 먹고 파랗게 싱싱해지는 나무들이 부러웠다. 나무, 녹색 나무가 나에게 오라 팔을 벌리고 그 냄새는 나의 몸과 마음을 포근히 안아주었다.

아아. 그 포근한 품속에서 벌거벗은 채 영원히 살고 싶다는 생각이 간절한 아침이 쓸쓸하였다.

나영이 아빠가 재혼하게 되어 나영이를 데리고 있지 않아도 되어 오랜만에 현호와 단둘이 바닷가로 갔다. 나는 가만히 있었을 뿐이고 현호 혼자 파도와 모래와 함께 놀았음에도 현호는 너무 좋아하며 "내일도 와서 놉시다" 했다. 바닷가에서 어떤 남자가 현호에게 다정하게 말을 하니 현호는 그 남자와 너무 소통을 잘했고 심지어 안아달라고 하였다. 나만큼 현호도 쓸쓸하고 부모의 사랑이 필요하다고 생각하니 무능한 나 자신이 또 한심하고 미워졌지만 지금 현호의 얼굴에 즐거움이 있어 난 행복했다.

여전히 현호는 자주 아빠가 그립다며 초저녁에도 밤에도 새벽에도 울어대었다. 아빠를 그리워하며 우는 아들 모습을 보는 30대 초반 엄마의 심정을 뭐라 말해야 하나. 뭐라 말할 수 없는 나의 마음이 아프다, 아프다 못해 심장에 굳어서 무심해져 버렸다. 아들은 울고 엄마는 무심해져서 잠시 멍하다가 겨우 정신 차리고 생각하는 것이 당장 내일 우리가 먹고살 경제를 걱정하는 것이었다.

요즈음 모든 것이 부질없고 힘이 하나도 없어 뭘 먹어야 할지도 모른 채 시장에 갔다. 시장 사람들의 고통이랄까 부르짖는 소릴 들으며 먹고살기 위해 이것저것 봉지에 담으며 삶이 고맙기는커녕 어느 곳에도 애착이 없어 무표정해진다. 삶 자체가 아무것도 아니라 나에게는 죽음이 삶인 것 같다는 생각을 하며 너덜너덜 걸었다.

이틀째 현호가 새벽 2시 30분에 일어나 울었다. "업어줄까? 안아줄까? 과자 줄까?" 해도 거의 30분을 울었다. 이제는 어찌해야 좋을지조차 모르는 나도 울어버렸다. 그랬더니 현호가 "엄마, 엄마" 하며 깜짝 놀라 소리쳤다. 나는 "현호가 우니까 엄마가 자꾸 눈물이 나잖아" 하였더니 현호는 죽은 듯 조용해졌다. 어디에 매달려야 하나. 현호도 나도 버거운 인생이고 나는 엄마로서의 역할을 뒤로한 채 남편이 될지 남이 될지도 모를 사람의 아내의 역할만 하고 있었다.

이미 우리는 벽이 두꺼워서 거리를 좁힐 수 없다는 것을 알면서도 이렇게 힘들게 살고 있는 건 사랑도 증오도 아닌, 그냥 내가 나의 주관이 없고 상대의 결정을 바라기에, 늘 타인이 나의 인생의 주인공이기 때문이었다.

현호 아빠가 6개월 만에 한국에 왔다. 나는 오늘이 마지막인 듯 관계를 회복해 보려고 약국에 가서 콘돔을 구입하였다. 그리고 저녁에 난 현호 아빠에게 콘돔을 내밀며 사랑을 하려 했지만 현호 아빠의 건성인 태도에 나의 마음이 동요되지 않았고, 결국 모든 행동이 이루어지지 못하였고 나도 그도 화가 나서 처음 마음과 달리 돌아서 누워 자고 말았다. 그리곤 아침에 난 그가 그랬듯이 그를 눕혀놓고 나의 본능을 해소했고 그는 몹시 불쾌해하며 남편을 옆에 두고 뭐 하는 짓이냐고 하며 나를 비아냥거렸고 나도 지지 않고 당신도 예전에 나 눕혀놓고 자위행위 하지 않았냐고 대담하게 대꾸하였더니 현호 아빠는 "당신 왜 그리 변했어" 하고 놀랐다. 나 역시 나의 또박또박한 말투와 목소리 톤에 놀라웠다. 돌이켜 보니 우린 부부 성 상담이 예전부터 필요했었다.

언제 그랬냐는 듯이 아침을 먹고 일요일이라 현호 아빠, 나, 현호 셋이 나의 운전 연수 겸 드라이브를 즐겁게 하였다. 어제의 일은 잊고 시장 봐서 맛있는 저녁을 먹고 일찍 자려 하였는데 현호 아빠는 집에 와서 바로 누웠다. 난 저녁 준비를 하며 "자는 거야?" 하고 묻는데 짜증이 났다. 그도 큰소리를 지르며 짜증 내지 말라고 했고 현호는 아빠와 나를 번갈아 보며 놀라고 있었다. 난 지금 나의 심정을 솔직하게 "우리 언제까지 이럴 거야? 내가 노력할 테니 도와줘"라고 말하여야 했는데 더 화가 나서 말하지 않고, 혼자서 저녁 준비를 하며 짜증을 내면서 저녁상을 차렸으나 우리 가족 모두 굶고 잠을 청했다. 난 정신도 몸도 지쳐 있어 눈물을 훔치며 상을 치우고 있는데 현호 아빠도 우는 것 같았다. 순간, '그는 무엇 때문에 눈물을 흘리는가? 낯선 땅에서 그도 나처럼 경제적으로 힘들고 공부하기도 힘드나 보다' 생각하니 안쓰러운 마음에 슬픔이 더욱 커져 우리는 둘 다 울보가 되어버렸다. 그 무엇도 자신이 없어지고 이제는 충동적인 내가 겁이 나기 시작했고, 이 상황이 겁이 나기 시작했다.

34번째 나의 생일인데 아무도 모르고 나만 알고 있는 생일날 아침부터 짜증이 났다.

찡그린 얼굴로 짜증을 내니 현호 아빠도 좋을 리 없으니 왜 짜증이냐며 나에게 화를 내며 이래라저래라하며 충고하였다. 내가 현호 아빠에게 아무런 요구 없으면 현호 아빠도 나에게 아무런 요구를 하지 않았으면 좋겠다는 생각으로 아무 말도 듣기 싫었다. 아무런 즐거움 없는 삶을 견디고 있는데 현호 아빠는 나를 무시하고 존중은 손톱만큼도 없었다. 나에게 충고만 하고 내가 뭐라고 말하려 하면 "나도 그 정도는 생각한다. 그런 말 하지 마. 됐어!! 무식하게. 공부 좀 해" 이렇게 말하였다. 난 어이가 없고 괘씸하기까지 하여 얘기를 하려다가도 쑥 들어가 버렸다. 나에게 지옥 같은 시간을 선사하고 현호 아빠는 또다시 현호에게는 그리움만 남기고 필리핀으로 갔다.

파괴 본능

외도

 이후 현호 아빠는 1년이 지나도 나에게 오지 않았고, 나는 탁아소를 운영하며 경제적, 정서적, 육체적 문제로 인하여 심하게 아파서 일어나질 못하고 있었다.
 혈관 주사를 맞아도 낫지 않고 열이 나고 토하고 아무것도 하지 못해 탁아소 운영도 선생님 혼자 해야 했다. 그동안 영옥과 정미도 지혜롭지 못한 각자의 삶에 정신이 없는 가운데 정미가 나에게 방문하였다. 고열로 인해 먹으면 토하고 감기가 낫지 않는 나에게 누워만 있지 말고 바람을 쐬며 죽이라도 먹자고 나를 차에 실어 바닷가로 가서 전복죽을 먹었는데 신기하게 한결 몸이 좋아졌다. 컨디션 회복이 된 나는 오랜만에 술을 한잔하고 싶어 저녁에 일을 마친 영옥과 우리 둘은 초밥집으로 갔다. 정미는 그간 끈질기게 따라붙던 동거남과 파출소를 몇 번이나 오가며 힘겹게 이별을 했다고 하였다. 영옥은 여전히 무역업을 하는 남자와 오랜 만남을 지속하고 있는데 영옥의 돈은 아직 돌려받지 못했고 여전히 이별하고 싶어도 돈이 엮여 있어 힘든 상태라고 하였다.

정미와 영옥은 믿고 의지할 가족이 없어 삶이 힘들 텐데도 불구하고 오히려 긴 세월 남편의 학비를 대며 자녀를 양육하는 나를 늘 안쓰럽게 생각하며 그간 먹지 못하고 야윈 나의 기분을 살피며 목소리를 높여 수다를 떨어주었다.

그렇게 웃고 있다 뭔가 모를 주파수에 끌려 옆을 보았는데 두 명의 남자 중 한 명이 나를 보고 있어 피할 수 없이 눈이 마주치게 되었다. 그 눈길이 얼마나 강렬했던지 나의 눈이 컨트롤이 되지 않았다. 3초간 눈과 눈이 꼼짝을 못 하고 있다가 겨우 눈을 돌려 친구들의 얘기에 합류하였다. 우리는 저녁을 먹고 일어서려는데 옆 좌석 남자가 일어나 웃지도 않고 강렬한 눈빛으로 전화 부탁한다며 명함을 주었다. 아마도 그 남자에게 나는 "외롭고 쓸쓸해요. 저를 외롭게 두지 마세요. 저의 가슴에는 사랑이 넘치고 있어요. 사랑하고 싶어요. 너무 외롭습니다"라고 눈으로 말했다고 생각한다.

이후 난 그 명함을 버릴까 망설이다 나도 모르는 이끌림으로 전화를 하게 되었다.

그리고 저녁 약속을 하고 만났다. 그 사람은 분위기 좋은 바닷가 레스토랑으로 안내하였고 서로에게 아무것도 묻지 않고 술만 마시고 밥에는 손도 대지 않았다.

그리고 난 술에 취하고 그 사람이 안내하는 대로 숙박시설로 들어가 버렸다.

그 3초간의 갈망하는 눈빛이 나의 인생을 완전히 바꾸어 버릴 것이라 예감되었지만 이미 나의 감정은 통제를 벗어났다.

환희는 순간이었다. 민망스러움과 나의 부끄러움으로 일은 벌어져 버렸고, 난 굴복해 버렸고, 나의 본능과 이성이 맞부딪혀 천둥과 우레와 번개가 되어 전율이 온몸과 마음을 마비시켜 버렸다.

현실이 지겨워라. 모두 폭발하여 파괴되어 버려라. 천재지변이라도 일어나라. 나를 돕는 사람은 없고 지랄 같은 세상에서 무능력하고 쓸데없이 움직이는 나. 무서워서 도망치고 싶다. 도망치다 보면 나를 꼭 껴안아 주는 뭔가가 있겠지. 아아. 나를 도망치게 해다오.

정신을 차리고 나니, 아니, 처음부터 정신이 없었던 건 아니었다. 아무튼 난 일어났고 집에 간다는 말도 없이 먼저 나와 집으로 오는 길에 뭐라 말할 수 없는 마음이 바위 돌덩이같이 무겁기만 하였다.

나의 자궁은 잉태를 부르짖고 마구 아랫배를 발길질하여 아랫배에 통증을 주었고 그 남자는 이런 나에게 힘들지? 사랑이 필요하지? 하며 속삭임으로 다가왔다. 육체가 뭔가? 내가 그냥 누구와 함께 육체적 관계를 가졌다고 뭐가 달라진단 말인가? 육체적 관계는 부끄러운 게 본능이라고 나를 위로하였지만 죄의식과 부끄러움을 벗어던질 수가 없었다. 그 이유는 나의 행위는 현호 아빠 입장에서 배신, 외도, 그리고 나 자신에게는 사랑하지 않는 사람과 가진 육체적 관계이기 때문이었다. 그렇지만 지금 나의 육체는 본능 해소를 간절히 원하며 한계에 다다랐기에 나 자신에게만은 진실한 것인지도 모른다.

유혹이 찬란한 세상, 힘든 나에게 유혹은 너무 쉽다.
유혹은 속삭인다. 외롭지? 배고프지? 나에게로 와.
유혹은 나에게 키스하고 절벽 아래로 밀어버렸다.

비가 오락가락하고 내 마음도 오락가락하며 나의 머리는 온통 두려움으로 가득 찼다. 그의 품이 그 순간은 따뜻했지만 사랑은 아니었다. 이렇듯 몸과 마음이 다르게 행동할 수 있다는 것은 너무 오랫동안 스킨십을 못 했기 때문이고 나의 호르몬은 잉태를 부르는 시기였다.
이 모든 현재의 두려움은 본능을 억압했기 때문에 벌어진 일이고 나는 본능을 억제할 만큼 강인하지 못하다는 것이어서 이것은 어디까지나 실수였다. 그렇게 봐주어야 하는데 이해받지 못할 것이라는 것은 기정사실이었다.

선생님께 현호 저녁을 부탁하고 조금 늦는다고 퇴근하라고 하였는데 많이 늦게 집에 오니 현호가 선잠에서 깨어 "엄마, 왜 이리 늦었어. 이제 안 아파?" 하였다. 나는 "응. 안 아파. 이모가 약도 사주고 맛있는 거도 사줬어. 우리 현호는 울지도 않고 착하네" 하고는 그대로 쓰러졌는데 다음 날 아침, 삶은 나를 계속 일으켜 세웠다. 난 일상에서 열심히 살고 있었는데 그 남자로부터 탁아소로 자꾸만 전화가 오고 다시 만나길 다그쳤다. 난 또 나의 의지와 상관없이 그 남자를 만났고 똑같은 행동을 반복하고 말았다. 그리고 난 또 나의 일을 열심히 하였고 또 그 남자에게 전화가 왔고 그는 저녁에 내가 운영하는 탁아소 부근까지 오고 있었다. 그 남자와 맛집을 찾아 저녁을 먹으며 오늘은 서로의 이야기를 하며 나의 현실을 얘기하고 나의 심정을 얘기할 마음을 다지며 난 사실대로 모든 얘길 하였다. 그 남자는 독신주의로 아버지는 내연녀와 사랑에 빠져 가출한 상태이고 어렸을 때 형으로부터 폭력을 당하여 성인이 되면서 권투를 하였고 지금은 이혼한 엄마와 함께 살고 있다고 하였다. 더 이상 알고 싶지도 않고 궁금하지도 않고 나는 아이 아빠를 기다릴 것이라고 말했지만 자꾸만 나는 없고 그에게 끌려다니게 되어 불편함이 느껴졌다. 내 삶은 늘 주인공이 타인이고 난 끌려다녔다.

그 남자는 나를 동정하며 돌아오는 일요일 현호를 데리고 동물원에 가고 싶다고 하여 그냥 생각하기도 싫고 순간 좋아서 그러기로 하였다.

일요일이 되어 현호와 난 그 남자와 동물원을 갔다. 난 아이에게 어떤 영향을 미치리라는 생각을 할 여유가 없었다. 그냥 지금 현호가 즐거움에 목말랐고 나 역시 즐거움에 목이 말라 지금 당장의 즐거움을 버릴 수가 없었다. 현호는 6살인데 그 남자에게 안아달라, 목마를 태워달라고 하였고 그 남자는 다 해주었다. 아, 모르겠다. 아무것도 생각하기 싫고 나는 신중하지도 지혜롭지도 못하다. 나는 지금 그냥 필요하고 결핍된 것을 나도 가지고 싶었을 뿐이었다.

　며칠 후 나는 외도로 법과 윤리를 저버린 사람으로서 죄의식을 감당하지 못하여 그 남자를 만나지 않기로 했다. 처음부터 사랑한 것도 아니었고 그냥 본능을 통제하지 못해 일어난 실수였으므로 만나고 싶지 않다고 하였더니 그 남자는 나의 의지를 받아들이지 못한다고 하였다.

상담 선생님

　불면증으로 잠도 못 자고 힘들어 스스로 신경정신과를 찾아 처음으로 나의 모든 처지와 상황을 얘기하였다. 나는 불면증의 원인인 현재의 경제적 어려움과 돈을 벌기 위해 레스토랑을 운영하며 술을 판 일로 인한 죄의식과 외도에 대한 죄의식을 얘기하며 비밀도 많고 실수도 많이 하는 나의 마음에도 들지 않는 나를 선생님께 고발하였는데, 선생님께서는 "쯧쯧"이라고 하며 돈이 필요하면 돈벌이가 되는 일을 할 수도 있다고 말씀해 주셔서 나는 이루 말할 수 없는 마음의 편안함을 느꼈다. "아아. 내가 그리 잘못한 것이 아니구나"라는 생각과 함께 부끄러움과 죄의식에서 편해졌다. 나는 불면증 약을 처방받아서 오는 발걸음이 가벼워졌다. 세상살이에서 나의 삶이 부끄러워 비밀을 간직한 나는 늘 죄의식에 시달렸는데, 오늘 죄를 사한 것 같아 선생님이 너무 감사했다.

한동안 오지 않던 현호 아빠가 갑자기 왔다. 나는 손님맞이 반찬이라고 해야 하나, 아무튼 잠시 시장에 간 사이에 현호 아빠가 장롱 서랍에 숨겨놓은 나의 일기장에 쓰인 그 남자의 내용을 보고 나에게 미친 듯 따지고 그 남자를 데려오라고 다그쳤다. 나는 정말 부끄럽고 힘들었지만, 나의 울타리를 지키고 싶은 마음이 커서 아니라고 말하며 고개를 떨구고 있으니 현호 아빠는 막무가내였다. 설상가상 그 남자에게 현호 아빠가 왔으니 전화하지 말라고 하였는데도 불구하고 전화가 와서 결국 난 견딜 수가 없었다. 이제는 정말 될 대로 되라는 식으로 현호 아빠가 원하는 대로 그 남자와 약속을 하여 만나도록 하였고 나는 그 둘이 무슨 말을 했는지 관심이 없다. 될 대로 되겠지 내가 잘못했으면 그 대가를 받으면 되는 것이다. 현호 아빠는 한바탕 난리를 부리고는 어디서 무엇을 하는지 가끔 집에 왔다 가곤 하였다.

　그 남자와 만난 이후 현호 아빠는 권투를 한 그 남자에게 어떤 두려움을 느꼈는지 쌍절곤을 들고 다니며 운동을 한다고 하며 나에게 비아냥거렸다. 나도 큰 상처를 받고 살았지만 나도 현호 아빠에게 큰 상처를 주어버려 나는 고개를 들 수가 없어 입을 닫고 살아야 했다. 이후 난 그 남자에게 헤어지자고 말하였으나 쉽지 않았다. 그 남자는 나를 설득하며 헤어짐을 받아들이지 못한다고 하였지만 사실 나는 현호 아빠가 받은 상처만큼 그에게 갚아주고 싶은 마음도 있었다. 나는 나의 주장과 말을 잘 하지 못하고 인내하는 부분이 많았지만 절실할 때는 또박또박하게 말하는 부분도 있어 완강히 사랑 따윈 처음부터 없었고 실수한 것이라고 단호히 말했더니, 그 남자의 분노는 극에 달해 주먹으로 탁자를 치며 폭력적으로 변하더니 나가버렸다. 그와 헤어질 수 있겠다 싶어 안심하는데 그 남자에게 다시 연락이 와서 "당신은 사랑이 너무 쉽고 난 너무 어렵네" 하며 전화를 끊었다.

예민함을 타고난 나는 시인도 가수도 연기자도 소설가도 아무것도 되지 못하고 그냥 외도나 하고 타인의 가슴이나 아프게 하고 나 역시 아프고 부딪히고 쓸모없는 것에 그 예민함을 풀었다는 자책감으로 몸서리쳤다.

한편 그 남자에게 상처를 주었지만 이상하게 나름 현호 아빠에게 복수는 한 걸로 마무리 지었다고 무의식적으로 생각했는지 마음 한구석의 죄의식 한 가닥을 걷었다.

그렇게 남자 둘은 서로 상처받았다며 나에게 말했고 나는 간통녀가 되었다.

현호 아빠는 나에게 바람을 피웠다고 비난하며 나의 친정 가족과 자신의 가족, 그리고 모든 친구들에게 고자질을 하여 난 낙인이 찍힌 여자가 되어 만나는 사람마다 고개를 숙이고 있어야 했고, 현호 아빠는 당당히 나를 고발하였다.

알고 보니 현호 아빠는 필리핀 공부를 마치고 의사 시험을 준비 중이라 고시원에서 공부에 열중이었다. 난 이제 달러를 보내지 않아도 된다. 아니 돈도 없고 보내지 않을 것이다. 나에게 중요한 건 나의 일상생활이었다.

외도의 결과

주머니 사정은 늘 하루하루 살아가기에 급급하고 어쩌다 현호 아빠가 오면 계속 싸웠다. 지금까지 현호 아빠에게 보낸 달러 입금표를 모아 장롱에 두었는데 현호 아빠가 그것을 보고는 찢어버렸다. 그리고 돈이 없는데 돈을 달라고 하며 나에게 비아냥거리고 이제는 협박도 하여 답답해서 하루 종일 울었더니 몸살이 난 것 같았다. 현호 아빠는 나에게 남자 냄새가 난다니, 거짓말을 한다니, 성병이 옮았다니 이런 말을 하여 난 몸서리쳤다. 나의 앞길에 햇빛은 뜨는 걸까? 이 괴로운 나의 30대는 어디서 보상받아야 하나? 그리 인내하며 견뎌냈던 나의 고통이 한순간 와르르 무너져 내리고 모든 책임은 나에게로 돌아와 억울한 생각도 들기 시작하였다.

현호 아빠는 부산에 있으면서도 전화만 오거나 한 번씩 얼굴을 보게 되면 나에게 함부로 대하고 무시하며 참 많이도 괴롭히는 말만 하고 헤어졌다. 난 정이 많고 맘이 약했는데 나 역시 이제는 현호 아빠와 헤어질 결심을 했는지 독해져 갔다. 현호 아빠가 이혼하자고 해서 나도 그러자고 하니 "현호는 어쩔 거냐?"라고 해서 난 "현호도 소중하지만 나도 소중하니까 현호와 살 수 있는 경제력을 확보해 주든지, 싫으면 현호의 미래를 책임졌으면 좋겠어"라고 했더니 현호 아빠가 놀라며 "예전에는 이렇지 않았는데 어쩌다 이렇게 변했어?" 하며 경악을 했다. 그렇다. 현호 아빠가 나를 두고 필리핀으로 갈 때 난 말이 느려서 나의 말을 다 들으려면 답답하여 중간에 끊고 현호 아빠가 말을 하여 난 늘 나의 할 말을 다 하지 못하였는데 지금 나의 말 속도가 조금씩 빨라지고 있었다. 이것만으로도 현호 아빠 입장에서는 경악할 일이었나 보다. 난 견디지 못했고 사랑 없는 육체적 관계를 했고 잘못한 건 맞으니까 지금 와서 돌이킬 수 없는 시간, 용서받고 괴로운 인생을 살고 싶지 않았다. 아니, 나의 입장에서는 오히려 현호 아빠가 언제까지 외도하지 않고 견딜 수 있냐며 외도를 조장한 것 같았다. 우리는 서로 이해하고 보듬어 줄 수 있는 인격체가 아니었고 지금까지 현호 아빠를 위해 살았다면 이제는 나를 보살피며 살고 싶었다.

현호 아빠의 절친인 동관 씨 부부가 왔고 그 친구 앞에서 나의 외도 얘기를 하여 난 고개를 숙이고 있었다. 현호 아빠가 잠시 자리를 비운 사이에 절친인 동관 씨는 나에게 이혼하는 게 맞다고 했고, 동관 씨 부인은 현호 아빠도 필리핀에서 가정부 두고 여유롭게 살았고 가정부와 부적절한 관계였다고 나에게 말해주었다. 사실 나의 외도는 증거가 있었고 마음으로는 이미 현호 아빠와 나는 타인이었기에 난 그 얘기를 들었지만 놀라거나 원통하여 따지고 싶지 않았다.

1996년 11월 26일, 현호 아빠와 나는 협의 이혼을 하였다. 현호 아빠는 현호의 양육권과 미래를 책임질 것이니 신경 쓰지 말라고 하며 위자료는 없다고 하였고, 난 모두 동의하였다. 현호 아빠는 몹시 불안해 보이지만 얼굴이 밝았고 나는 초연한데 얼굴이 어두웠다. 이혼 절차를 마치고 현호 아빠와 나의 15년간 인연의 끝을 내는 날 저녁에 소고기 국밥을 함께 먹는데 현호 아빠는 며칠 굶은 사람처럼 잘 먹었지만 나는 잘 넘어가지 않았고 유달리 콧물이 나와 코 훌쩍거리는 소리가 거슬리고 현호에게 부모 역할을 못 한 죄스러움으로 가득했다.

이혼 후 모든 상황에 탁아소를 운영할 힘도 없고 환경을 바꾸고 싶어져 선생님께 탁아소를 넘겼다.
그리고 현호와 나는 친정에 며칠 머무르다 살 집을 얻었다. 한 달째 실업자, 두 달째 실업자. 돈은 자꾸 없어지고 우울하고 불안하여 지치고 있었지만 견뎌야 했다.

영옥은 그간 만난 남자 중에 가장 오랫동안 만난 남자에게 거의 5년 동안 뒷바라지를 하였는데 무역업을 하는 그 남자와 결국 이별을 하였다. 나중에 알게 되었지만 거짓말이 일상인 그 남자는 여자들만 만나면 돈을 얻어서 호사롭게 사는 사기꾼이었고, 연애 중에는 예의도 바르고 멋쟁이고 말솜씨도 있어 헤어 나오기가 힘들었다고 하였다. 정신을 차려보니 돈은 없고 그 남자는 다른 여자들과 또 돈 관계가 얽혀 사기를 치고 있었다는 걸 알게 되었고 정말 자신이 바보스럽고 억울하고 분했지만 너무나 부끄러워 남에게 말도 못 하고 살았다고 하였다. 이후 식당에서 일하다 만난 순하고 착한 동료와 1년 교재 끝에 예전의 남친들과 다르게 세련되지도 멋쟁이도 아니었지만 성실하고 자상하여 결혼을 결심했다고 하였다. 나는 정미와 영옥에게 나의 불면증으로 만나게 된 상담 선생님의 따뜻한 격려에 마음이 편하다는 소식을 전하며 우리의 고통은 사랑의 결핍에서 온다는 것을 깨우치고 있다고 말해주었다.

  일주일 후 나는 이혼의 상처를 안은 채 정말 조촐한 영옥의 결혼식장으로 갔다. 영옥은 어릴 때 상처를 받은 외삼촌으로 말미암아 가족과 친인척 왕래도 없었는데 엄마도 실종 상태라 직장 사장님 부부가 혼주가 되어주어 암울한 결혼식이 될 법도 하였지만 결혼식장이 직장 파티장같이 화기애애하여 기분이 좋았다. 영옥의 남편은 돈을 잘 벌지는 못하지만 영옥의 말을 잘 들어주는 사람으로, 무엇보다 영옥은 자신의 처지와 비슷한 불우한 환경의 남편이 불쌍해서 늘 남편을 이해하려고 하였다. 영옥의 남편도 세상 의지할 곳 없이 외롭게 살았는데 지금 영옥과의 삶이 너무나 행복하다고 하였다. 영옥의 신랑이 어릴 때부터 늘 사랑에 목말랐던 영옥을 많이 사랑해 주기를 바라며, 남친을 멀리하고 자기 일에 몰두하며 살겠다고 하는 정미와 나는 영옥의 제주도 신혼여행 길을 배웅하였다.

이혼

독립

나는 훌륭한 엄마가 되고 싶었는데 지금 이혼 서류를 들고 있는 나는 형편없는 엄마가 되었다.

이혼 후 동사무소에 서류를 제출하여야 하는 걸 미루고 있었는데 현호 아빠가 전화가 와서 "서류 제출했어?"라고 하였다. 난 "아직 안 했어" 했더니 "왜 하지 않았어. 빨리 해"라고 하여 난 정철의 마음을 비로소 한 번 더 확실히 알아채고 다음 날 바로 동사무소에 서류를 제출하였다. 청춘의 추억을 간직하고 사랑했다가 미워했다가 초연해진 아가씨, 여인, 아줌마 삶을 함께한 사람.

용기 있어서도 아니고 피할 수 없다고 생각했기에 또 아무 생각

없이, 아무 계획 없이 멍한 상태로 동사무소에 이혼 서류를 제출하니 '이제 완전한 독립이다'라는 생각이 들기도 하고 정철이 밉기도, 시기심이 생기기도 하였다. 그럴수록 더욱 작아지고 미워하지 못하는 나의 두 마음에 나를 미워하게 되어버린 바보가 되었다.

이혼하고 몇 달을 방에서 우울하게 있었다. 남자 공부시켜 출세시키고 바람나서 이혼당하고 자식을 버린 여자, 지지리 복도 없는 여자라고 손가락질하는 것 같아 사람들 만나기도 부끄러워 쥐구멍에라도 들어가고 싶은 마음이 들었다. 이제 또 삶을 살아야 한다. 조금씩 문을 열고 나가 고개를 숙이고 살아내어야 한다.
 나는 모든 걸 털고 밖으로 나가기 위해 먼저 여전히 경제적 활동을 하는 언니가 운영하는 옷 가게에서 알바를 하였는데 그다지 돈이 되지는 않았다.

이혼 후 1년 정도 지나니 현호 아빠는 현호의 초등학교 입학 통지서가 나왔다며 현호를 시어머니가 계시는 남해로 데려가겠다고 하며 현호를 데리고 갔다.

어리둥절하다 현호는 남해로 가고 나는 시간이 지날수록 현호가 없는 슬픔이 커져만 가서 현호에게도 현호 아빠에게도 미안하고 모든 것이 나의 잘못이라는 생각이 들어 죄의식에 힘들었다. 결과적으로 나의 잘못된 행위와 증거로 이혼했지만 우리는 보이지 않으면 보고 싶고 함께 있으면 헤어질 수밖에 없다는 큰 느낌이 늘 있었기에 나의 느낌대로 나를 움직인 것이니 후회가 두렵지 않다.

　잊을 수 없는 의미 있는 날, 현호 아빠를 처음 만난 10월의 마지막 날이 왔다.
　아직은 생각나고 눈물이 났다. 이 우울함과 죄의식의 올가미에서 벗어나야 하였다. 잊어버리는 것은 그리워하다 괴로워하다 마침내 구역질하여 토해내는 것이다.

　캄캄한 방에서 지금까지 나의 고통은 무엇이 잘못되어 난 이 캄캄한 작은 방에서 눈물 흘리는지, 현호 아빠를 처음 만난 날을 떠올리며 이 고통의 원인이 무엇인지 찬찬히 생각하며 눈물로 지새운다.

　흐린 날씨였다. 가을은 이렇게도 흐리게 머리카락이 젖을 정도의 안개비와 함께 오고 갔다. 지난가을도 그랬다. 스산한 가을이 나의 옷 속으로 외롭게 파고들었다. "가을아 내 맘 알지? 이 외로움이 차라리 좋아졌어"

　현호를 차마 입에 이름을 올리기 힘들어 꼬맹이라 부르는 얼굴을 떠올리니 현호 아빠가 원망스러워졌다. 이제야 이혼을 실감하고 현호와의 이별을 실감하니 힘든 나의 마음속에 증오심이 피어올랐다, 죄의식이 피어올랐다 온갖 것들이 피어오르기 시작하였다.

　혼자 흘린 눈물이 서러워 또 울고 나면 베개는 이미 젖고 나의 가슴은 찢어지는데 눈에 들어오는 천장…. 천장을 바라보다 좌우를 살피니 텅 빈 공간 작은방에 한 죄 많은 여자가 뜨거운 눈물을 흘리고 있었다.

현호도, 현호 담임 선생님도 만나기 위해 남해로 갔다. 연세가 좀 드신 할아버지 선생님이셨다. 현호는 남해초등학교 글짓기 대회에서 입선하였고 남해읍으로 가서 또 입선하였다고 하셔서 선생님께 고마움을 전하고 현호를 만났더니 현호는 "예쁜 엄마가 있는 게 소원이에요"라고 하였다. 아이들이 엄마 없다고 놀리는 거 같아 아무 말도 못 하고 그저 가슴만 먹먹히 메었다. 순간 원망이 현호 아빠에게로 갔고 현호를 데려와야 하는데 나의 경제력은 어떻게 될는지 나에게 확신이 없어 더욱 힘들었다.

부산으로 돌아와 청소도 부끄러워 구질구질 냄새나는 방에 혼자 앉았다, 누웠다 하며 꼬맹이를 생각하였다.
그래, 다들 나를 나쁘다고 하겠지. 어찌 되었건 난 외도를 했으니. 무엇보다 꼬맹이를 이 세상에서 외롭게 내동댕이친 여자였다. 하지만 변명은 있었다. 너무도 외로웠고 현호 아빠는 무관심했다. 현호 아빠는 아무것도 모르는 꼬맹이에게 엄마인 나를 험담했고 이제는 아빠도 엄마도 없는 곳에 데려다 놓았다. 현호 아빠가 아무리 나를 달래도, 윽박질러도 난 용서받기 싫고 나 또한 그를 용서하지 않을 것이다.

꿈속에서 만난 꼬맹이 얼굴. 가슴에 못 박힌 얼굴.

안아주질 못하고 안타까워 어찌할 줄 모르다 깨어났다.

참회하여 되돌릴 수 있다면. 웃을 수 없는, 행복할 수 없는,

창살에 갇힌 나는 우울증으로 몸과 마음이 병들고 있었지만, 아슬아슬하게 또 살아내어야 했다.

전문대학교 입학

우연히 문화센터 심리 상담 프로그램에 참석했다. 우연이라기보다는 나 자신을 알고 싶고 현재의 고통에 대한 원인을 알고 싶은 욕구가 컸기에 한 행동이었다. 프로그램 강사님께서 사회복지사가 되고 싶다는 나에게 전문대학교를 소개해 주셨다. 그래서 나는 바로 원서를 넣었다. 이것이 또 새로운 나의 인생 전환점이었고, 기대로 희망이 솟았다. 현호 아빠가 나에게 무식하다고 말한 것도 생각이 나고 나도 나 자신을 성장시키고 싶은 욕구가 강했기에 경제적으로 어려운 가운데 대학교를 선택하여 어떻게 살아가야 하는지 계획도 딱히 없이 항상 부딪치며 살아내고 있었다. 레스토랑을 할 때도 탁아소를 할 때도 지금 대학교에 입학하는 것도 처음 현호 아빠의 자취방으로 갈 때부터 모두 신중하지 못하고 충동적이었다.

전문대학교 사회복지학과에 입학금을 내기 위해 빚을 내었다.

일단 부딪치는 대로 살아보기로 하였다. 입학식 날 나의 나이가 제일 많은 것 같아 약간의 어색함과 부끄러움이 있었지만, 기분이 좋고 마음이 들떠 있었다.

학교에서 공부하는데 지금은 나의 적성에 딱 맞고 늘 나 자신을 돌아보게 되며 때로는 괴롭기도 하여 버스를 타고 집으로 돌아오는 길에 눈물을 흘리기도 하고, 지난날 나의 너무도 못난 모습에 가슴이 아프고 내가 너무도 불쌍하기도 했다. 어렵게 시작한 공부, 지금 내가 공부를 함으로써 경제력 확보는 포기해야 하였다.

현호 아빠는 의사 시험에 떨어졌단다. 언제까지 현호를 엄마, 아빠가 없는 시골에 두려는지 답답하기만 하여 오랜만에 현호 아빠를 만났는데 유리 벽 아니, 철벽 같은 마음이 닫혀 있어 대화가 되지 않았다. 현호를 부산으로 데려와서 공동 육아를 하자고 말하려 했지만 나의 입에서 '현호'라는 단어 자체를 차단해 버리고 온통 머릿속엔 나의 외도, 나의 흠잡는 것에만 몰두한 나쁜 놈이었다. 사람이라면 측은지심이 있어야 하는데 나쁜 놈은 증오만 있었고 나는 죄의식과 미련과 억울함 부당함이 섞여 있었다.

살인사건

꿈을 꾸었는데 현호가 하늘에서 떨어지는데 나는 현호를 받으려고 안간힘을 쓰다 소리치며 꿈에서 깨었다. 꿈에서 얼마나 힘을 썼는지 온몸이 땀에 젖어 있었다. 난 너무 불길하여 남해로 전화하였으나 전화가 되지 않았다.

난 현호를 데려와야 한다는 생각이 번개처럼 머리를 스치고 천둥처럼 가슴이 후들거렸다. 나는 학교로 전화하여 현호 전학에 관련하여 상담을 하고 일주일 후 가기로 약속을 하였다.

학교에 가기로 한 날 아침 남해에 전화하였더니 현호의 전화 목소리에 힘이 없었고 묻는 말에 대답이 동문서답으로 와서 대화가 되질 않아 나는 차가 있고 시간이 자유로운 정미에게 도움을 요청하여 남해로 갔다. 정미의 얼굴을 보니 정미도 나도 한심하였다. 정미는 남자를 만나지 않고 일에 몰두한다고 하더니 여전히 양아치 같은 남자를 사귀는지 몸과 얼굴에 멍이 있었다. 다른 사람들은 화장술로 커버를 해서 모르지만, 나는 정미의 커버 실력을 많이 봐 와서 알 수 있었다. 남해 가는 길에 정미와 나는 우리들의 괴로운 인생의 원인에 대해서 많은 대화를 하였고 나는 공부를 해서라도 원인을 알아야겠다고 했더니 정미는 공부하는 데 취미도 자신도 없다 보니 공부 말만 나와도 두통이 온다며 나에게 공부하여 자기에게도 알려달라고 하였다. 나는 거리낌 없이 말했다. "걱정 마. 너와 영옥이의 상처투성이인 삶의 원인을 알아내서 찢어버릴 거야. 이렇게 살다 죽는다면 그건 너무 억울해"라고 했더니 정미는 "너만 믿고 집에 있는 넥타이 새끼줄은 죄다 버려야겠다"라고 하며 웃었다.

남해에 도착하니 현호는 없고 현호 할머니가 수돗가에서 걸레를

방망이로 치고 계셨는데 얼굴이 말이 아니었다. 손은 부들부들 떨리고 눈은 초점이 없고 너무 이상하였다. 나는 "어머니, 무슨 일이세요?" 했더니 어머니께서 너무나 충격적인 말씀을 하셨다.

현호 둘째 큰아버지께서 이혼을 하시고 여자를 데리고 남해로 왔는데 그 여자의 전남편이 조폭이었고 가정폭력에 시달리다 현호 둘째 큰아버지를 따라 남해로 와서 어머니를 모시고 산 지 보름도 되지 않아 조폭인 전남편이 새벽에 칼을 들고 침입하여 큰아버지를 살해하였다고 하였다. 그 여자와 어머니는 맨발로 도망가고 현호도 놀라서 새벽 캄캄한 산길을 지나 학교 교실에서 밤을 지샜다는 얘기였다. 난 말문이 막혀 너무 큰 충격이 오면 실어증이 온다는 것을 알게 되었다. 난 현호 할머니에게 꿈이 너무 끔찍해서 현호에게 왔고, 전학 준비를 다 했다고 하니 현호 할머니도 현호를 데려가라고 하셨다. 나는 현호가 다니는 초등학교로 가서 현호의 전학 절차를 밟으며 현호의 상태를 확인하였더니 현호도 엄마가 있는 곳으로 가고 싶다고 하였다. 나는 이날 이후 나의 꿈을 기록하게 되었다.

현호 아빠는 부산에 있고 이런 현호의 상황을 모르는 것인가? 알고도 나에게 말도 하지 않고 현호를 방치했단 말인가? 나도 현호 아빠도 현호에게 진 죄를 어떻게 해야 하나? 나는 너무 큰 충격으로 시어머니를 제대로 위로도 못 하고 나도 정미도 일을 해야 해서 어쩔 수 없이 상처 많은 그곳에 어머니를 매정하게 홀로 두고 부산으로 현호만 데려온 것 같아 못내 마음이 불편하였다. 현호도 너무 큰 충격이었는지 과거 기억을 잃어버려 정미 이모도 알아보지 못하고 예전 탁아소 친구들도 기억을 못 하였다. 돌아오는 길 내내 과거 얘기를 하며 현호의 기억을 더듬었더니 조금씩 기억을 회복하는 듯하였다. 나만으로 끝내야 하는 고통이 현호에게는 더 큰 고통으로 이미 현호의 세포에 들어가 있는 것이 확실해졌다는 생각에 깊은 슬픔이 눈물 대신 단단한 결심으로 전율이 일어났다. 정미도 할 말을 잃고 나를 어떻게 위로해야 할지 몰라 숙연하게 운전만 하며 나와 현호를 데려다주곤 말없이 안아주고 갔다.

14개월 만에 현호가 부산으로 왔는데 먹고사는 문제, 학교 문제 등, 살길이 막막하였다. 경제적으로 현호가 있어도 힘들고 없어도 힘든 상태라는 것을 알고 있기 때문에 사랑이라도 베풀어야 하는데 나의 인격이 아직 정리가 되어 있지 않아 나 자신에게 확신이 없고 양육비에 관심이 없는 현호 아빠가 벌써 원망스러워졌다.

현호는 시골 할머니와 1년 좀 넘게 있어서인지, 심리적 불안의 문제인지 어릴 땐 대소변도 일찍 가렸고 한글과 숫자도 빠르게 익혔는데 지금은 생활 패턴이 엉망이 되어 티브이만 보려고 하고 책과 학교 과제에는 관심이 없어 난감할 정도였다.

어려운 경제 상황이지만 현호를 논술 학원에 입학시키고, 이가 엉망이라 치과 치료 한다고 하루를 다 보냈다. 통장의 돈은 바닥을 보이고 써야 할 돈은 많아져서 절망하면 안 된다고 스스로 다짐하는 하루하루를 보내고 있다.

어렵지만 현호의 생활 패턴과 교육을 위해 현호가 좋아하는 백화점 문화원 프로그램인 '중국 문화 대전'에 참가시켰더니 좋았는지 구경하고 와서 일요일에는 엄마랑 같이 가자고 하였다. 치과에서 남은 충치를 치료하였는데 이제는 자꾸만 배가 아프다고 하였다. 통장 잔액이 10만 원도 안 되어 걱정으로 가슴이 쪼여오지만 지금 중요한 것을 놓치면 안 될 것 같아, 현호에게 많은 독서 제공을 위해 소액 결제로 방문하여 책을 빌려 볼 수 있는 '이야기천국'에 회원가입하고 책을 빌려 오기로 하였다.

현호의 치과 진료, 배 아픔 증세로 인한 내과 진료 이 모두가 심리적 스트레스라고 병원에서 진단 내렸다.

현호의 모든 치료가 완료되고 심리적으로도 이제 완전히 안정을 찾아 부산 학교에도 적응을 하고 처음보다 확연히 밝아졌기에 나는 현호에게 모범을 보이려고 시간이 나면 책을 읽는데 현호는 공부나 책을 읽지 않고 자꾸만 말을 해서 몇 번 함께 대화를 하는데 끝없이 말을 시켜서 그동안 인내해 왔던 감정이 폭발을 하여 화를 내며 "엄마 책 읽잖아. 너도 책 좀 읽어"라고 하며 야단치고 나니 너무 가엽기도 하고 나 자신이 실망스러워 눈물을 흘리고 현호도 서러웠는지 울었다.

현호에게 인내하며 몇 번을 일기 쓰라고 했는데 자꾸만 아기같이 장난감을 가지고 놀거나 티브이를 보고 있어, 또 현호를 혼내고 나도 울고 현호도 울었다.

유달리 추운 아침이었다. 현호는 문화원 프로그램 자연 탐사에 참석하여 아침 9시 출발하고 저녁 6시 도착하였다. 현호가 너무 좋아하여 "아, 경제력만 있으면 나도 같이 좋을 텐데. 난 늘 돈 때문에 불안하다" 하며 눈물이 핑 돌았다. 현호가 엄마와 함께 있는 곳이 아닌 다른 곳에서 즐겁고 행복한 표정이었다. 남해에서 엄마가 그립고 어리광 피우고 싶었을 것인데 막상 엄마라고 와보니 다그치고 불안하고 화내는 모습만 보여줬으니, 이런 마음이 들 때마다 현호 아빠에 대한 원망이 커져만 가고 아련한 첫사랑이 악몽으로 다가왔지만 막상 현호 아빠를 만나면 서운한 말 한마디 못 하고 현호 아빠의 잔소리와 원망을 도리어 듣기만 하고 왔었다. 난 속으로 증오심이 용광로처럼 끓고 있지만 입이 딱 붙어버렸다. 나의 죄의식도 있고 현호 아빠가 의사가 되면 현호라도 호의호식할 것이라는 나름의 이유가 있었다.

아침부터 현호가 맡겨놓은 용돈을 달라고 떼를 써서 다음에 준다고 하였는데 자꾸만 떼를 써 결국 야단을 치고 말았다. 사실 너무 어렵고 힘들어 그 돈을 이미 다 써버렸기에 난감하고 화가 났다. 난 나가서 들어오지 않겠다며 으름장을 놓고 일단 나와버렸지만 아마도 집에 일찍 들어가서 웃으며 얘기할 것이다. 화가 나면 그냥 나오는 대로 얘기하고는 그 말을 잊어버리는 엄마. 어찌 그 엄마를 믿고 신뢰할 것인가 생각하면 나 자신이 한심하기 짝이 없었다. 아무것도 제대로 하지 못하는 나는 그냥 '다 운명이다'라는 프레임을 씌우며 또 열심히 살아내는 것을 선택하였고 어린 현호는 아무 영문도 모른 채 이기적인 부모를 만나 결핍된 작은 방에서 찌푸린 얼굴을 하고 잠들고 있었다.

현호에게 또 야단쳤다. 난 책도 읽고 공부도 하는데 현호는 여전히 티브이만 보고 놀았다. 그래서 또 으름장을 놓았다. "혼자 산에 간다. 넌 책임을 못다 했으니 숙제해"라고 하였는데 실은 데려가고 싶었다. 어떻게 얘기를 해서 데려갈까 생각하다 난 현호에게 선택하라고 하였다. "책임도 못 지고 혼자 집에 있을래? 아니면 기회를 줄 테니 엄마가 현호를 믿을 수 있게 이제 자기 일은 스스로 잘하고 엄마와 다닐래?" 하며 뒤죽박죽 말을 했는데 현호는 그런 말도 찰떡같이 잘 알아듣고 믿어달라고 하였다. 난 현호 손을 잡고 "그래, 믿을게. 열심히 해"라고 하였고, 우리 둘은 700원을 들고 수원지를 한 바퀴 돌면서 군것질도 하고 참 좋았다. '아, 돈만 있으면 이런 행복을 지속하고 싶다'라는 마음이 너무 간절하였다.

생각해 보면 난 늘 경제적으로 쫓기고 힘든 가운데 돈을 모으는 것보다는 필요한 곳에 쓰는 것이 우선이었던 것 같았다. 현호도 방학이고 나도 어렵게 시간이 나서 산악 동호회에 합류하여 현호와 1박 2일 산행을 하기로 하였다.

토요일 저녁 현호와 소백산 산행길에 나섰다.
"버스 안 쪽잠 자고 낯선 길 향하여 모두 다 묵언하며 뽀드득뽀드득 별빛은 영롱하고 하얀 눈도 빛나는데 뽀드득 소리만 우렁찬 메아리로 무릎까지 빠진 눈길 고행길 나선 사람들 까만 하늘에 춤

촘히 반짝이며 쏟아지는 영롱한 보석 별들 세상 시름 다 잊고 무아지경 뽀드득"

어른도 힘든 새벽 산행을 현호는 잘해주었는데 현호 신발에 눈이 들어가 발이 젖었다고 하였다. 이렇게 많은 눈길 산행은 처음이라 나는 앞사람들의 발자국 따라 걸어갔는데 현호는 눈길을 푹푹 걸어 신발에 눈이 들어갈 수 있다는 생각을 미처 못했다. 그런데도 현호는 일행들이 쉬어가는 쉼터까지 인내하고 왔다. 쉼터에 와서 현호의 신발을 벗기고 따뜻한 아랫목에 눕히니 바로 잠이 들었다. 난 신발을 말리려고 보니 눈이 많이 들어가 양말이 축축하니 발이 정말 시렸을 텐데 생각하니 장비를 미리 준비해 주지 못한 나의 잘못으로 마음이 아팠는데, 인내하며 따라와 준 현호가 대단했지만 한편으로는 어리광을 피우지 않아 또 마음이 아팠다.

캄캄한 새벽인데 보름달이 훤하여 새벽에 깨어났다. 어둡지도 않고 훤하지도 않은 이도 저도 아닌 경계. 부지런한 희망과 불면의 좌절이 공존하는 새벽. 어제 죽은 자들이 오늘 다시 부활하는 죽음과 삶의 경계. 조용한 새벽이 내 것이 되었다.

언니 가게에서 일하고 늦은 귀가에 현호는 잠자지 않고 기다리고 있었다. 여러 가지로 현호에게 미안했다.

이혼 후 처음으로 현호 아빠에게 전화가 와서 현호와 현호 아빠, 나 셋이 통도환타지아 나들이를 갔더니 현호는 오랜만에 활짝 웃으며 좋아했다. 현호와 내가 이렇게 경제적 고통을 겪고 있는데 현호 아빠는 중고차겠지만 어찌 됐든 차가 있었다. 안부를 물어보고 나의 현실을 얘기하고 양육비 지원을 얘기해도 될 텐데 난 또 입이 딱 닫혀 떨어지지 않았다. 나는 전혀 즐겁지 않았지만, 현호가 좋으니 난 행복할 따름이었다. 난 현호 아빠 공부할 때 지원을 했지만 난 지원받지 못하고 지금은 내가 공부를 하니 현호 아빠가 나의 교육비와 현호의 양육비를 지원해 주어야 공정한데 지원받지 못하니 부당했다.

현호 아빠도 공부가 끝난 게 아니라 현재 의사 시험 중이라 아직 돈이 없기에 나름 이유가 있을 것이고 나 역시 나에게 투자하느라 어려운 상황이라 이런 이기적인 부모로 인하여 현호는 모든 결핍을 영문도 모른 채 감당하고 있어야 했다.

경제적 어려움은 나에게 너무나 큰 고통이었고, 난 무기력에 빠졌다.

바람이 엄청 부는 날이었다. 기분이 우울한데 현호는 아빠가 왔다 가니 또 짜증을 내며 아빠를 그리워하며 나와 아빠를 비교하여서 아침부터 혼을 내었다. 이 처절한 현실! 나의 아우성을 진흙 속에 묻어버리고 싶지 않아 아우성을 질러대는데 아무도 소리를 듣지 못하는 나만 아는 아우성이었다.

입학금을 내느라 진 빚도 갚아야 하고 현호에게 신경도 써야 하는데 통장 잔액은 불안하고 신경증적 병이 오고 있었다. 나를 위해, 또 현호를 위해 어떤 행동을 하더라도 아우성치며 살아내어야 하는데 나의 아우성은 소리가 나지 않는 아우성이었다. 현실은 언니 옷 가게에서 옷 디스플레이를 하고 구석구석 청소하고 일당을 받아서 그야말로 연명하고 있었다. 언니가 처음부터 나의 대학교 입학을 좋지 않게 봐서 어려움을 얘기하기도 힘들고, 무엇보다 난 살아가면서 가족에게 단 한 번도 그 무엇도 도움을 청한 적이 없었다. 언니 가게에 있다 보면 나도 힘들지만, 언니도 심리적으로 힘든 점이 많아 언니 나름의 처방으로 극복하고 있었다. 형부의 외도로 위태해 보이는데도 불구하고 언니는 불만과 스트레스 대신 형부와 동일한 삶을 선택하여 가정 안과 밖의 생활을 철두철미하게 꾸려나갔다.

파를 사고 파김치를 담고 하늘, 땅, 꽃들을 두리번거리며 쳐다보았다. 우울해하기에는 세상은 너무 아름다웠다. 지나가는 모든 풍경을 바라보니 아주 많은 것들이 보였다.
이렇게 아름답고 풍요로운 세상에서 나는 아무리 애를 써도 나의 마음은 계속 우울하고 나의 경제적 상황은 늘 불안하고 바쁜 생활로 나의 결핍을 현호의 결핍으로 고스란히 안겨주고 있었다.

현호와 수원지에 갔다. 현호는 자꾸 짜증 부리며 "아빠는~" 하며 나를 아빠와 비교하였다. 그리고 외할머니, 외할아버지에게 받은 용돈을 이미 난 생활비로 썼는데 자기 돈을 달라며 억지까지 부려 난 무식하게 나무를 주워서 현호의 엉덩이와 종아리를 때렸다.

현호는 포기하며 울었고 그 모습이 생생하여 지워지지 않아 눈을 감고 우는 그 모습에 가슴이 아리고 후회되어 병이 날 것 같았다.

　현호의 짜증과 눈물은 나에게서 배운 거고 자기 돈을 달라고 하는 건 정당한 건데 난 현호가 약자라서 응징을 했던 것이다.

　난 나의 이 못난 행동에 내가 싫어지고 이 죄의식에서 가장 쉽게 벗어나는 방법이 나 또한 나의 엄마를 원망하는 것이었다. "나를 어떻게 키웠길래 이 모양이지!" 하며 나는 울었다. 눈물이 뜨겁다는 것을 알게 되었다. 가슴에서 올라오는 눈물은 뜨거웠다. 아 힘들고 지치고 처절한 삶이지만 또 살아내어야 했다. 이렇게까지 살아야 하나 생각하다 현호에게도 할 말이 있고 현호 아빠에게도 할 말이 있다는 생각을 하니 내가 살아야 할 이유가 생겨났다. 난 죽기 전에 이 말을 해야 한다.

　못난 엄마, 이기적인 부모 때문에 모든 것을 포기하고 잠든 현호의 볼에 뽀뽀를 했는데도 현호는 깊은 수면 속에 빠져 있었다.

　새벽에 눈이 떠져 고이 자는 현호를 두고 수원지에 산보하러 갔더니 "반갑습니다"라고 인사하시는 안내원 아저씨, "새댁, 두부 사세요"라고 하시는 두부 장수 아주머니, 터벅터벅 등산길 사람들 발소리 등 여기저기서 사람들의 삶이 분주하였다.

　새벽 시장 사람들의 아우성! 그들의 아우성을 받아주며 터벅터벅 걷는 나!

　아지매들의 각양각색 아우성은 희로애락이 풍성한데 나의 아우성엔 소리가 없어 아무도 듣지 못한다. 오늘도 각양각색 희로애락

풍성한 그들의 아우성이 부럽기만 하였다.

현호의 학교 가까이에 태권도 학원을 알아보았다.
신경도 쓰지 않았는데 기특하게도 현호가 부반장이 됐다고 하였다. 비가 부슬부슬 내리는 오늘 날씨는 가을 같았다. 일기장 슬쩍 하는 버릇을 없애야 하는데 현호 일기장을 슬쩍 보니 가슴이 아팠다. 나의 입으로 현호에게 아빠를 원망하고 험담하지 않고 늘 좋은 말만 했더니 현호는 아빠를 너무도 안타까워하고 그리워하고 있고, 상대적으로 엄마인 나에게는 부정적인 인식으로 가득하였다. 난 30대 한창 아름다울 나이에 늘 정신적, 육체적으로 외롭고 경제적으로 불안했다 보니 나의 스트레스가 현호에게 영향을 미쳤다는 건 맞는 말이었다.

불면증 때문에 찾았던 신경정신과이지만 선생님께서 상담도 해주셔 나는 자주 와서 상담을 하고 의지를 하는데 감사하게도 선생님께서 나에게 상담을 계속 권하셨고 나 역시 나를 알고 싶어 자주 상담실을 방문하고 있었다. 오늘은 선생님과 부모님을 비롯한 나의 가족 관계에 대하여 대화를 나누었다. 상담을 마치고 돌아오는 길 하늘의 구름은 두둥실 편하게 재미있게 떠다니는데 땅 위의 사람들은 제각기 절뚝거리며 걷고 얼굴은 일그러져 있었다.

요즈음 수면의 질이 좋지 않아 아침마다 늦잠이었는데 7시 30분경 잠결에 현호가 짜증을 부리고 있었다. "용돈 밀린 것" 하면서.

당연한 건데 또 야단쳤다. 나도 돈 얘기에 민감하여 경제적 어려움으로 현호의 스트레스를 받아주지 못하여 야단을 치고 나면 죄의식으로 괴로움의 악순환이 계속되었다.

현호의 학교에서 현호가 다쳤다고 전화가 왔다. 놀라서 학교로 가니 현호는 울지 않고 있었다. 난 현호를 안정시키고 병원으로 가서 다친 이마를 성형외과에 가서 꿰매고 어떻게 됐냐고 물었더니 현호는 누가 그랬는지 알고 있고 그 친구가 발을 걸었다고 하였다. 난 따지지 않았는데 어쩌면 현호의 발을 건 아이에게 어떤 말이라도 해야 하고 치료비도 받았어야 했는데 난 그럴만한 힘이 없어서, 가만히 있는 것이 선한 행동이라 여겼을 수도 있었다. 나의 이 행동이 틀린 거라는 생각을 하니 스스로 부끄러웠다.

고시원에서 공부하는 현호 아빠가 오랜만에 전화로 싸움을 걸었다. 학교에서 현호 이마는 왜 다쳤으며, 다쳤는데 상대 아이를 왜 혼내지 않았냐는 것이어서 나는 어이가 없어 사는 것도 힘든데 왜 그러냐고 하며 서로 대화가 되지 않는다는 것만 확인하고 끊었다. 현호 아빠는 나에게 존중은커녕 막말만 하여 세상은 공정하지도 않고 정의롭지 않다는 것을 인정해야 나의 마음이 편해질 수 있었다.

현호는 친정 부모님과 동생 가족과 함께 밀양에 캠핑을 가기로 하고, 난 단돈 1만 원이라도 벌기 위해 언니 가게에서 알바를 하였다. 현호가 너무 좋아하여 한창 놀아야 할 나이에 아무것도 못 해주고 있는 현실이 미안하고 죄스럽기 짝이 없었다.

　상담 선생님께 상담을 하러 갔는데 나에게 항상 자신을 돌아보라는 당부를 해주셔서 고마웠다. 하지만 못난 나의 모습을 인정해야 하는 시간이 힘들고 슬펐다.
　지금부터 나의 인생에 최선과 책임을 다해 현호에게 내가 미친 영향을 하나씩 정리하여 상처를 치유해 주어야 한다고 다짐하였다.

　어제 저녁밥이 체한 건지 새벽 3~4시까지 자지 못했다. 내가 잠자지 못하니 현호도 못 자고 나를 걱정했다. 현호는 "엄마, 잠이 안 와? 아파?" 하였다. 난 어린 현호에게 어리광을 부렸다. "어. 잠이 안 와. 엄마 머리 좀 만져줘. 그럼 잠이 올 것 같아" 하였더니 현호는 흔쾌히 고사리손으로 나의 머리를 살살 만져주었다. 그리고 우리 둘은 잠이 들었는데 다음 날 아침에 일요일이라 11시에 일어났다. 아점으로 현호와 상추에 돼지고기를 구워서 먹는데 현호가 얼마나 잘 먹는지 너무 행복한 가운데 이렇게 잘 먹는 아이를 아침밥을 굶겼다는 자책감이 올라오기에 그 자책감을 막 밀어 넣으며 고기를 더 맛있게 구웠다.

　아침부터 현호가 별일 아닌데 혀를 쯧쯧, 차고 울며 학교에 가는데 속이 상했지만 잘 참아내었다. 현호가 학교 간 후 난 현호를 만족시켜 주질 못하고 있거나 나의 부정적인 심리가 현호에게 옮았다는 생각이 들어, 또 가슴이 아파와 혼자 있으니 눈물이 나기 시작했다.

요즈음 학교에서 부모 교육 프로그램을 듣고 있다. 프로그램 중에 자녀에게 장점을 적어 오라는 부분이 있어 난 현호에게 엄마의 장점을 물어보았다. 현호는 "엄마는 예쁘다. 부지런하다. 많은 경험을 하게 해준다"라고 하였다. 난 기쁘고 부끄러웠다. 난 사실 나쁜 엄마라고 생각하였다. 그래도 다행인 건 현호가 많이 좋아졌고 나도 더 많은 노력을 한다는 것이었다.

주말 현호는 혼자 집에 있고 난 언니 가게에서 알바하고 늦게 집에 오니 현호가 잠자지 않고 기다리고 있어 미안한 마음과 측은한 마음이 들었다. 현호가 머리 아프다고 하여 머리를 만져보니 열은 없었고 뭔가 불만족스러운 상황이라는 것을 알아차렸지만 나도 피곤하여 모른척했더니 현호가 아프다며 불만해하니 짜증이 살짝 났지만 참을 수 있었다. 현호는 불만을 포기하고 끙끙 앓는 소리를 내며 잠들었는데 눈물이 핑 돌았다.

언니 가게에서 알바하며 겨우 살고 있지만 경제적 어려움으로 늘 어둡고 누구에게 나쁜 짓을 하였는지, 죄의식으로 밤에는 악몽으로 시달린다.

아빠에게 가다

현호 아빠를 만났는데 얼굴이 훤하고 옷차림도 깔끔했다. 시험에 합격했고 대학교를 졸업한 어린 여자도 있다고 하며 나에게도 잘 살라고 하였다. '세상은 공정하지도 정의롭지 않으니까 당연하지'라고 생각하며 난 입을 다물고 듣고 있었다. 그리고 나에겐 아무런 의미 없는 시간을 보내고 왔다. 이 모습이 현호 아빠가 그리던 신분 상승의 위치이고 상류층 환경이었다. 의사에, 대학교 나온 어린 여자. 이제 돈만 벌면 현호 아빠가 그리던 신분 상승의 삶이 완성된다. 현호 아빠는 현호에게 그 무엇도 해주지도 않았고 공부하고 있는 나의 어려운 경제에도 전혀 관심 없었다.

　방학이라 현호와 많이 좋은 시간을 보내야 했는데 돈 버느라 엉망이 되었고 현호는 늘 혼자였다. 삶의 무게가 짓누르는데 난 깔려버릴 것 같은데 매초마다 몸서리쳐지는 고통으로 절규하고 있지만 아무도 듣지 못한다. 참담하고 처절한 나의 절규는 가슴을 휘감아 벽 모퉁이에 밀어붙여 소름 끼치고 고통스럽게 큰 입을 벌리고 있었다.

　언니의 옷 가게도 잘되고 사업을 확장한 형부의 인테리어 사업도 잘되어 경제가 승승장구하였다. 나는 방학 동안 돈을 벌기 위해 언니 가게에서 아침부터 일하게 되었고, 일을 마치면 밤 10시였다. 방학이면 그나마 돈이 조금 여유가 있어 현호에게 고기도 사주고 우울한 모습을 보여주진 않으나 아침부터 저녁까지 일하여 현호는 종일 혼자 집에 있다 보니 전화 와서 외롭다고 하며 울거나 늦은 시간 들어가면 엄마를 기다리거나, 기다리다 잠들거나 이러한 시간의 연속이라 마음이 편치 않고 현호의 환경은 최악이었다.

　아침에 현호가 막 짜증을 내었다. 난 돈이 필요해서 일해야 했고, 참아야 했고, 나의 삶이 참담했다. 낮 시간에 일하는데 현호에게 외롭고 쓸쓸하다고 전화가 왔다. 나는 현호의 이 말이 귀에 익어 놀랐다. 내가 늘 생각했던 외로움과 쓸쓸함이었다. 저녁에 퇴근해서 집에 가서 현호의 마음을 달래려고 "밀린 네 용돈" 하며 1만 원을 주었더니 현호는 느닷없이 "엄마랑 산 경험이 있으니 아빠랑 사는 경험을 하고 싶어요"라고 하였다. 나는 현호가 열악한 환경의 불만에서 벗어나고 싶어 낮부터 이 말을 하려고 얼마나 많은 생각을 했을까 생각하니 가슴 한편이 아렸다.
　다음 날 내가 현호 아빠에게 전화하여 자초지종을 이야기했더니 현호 아빠가 바로 온다고 하여 나는 일하다 집으로 갔다. 현호 아빠는 동거하는 여자라고 하며 한 여자를 자기의 옆좌석에 태워 데리고 왔다. 현호만 갑자기 보낼 수 없어 잠깐 나가려고 차를 타려고 하니 현호 아빠가 다정하게 "현호 엄마, 앞에 앉아"라고 하니 그 어린 여자가 얼른 앞좌석에서 내려 뒷좌석으로 가서 앉았다. 나는 현호 아빠의 자가용 앞좌석에 앉아서 이런저런 얘기를 했는데 중요한 얘기는 그 여자가 아이를 낳지 않고 현호만 잘 키우겠다고 한 얘기였고, 그 여자는 그 얘기를 차 안에서 나에게 공손하고 착하게 말하였고 나는 그 대답으로 고맙다고 하였다. 그날 초등학교 4학년 현호는 그렇게 아빠와 새엄마와 함께 갔다.

현호를 보내고 돌아오는 길에 나의 마음은 죄책감이 들기도 했지만 이제 현호가 처절한 경제적 어려움에서 벗어났다는 안심도 되었다. '난 경제적 어려움으로 현호에게 엄마 역할을 제대로…. 아니 핑계였다. 나의 욕심, 무능, 이기심으로 엄마 역할을 못 한 것이었다. 아니다. 이제 현호 아빠가 현호를 양육할 차례가 맞다. 그간 현호에게 아빠 노릇 못 한 것을 해야 한다. 내가 현호 아빠에게 많이 베푸느라 현호도 나도 힘들었다. 이제 현호 아빠가 나에게, 현호에게 베풀 차례이다. 그래야 공정하다' 난 온갖 생각을 하며 죄의식에서 벗어나려고 발버둥 치고 있었다.

현호가 아빠에게 간 지 일주일도 안 되었는데 나는 외롭고 허전하고 쓸쓸함 타령이고 그냥 헤매고 있다. 더 구체적인 마음은 누군가를 찾아 헤매고 있다.

헤매다, 헤매다 결심하고 현호 새엄마와 통화를 했는데 외국어대학교 일본어학과를 나왔으며 경제 활동으로 일본 관광 가이드를 했고 현재 전세 3,000도 자기 돈이라며 현호 아빠에게 도움을 줬다고 하였다. 자신은 수녀들이 걸리는 무슨 자궁의 병이 있어 아이를 못 낳으니 현호를 잘 키우겠다고 하며 현호는 처음엔 아무것도 못 했는데 이제는 잘하고 잘 지내니 걱정 말라고 하였다. 나는 현호 아빠에게도 현호 새엄마에게도 할 말이 있는데도 입이 딱 붙어버려 듣기만 하였다. 현호와 살면서 얼마나 못난 엄마였으면 엄마가 없는데 찾지도 않고 잘 지낸다니 눈물이 흐르고 이제 모두 떠나보내고 나 혼자였다. 이제 모두 잊어야 할 시간. 나 자신이 초라

하였다.

 어버이날, 나도 부모가 있고 아들이 있는데 현호 아빠와 새엄마가 현호를 만나지 못하게 하여 참을 수 없이 슬펐다. 현호 아빠가 나에게 현호를 잊으라고 하여 그들이 증오스러웠다. 그 여자가 아이를 낳지 못하니 현호를 빼앗아 현호만 키우겠다는 얘기로 들렸지만 나는 경제적으로, 정신적으로 무능했으므로 부당하고 억울해도 그때는 참아야 한다는 생각 외에 다른 생각을 할 줄 몰랐다.

 현호 아빠와 현호 새엄마가 현호를 못 보게 하는데, 난 참을 수가 없어 몰래 현호를 만났다. 그런데 현호 새엄마가 그 사실을 알고 나에게 전화해서 "현호 만났죠? 만나지 말라는데 왜 만나요?" 하며 따졌다. 나도 이번에는 "만나지 못하게 하는 이유가 뭐예요?" 하고 한마디 했더니 현호 새엄마는 "이제 현호가 적응하려는데 자꾸 만나면 애가 적응이 되겠어요? 그런 생각 안 해봤어요?" 하길래 나도 "자꾸 만나다니요. 이혼한 다른 사람들도 면접권이 있어요" 하며 나의 말을 하다 보니 새엄마랑 짧은 말다툼을 하게 되었다. 그러다 정신이 번쩍 들어 알겠다며 전화를 끊었다. 지금 현실적으로 현호를 양육하는 사람에게 스트레스를 주면 현호에게 좋을 것이 없고 현재 내가 현호를 키울 능력도 되지 않고 무엇보다 현호가 아빠와 살기를 원했다는 것이 중요했고, 이게 현실이었다. 어디로 어떻게 가야 하나? 진정한 홀로서기. 그 많은 시간 동안 오로지 홀로서기를 해왔건만 지금 나의 행동은 현호를 위한 것이 아

아니라 내가 어린 현호에게 의지하려는 욕구인가? 집착인가? 나도 모른다. 자존감이 밑바닥인 나는 늘 아무것도 모른 채 행동부터 하는 바보 같았다.

  일요일이라 정미와 영옥을 만났다. 영옥은 그간 남편과 알뜰히 모은 돈으로 작년에 조그만 식당을 개업하여 운영하는데 유순한 남편이 매장 청소나 시장 보는 일, 궂은일 등 뒷정리를 도맡아 잘 해주어 편하게 운영하고 있고 정미도 카페를 개업하려고 준비 중이었다. 같이 점심 먹고 코미디 연극을 보고 오는 길에 담벼락에 활짝 핀 장미가 지려고 했고 날씨는 너무 좋았다. 이런 좋은 계절에 장미를 보지도 못했는데 지려는 장미를 보니 코미디 영화를 보고 왔는데 눈물이 났다. 영옥과 정미는 여전히 우울한 나에게 웃음을 주려고 귀한 시간을 내어 울지 않으려 하였지만 아픈 가슴은 거짓말을 할 수 없었다. 정미가 준비 중인 카페로 가서 인테리어와 사업 아이디어를 서로 의논하며 함께 저녁을 먹고 현호의 새엄마 얘기와 현호 아빠 얘기도 하고 전문대학교에서 공부를 하며 내가 느낀 무의식의 세계에 대하여 얘기도 해주니 정미와 영옥은 관심이 간다며 자기들이 읽을 수 있는 책을 권해달라고 하여 나는 내가 읽고 정리해 놓은 로빈 노우드의 《너무 사랑하는 여자들》이라는 책을 소개해 주며 복사해 온 정리한 내용을 주었다. 그러고 보니 정미의 몸과 얼굴에서 멍을 보지 못한 지가 제법 되었고, 정미가 남친 없이 지낸 지도 제법 되었다. 우리는 그날 정미와 하이파이브를 하였다.

터벅터벅 걸어오는데 하늘에 달도 나와 같이 홀로 떠서 어둠을 밝히며 초연히 있었다.

나의 경제력은 여전히 힘든 상황이고 그 와중에 난 '영원히 사랑하는 사람 없이 혼자서 살아가는 것이 아닌가'라는 불안과 조급함이 엄습해 왔다.

무엇이 나를 이렇게 힘들게 하나? 현호가 없으니 외로움이 나의 온 마음과 몸을 짓누르고 알 수 없는 뭔가를 찾아 헤매는 나를 보니 한심하기 그지없었다.

나를 위해서 인지 현호를 위해서인지도 모른 채 불면증과 우울증으로 헤매다 현호에게 전화하여 꿈에도 그리워하던 현호를 만났다. 현호와 짧은 대화도 제대로 못 했는데 현호는 "엄마, 새엄마 와요. 빨리 가세요"라고 하여 나 역시 '몰래'라는 것에 몰두하여 도망치듯 돌아오는데 또 난 현호 앞에서 눈물을 보이고 말았고 돌아오면서 뒤돌아보니 현호는 나를 빤히 쳐다보면서 배웅하고 있었다. 역할이 바뀌어도 유분수지 정말 한심한 엄마였다.

"현호야! 엄마를 용서해. 엄마가 아무것도 할 수 없네"라며 혼잣말을 하였다. 현호에게 안타깝고 나약한 아이 같은 모습만 보여준 나는 나의 발에 밟히는 땅의 흙에게도 미안할 만큼 나의 존재가 부끄러웠다.

여자로서 엄마로서 다시 돌아오지 않을 나의 30대는 이렇게 엉망진창이 되어 눈물투성이로 보내버렸다.

현호로부터 전화가 왔다. "엄마, 현호예요. 나 잘 지내요" 가슴이 찢어진다. 내가 "엄마랑 살고 싶지 않아?" 했더니 "엄마 힘들잖아요" 했다. 이 못난 것이 아이 앞에서 어떤 모습을 보였기에…. 그 어떤 변명도 소용없었다. 자기 자식 하나 책임지지 못하는 주제에 웃을 자격도 없다고 생각하며 자책하였다.

아침부터 비가 온다. 현호의 마지막 모습이 지워지지 않았다.

현호 집에 전화했더니 전화번호가 바뀌었다. 나와 통화한다고 아이를 힘들게 했을까? 별생각이 다 들지만 내가 참는 것이 맞다는 생각으로 이후 현호와 연락을 자제하였지만 왜 천륜을 이렇게 막으려 하는지 억울하고 부당하여 그들을 원망하였다.

4부

40대 그때,

경기도행

사회복지 대학교 편입

전문대학교에 입문하여 공부를 하다 보니 제대로 사회복지학을 공부하고 싶기도 하고 졸업 후 취업 문을 넓히기 위하여 대학교에 편입을 준비하기로 하였다. 부산에서의 대학교 편입은 실력이 미치지 못해서 찾아본 결과, 경기도에 있는 사회복지학과를 편입해야 해서 대학교 공부를 위해 부산의 모든 생활을 정리하고 경기도로 갈 준비를 하였다. 2년 동안 공부하며 경제적으로 어렵고 나이도 39살이나 되어 보이지 않는 나의 미래가 걱정되기도 하지만 나는 공부를 선택하였다. 나의 선택은 미래 지향적이라든지 논리적이고 합리적인 계산은 없는 것 같았다. 늘 막연히 끌리는 쪽을 선택하여 행동부터 하며 살고 있는 나는 늘 물질적인 가난함에 익숙해져 있었다.

 경기도 가기 전에 나를 진심으로 걱정해 주시는 상담 선생님을 만났다. 박탈감, 중독 이런 단어들을 항상 기억하고 자기 자신을 나무라지 말고 도닥거려 주어야 한다는 말씀과 나 자신이 먼저 나를 이해해 주어야 한다는 것이 중요하다고 말씀해 주셨다. 뭐라 말할 수 없이 늘 감사한 마음이었다.

 경기도에 가기 전 정미와 영옥도 만났는데 정미의 얼굴이 편해 보여 좋았고 카페도 자리를 잡아가고 있었고 영옥도 얼굴이 점점 푸근해지고 있었는데 무엇보다 영옥의 부부가 소박하게 알콩달콩 사는 게 너무 다행이고 기뻤다. 영옥과 정미는 늘 나를 대단하다고 칭찬하는데 우리 가족은, 특히 언니는 나를 걱정하는 게 도를 지나쳐서 그 나이에 공부하여 취업하면 손에 장을 지진다며 장담하였다.

 그들이 아무리 천륜을 갈라놓으려 해도 난 받아들이지 않았고, 마지막으로 현호도 만났다. 용기를 잃지 말고 열심히 살고 둘 다 훌륭한 사람 되어서 만나자고 새끼손가락 걸고 약속하며 엄마는 더 공부하기 위해 경기도로 간다고 말해주었다.
 이혼 후 현호 아빠가 앨범을 불에 던져버려 몇 장 없는 현호 사진을 나의 새 앨범에 정리하는데 현호에게 부끄럽고 무가치한 나 자신이 한심하기 이루 말할 수 없었다.

꿈을 꾸었다. 시골 가마솥 군불을 때는데 상담 선생님과 내가 양쪽으로 앉았다. 나의 옆에 한 남자가 앉았는데 내가 비키라고 해서 그 노숙자 같은 남자는 조용히 비켰다. 난 선생님께 지금 나의 힘든 문제를 빨리 물어야겠다고 생각했다. 난 왜 이리 물질에 얽매이는지 모르겠다고 말했더니 선생님께서 "물질이 아닙니다. 깊이 생각해 봐요. 그것을 알지 못하면 앞으로 더욱 힘들 것입니다"라고 말했었다. 뭔가 조심해야겠다는 생각을 하며 경기도행을 준비하게 되었다.

내일이 입학식이라 경기도에 갔다. 평소 인터넷 등산 동호회 회원 중 '신비런'이란 닉네임을 가진 동갑인 친구가 내가 경기도에 위치한 대학교에 편입하여 간다고 했더니 경기도 지리에 대해 전혀 모르는 나를 위해 정보를 주겠다며 경기도로 오면 천당 아래 분당으로 와야 한다고 하여 또 생각 없이 행동부터 하여 분당으로 가게 되었다. 분당으로 이사하여 부동산에 가서 아파트 작은 방에 세 들어 살게 되었다. 집주인은 서울에서 유명 대학교를 졸업한, 나보다 8살 어린 아가씨였는데 공기업에 다니는 유능한 여자였다.

꿈을 꾸었다. "물질이 아니다"라는 말이 허공에서 또렷이 들렸다. 물질이 아니면 뭘까? 생각에 생각을 거듭하게 되는 하루였다.

아침에 늦잠 자고 학교를 가려면 분당에서 서울 양재역으로 한 시간을 가야 해서 헐레벌떡 스쿨버스를 타고서는 한숨 돌리고 한 시간

가량 소요되어 총 두 시간 만에 도착하여 강의실을 찾아다녔다.

흐린 날씨지만 앙상한 나무에는 곧 이파리를 맞이하려는 희망의 모습이 보여 모든 것이 아름답고 감사하였다.

근래 계속 몸이 좋지 않고 할 일들이 많아 짜증 내는 버릇이 아직도 남아 괜히 나에게 내가 짜증을 내고 있어 한심한 실소가 나왔다.

현호는 어떻게 지내고 있을까? 매일 매일 현호 생각을 하고 가끔 엄마, 아버지를 생각하고 오늘도 마지막 수업까지 배가 아프다 말다 해서 수업을 하는 둥 마는 둥 하고 귀가하는데 우울하여 울다 잤다.

20대들과 함께 공부하니 내가 기계치라 따라가느라 정신없는 가운데 오랜만에 시간이 나서 부산으로 가서 현호를 만났다. "살만하니?"라는 질문에 "네, 살만해요"라고 하였다. 현호는 얼굴도 좋았고 새엄마 때문에 나에게 시간을 많이 내지 못해 빨리 가야 한다고 했다. 나의 욕심을 버려야 하나? 내가 나타나서 현호의 입장이 더욱 난처한 모양이었다. 현호와 나를 억압하고 짓누르고 나는 왜 그들에게 당당하게 말하지 못하고 눈치를 보는 건지 생각하니 부당하고 억울하여 모든 것을 잃은 비참함으로 분노하였다.

다시 경기도로 오니 일상이 일사불란하게 돌아가고 학교 갔다가 집으로 오는 버스 안에서 베스트셀러 작가가 되어 돈을 많이 벌어 친정을 도와주고 현호랑 행복하게 사는 공상을 하다 잠시 가슴이 뛰고 흥분되었고 행복했었다.

현숙 언니

 늘 알바의 필요성을 느끼고 살고 있었는데 우연히 커피 마시러 간 카페의 여사장님과 이야기를 하다 청소 알바 제의를 받아 일하게 되었다. 사실 '우연히'가 아니라 내가 간절히 원했기에 혼자서 카페로 온 것이었다. 내가 간절히 원하고 능동적으로 행동하면 우연이 아니라 나의 노력이었다. 나는 알바를 하므로 경제적 어려움에서 해소되지는 못해도 교통비와 생활비는 벌 수 있게 되어 안심이 되었다. 카페 청소가 끝나면 카페에서 차도 마시고 저녁을 먹고 가는 날이 많아지다 보니 주인 언니와 친하게 되었는데 언니의 이름은 손현숙이었다.

 현숙 언니는 27세에 서울에서 법학을 전공한 동갑인 남편을 만나 결혼하였다. 남편은 사법고시 1차는 합격하였으나 술을 좋아하고 친구를 좋아하여 결국 2차는 떨어졌는데 이후 몇 번의 시험을 더 보다 공부와 담을 쌓고 집에만 있다 보니 경제적인 책임은 언니의 몫이 되었다. 현재는 20대 외아들이 있는데 경제력이 없는 아빠와 달리 공부와 담을 쌓고 일찌감치 고깃집 알바를 하고 있었다. 현숙 언니는 남편과 사이가 나쁘진 않지만 서로 살갑게 지내는 사이는 아니어서 각자 친구들과 술을 마시고 다녔다. 그러다 보니 현숙 언니는 시간이 나면 나와 함께 밥을 먹고 공원 드라이브하고 영화도 보고 술도 한잔씩 하는데, 현숙 언니는 매일 술을 마셨다.

오늘은 현숙 언니 가게에서 새벽 2시까지 이런저런 얘기를 하며 파전에 백세주를 먹고 공원을 한 바퀴 돌며 대화를 하는데 여러 풀벌레들 삶의 소리가 요란하게 들렸다.

어두워져 오는 숲과 나무와 풀벌레들의 요란한 삶의 소리와 함께 나는 과거 얘기를 하고 현숙 언니는 남편이 있어도 외롭고 힘든데, 착하기만 한 남편이라 미워할 수가 없다는 식으로 대화를 하였다. 이렇게 대화할 수 있고 공감이 되는 사람이 있다는 것이 현재의 나에게는 삶의 힘이었다.

학과 수업이 많이 피곤한 날, 오늘도 자욱한 안개로 앞이 보이지 않았다. 인생은 정말 참는 자에게 복이 올까? 어찌 되었건 최선을 다해 그냥 사는 수밖에…. 여기까지 왔는데 대안은 없었다.

매일 스쿨버스를 타기 위해 서울 양재역까지 허둥대는 나를 위해 현숙 언니가 아침에 집 앞으로 차를 가지고 와서 학교까지 데려다주어 너무도 고마웠다. 가는 길 내내 얘기를 하였는데 전혀 지루하지 않았고 현숙 언니는 애쓰고 사는 나의 모습이 언니의 모습 같다며 측은함으로 나를 친동생같이 위로해 주고 힘을 주었다.

나는 적어도 1년에 두 번은 현호를 보아야 할 것 같아 현호를 만나러 부산에 갔더니 섭섭하리만큼 잘 지내고 밝게 웃는 모습이 좋았지만, 나만 잘 적응하고 잘 지내면 된다고 생각하였는데 내심 비참하였다. 현호의 행복에 비참함을 느끼는 나를 질책하고 나의 실체를 의심하다 보니 너무도 부끄러워 쥐구멍에 들어가고 싶었다. 자식에게 상처 주고 자식에게마저 버림받은 엄마라는 나에 대한 연민을 느끼고 있는 것이 나의 실체였다.

아침에 늦잠 잤다. 맘이 참참하여 온종일 의욕이 없어 방에 콕 박혀 있었다. 부산에 갔다 온 이후부터 자꾸만 힘이 빠져 있다.

은행나무 잎이 노랗게 물들어서 너무 예쁘게 가을은 깊어만 가고 있었다. 아버지, 엄마에게 전화가 와서 아버지께서 돈 있냐고 하셨다. 이렇게 돈 있냐고 물으시는데도 난 도움을 요청하지 못하였다. 가장 가까운 가족에게도 나의 어려움을 얘기하지 못하는 것이 문제라는 것이 인식이 되기도 했다. 아버지는 나를 어릴 때부터 지금까지 늘 다정하시고 자상하시고 나를 믿어주셔서 아버지의 인정. 그 힘으로 지금까지 내가 살 수 있는 것이 아닌가 생각하며 감사함을 느꼈다.

10월 마지막 날이다. 참으로 수많은 세월 동안 의미 있는 날이었다. 현호 아빠와 처음 만난 날. 오늘도 역시 그날에 대한 미련인지, 쓸쓸함과 외로움 그리고 알 수 없는 눈물이 흐르는데 그때도 지금도 거리는 여전히 노란 은행잎들로 아름답다.

문득 어릴 적 나와 어릴 적 현호가 너무 측은하여 견딜 수 없는 고통이 왔다. 현호 아빠는 필리핀에서 공부하느라 몰랐던 현호의 고통을 알려주어야겠다는 생각으로 현호 아빠에게 망설이다 편지를 써 병원으로 보냈다.

새벽에 잠들어 아침에 죽을 맛으로 일어나 대충 씻고 스쿨버스를 탔는데 머리도 아프고 배도 아파 도저히 수업할 수가 없어 집에 일찍 왔다.
뉴스에 세계적인 불황 소식이 들려 걱정이 되어 나도 덩달아 가슴이 조여와 어떻게 살아야 하나 불안하고 당장 내년 학비까지 걱정이 되었다.

계속 꿈을 꾸고 있다. 오늘은 꿈이 너무 생생하였다. 알코올 병 속에 어떤 여자가 어떤 남자를 넣었다. 그리고 난 알코올 병 속에 든 남자를 보았다. 그 남자는 나오려고 온갖 힘을 쓰고 있었다. 답답하다고 뚜껑을 열어달라는 시늉을 했다. 그 여자가 내가 되어 난 본능적으로 저 남자가 나오면 안 된다는 생각으로 그 병의 뚜껑을 꽉 막았다. 그러나 그 남자는 더욱 세게 발버둥 쳤다. 난 뚜껑을 막다, 막다 지쳐서 도망을 쳤다. 두려움과 공포에 시달리며 골목길로 뛰면서 어디로 가야 할지 헤맸다.

안개 낀 쓸쓸한 아침 나의 삶 속에서 가는 빛이라도 잡고 의지하려 몸부림쳤다. 무엇이 이토록 나의 삶을 비틀거리게 하는지 여러 생각이 많았다. 그중에는 양심이라는 것이 자꾸 나를 통제하는 것도 있는데, 그 양심 안에는 내가 남자와 동침하면 죄라는 것이 있었다. 하지만 내가 남자를 만나서 옷을 벗는 것이 죄의식이랑 양심과 무슨 관련이지? 나는 그냥 엄마로부터 배운 성 인식이 잘못된 것이 아닐까, 하는 생각도 들었다. 난 유부녀도 아니고 수도자도 아니고 싱글인데 왜 본능을 이렇게 견뎌야 하지? 그럴 필요 없다는 생각도 하는데 쉽게 행동이 되지 않는다.

나무들은 앙상한 뼈대만 남아 있고 거리도 황량하니 제법 쌀쌀한 날씨가 되었다. 이제 벌써 12월이 되어서 내년 달력을 벽에 걸어놓았다. 현호는 잘 지낼까? "잘 지내겠지" 혼잣말을 하며 내가 없어도 현호도 잘 있고, 부모님도 잘 계시고 그곳은 잘 돌아갈 것이라 생각하자, 나만 아웃사이드로 나가떨어진 느낌이었다.

대학교 생활도 이제 1년이 지났고 취업을 위해 많은 정보탐색을 하고 분당 거리를 돌아다니다 성당으로 들어가서 신부님께 면담을 신청하여 아이같이 눈물을 뚝뚝 흘리며 나의 현 상황을 얘기하고 취업 상담을 하였더니 신부님께서 내가 불쌍한지 적극적으로 나의 취업 자리를 알아보시고 봉사를 하다 취업도 가능한 곳을 소개해 주셨다. 너무도 감사한데 너무 절박하여 부끄러움도 없었고 어리광만 부리다 나왔던 것 같다. 그래서 나는 그곳 신부님이 소개한 복지관에서 미리 자원봉사를 하기로 하였다.

오늘은 부산으로부터 전화를 두 번이나 받았다. 한 건은 현호 새엄마로부터 전화가 와서 "현호 아빠랑 왜 편지하냐? 버린 아이 왜 찾냐? 듣은 바대로 형편없는 사람이네" 하고 자기 할 말만 다 하고 끊었다. 또 한 건의 전화는 영옥으로부터 온 전화였는데, 정미가 병원에 입원하였다고 하였다.

부산에 가서 현호를 만났는데 이번에는 밝아서 나의 마음도 안심이 되고 좋았다. 엄마가 졸업하면 당연히 엄마랑 산다고 하였다. 저녁에 현호 아빠에게 내가 한 편지를 오해하지 말아달라는 문자를 했더니 저녁에 보자고 하여 만났는데 너무 냉정했다. 일방적으로 "사회복지 공부해서 뭐 해" "왜 그렇게 살아" "나에게 어떻게 했어" "돈을 벌어야지, 그게 뭐야"라며 자기 할 말만 하고 나를 비난하고 나의 차림새를 한심하게 보는 것 같아 답답하고 억울한 심정으로 헤어지고 오는데 말 한마디 못 한 답답함에 가슴이 꽉 막혔다.

영옥과 통화하여 어릴 때부터 육체적 폭력으로 인해 골병이 들었는지 다리에 힘이 없어 자주 넘어지는 정미가 이번에는 계단에서 굴러 불행 중 다행으로 머리는 다치지 않았고 다리뼈가 부러지고 온몸에 타박상을 입어 입원한 정형외과로 갔다. 오랜만에 만났기에 시간 가는 줄 모르고 서로의 안부를 얘기하였다. 영옥은 남편이 영옥의 일을 잘 도와주어서 혼자보다 낫다고 하였고 정미는 남자보다 자신의 미래가 중요해서 자신에게 집중하며 살아가는데 몸이 예전 같지 않고 비만 오면 여기저기 쑤셔 할머니 다 됐다고 하여 우리는 너무도 공감이 되어 웃지 않을 수 없었다. 나 역시 아직 불투명한 미래지만 열심히 살고 있고, 또 본능을 억누르다 또 아무 남자나 만나서 일 저지를까 무섭다고 하니 정미와 영옥은 하하호호, 하며 "지현이 남자를 만나면 세상 사람이 다 알도록 시끄럽게 만나잖아! 또 일 크게 벌이는 거 아냐?" 하며 웃었다. 우리는 병원에서 한참을 얘기하다가 늦은 시간에 영옥은 집으로 가고 나는 정미와 병원에서 함께 잠을 자고 다음 날 경기도로 향했다.

또 생생한 꿈이다. 치아의 윗니, 아랫니가 서로 교합이 맞지 않았다. 바로 하려고 안간힘을 다하다 깼다. 불안했다.

급체를 하여 위경련이 일어나 계속 토하고 배가 심하게 아파서 견딜 수가 없었다. 현숙 언니에게 전화하여 병원 응급실에 가게 되었는데 주사도 약도 듣지 않고 창자가 꼬이듯 아프고 토하다, 토하다 실신할 지경이었는데 현숙 언니는 그때그때마다 너무 간호를 잘해주었다.

현호 동생

현호와 전화 통화하고 갑자기 현기증과 위통이 왔고, 뒷골이 당겨서 괴로움을 말로 다 할 수 없었다. 현호 새엄마가 아이를 낳지 않고 현호만 키우겠다고 약속했는데 현호 동생을 낳았다. 그리고 현호는 찬밥 신세가 되어 관심 밖으로 밀려나 버렸다.

현호와 통화한 후 불안하고 현호가 걱정이 되어 부산에 가서 현호를 만났더니 현호는 많이 야위었고 뭔가 스트레스를 받는 상황이란 걸 느꼈다. 현호 아빠는 새아기에 빠져 있고 현호는 질투하는 것 같았다. 현호는 이제 중학교에 입학하여 한창 예민한 나이인데 하필 지금 현호에게 동생이 생겨 이 상황에 나는 더욱 서운했다. 동생의 이름은 창호라고 하였다. 이건 계약서 없는 계약위반이었고 현호의 새엄마를 처음 만났을 때 아이를 낳지 않고 현호만 키우기로 했는데 거짓말을 하다니, 억울하고 분하여 치가 떨리는데 설상가상으로 저번에 현호를 만났을 때 현호 아빠가 현호에게 "엄마와 살래, 아빠와 살래?"라고 물은 이유를 알게 되었다. 이미 그때 현호 새엄마가 임신을 하여 아이가 생겨 현호가 반드시 필요하지 않았기 때문이라는 것을 알게 되어 분노가 극에 달하였지만 난 무엇을 해야 할지 몰라 분노만 하다 보니 몸이 아파왔다.

부산에 가서 현호를 만나니 현호의 소원은 엄마랑 아빠랑 사는 거라고 하는데 평소의 현호 모습이 아니고 아주 심한 스트레스 상황이라는 것을 확실히 알게 되었지만, 아무것도 할 수 없어 우울하기만 하였다. 현호 새엄마가 내가 현호를 만나는 것을 눈치채고 나에게 함께 보자고 하여 만났더니 현호 아빠는 남편으로는 별로지만 아빠로는 질투 날 정도로 완벽하다고 하며 뻔뻔하게 지금 오히려 아이가 찾아온 건 행운이고 축복이라고 했다. 난 화를 내고 할 말을 해야 했는데 입이 딱 붙어버려서 할 말을 하나도 못 하고 오히려 현호를 잘 부탁한다며 옷을 사주고 왔다.

경기도에 도착하니 마음이 너무 우울하여 어찌할 바를 몰라 현숙 언니에게 전화해서 위로를 부탁했건만 그러나 오늘은 언니의 그 어떤 말도 위로가 되지 않았고, 더욱 아프기만 하여 얼굴에 열이 올랐다, 내렸다 하였다.

현호는 중학생이고 한창 사춘기라 관심이 필요한데 그들의 관심은 온통 현호의 동생 창호에게만 향하고 있어 나는 현호의 마음이 힘들까 봐서 노심초사하고 있고 하늘에서 내리는 봄비가 눈물이 되었다. 이후 나는 현호와 전화 통화를 자주 하고 있었다.

꿈에서 현호 신발을 바꾸었다. 기분이 이상해서 전화했더니 이사했다고 하였다.
현호가 스트레스 상황이고 현호가 동생에게 사랑을 박탈당했다는 생각에서 벗어날 수 없어 나의 스트레스가 심했는지 저녁에 열이 나고 몸이 좋지 않았다.

그들이 먼저 나에게 제시한 "현호만 잘 키우겠다"라는 말을 어겼으니 나도 가만히 있을 수 없다. 무엇이든 하여 현호의 억울한 삶을 보상하도록 하여야 한다. 현호 아빠도 나도 현호에게 과거 부모로서 무책임했던 것에 대하여 사과해야 하고 힘들었던 지난 시절 나와 현호가 살았던 삶을 현호 아빠에게 알려야 한다. 그런데 내 입에서 말 한마디만 나와도 막아버리고 기회를 주지 않아 내가 할 수 있는 것이 아무것도 없었다. 난 나의 현실을 내팽개친 채 죄의식의 과거 올가미에 갇혀 마음의 병이 육체의 병으로 옮아 있는데 지금 그들은 그들의 생활에 최선을 다할 뿐 현호의 힘들었던 삶에 대한 관심은 조금도 없었다. 부당하고 억울해서 어떻게든 말을 해야만 했다. 또 메아리 같은 혼잣말을 한다. "현호야, 미안해. 엄마가 어리석어 너를 많이 힘들게 했어" "현호 아빠, 우리의 잘잘못을 떠나 현호에게 상처 주었잖아요. 당신이 빚진 당신 아들 현호에게 어떤 식으로든 보상을 해줘야 해요"

끝없는 고통

취업

 종합 복지관 자원봉사를 하다가 공교롭게 졸업도 하기 전에 직원을 모집하여 상담원으로 이력서를 내었고, 봉사자 우선이라 취업이 되어 3교대 근무를 하게 되었는데 학교 수업과 근무시간을 조정하여 일하기로 하였다. 기분이 좋았고 희망이 샘솟았다. 서울·경기 지리를 잘 모르는 나를 처음 복지관까지 데려다준 현숙 언니에게도 고마웠다. 나의 삶은 기울어져 가도 끈질기게 다시 일어난다. 취업 상담을 해준 신부님이 생각나고 고마웠는데 찾아뵙지는 않았지만 집에서 기도를 해보기로 하였다.
 직장 생활은 나에게 경제적, 정신적으로 많은 도움을 주어 재미있게 다니는 중이었다.

직장에서 상담원이기에 프로그램도 많이 하고 교육도 다니고 간간이 심리검사도 하곤 하는데, 간단 테스트에서 여성성이 너무 높게 나와서 나는 이 여성성을 낮추려는 목적으로 별로 공감이 가지는 않았지만 페미니스트 단체에 가입하여 행사에도 다니고 가짜 페미니스트로 활동하고 있었다.

조직 내에서 자신의 권리와 타인의 권리를 적당히 찾고 배려한다는 것이 그리 쉬운 일은 아니지만 난 이곳에서 아주 만족하고 있었다. 예전 같았으면 무조건 남의 말에 동의하고 돌아서서 불만, 내지는 피해의식을 느꼈을 것인데 조금씩 변화하고 있었다.

현숙 언니 가게 청소를 마치고 좀 더 놀다 오는데 언니는 오늘도 술을 마시고 있었다.

처음엔 매일 술을 마시는 언니가 알코올 중독 내지는 좀 비정상이라 생각했는데 주사가 있는 것도 아니고 술로 인해 삶과 인간관계에 어떤 해를 끼치진 않아 이제는 매일 술을 마시는 사람도 있다는 것을 이해하게 되었다.

꿈을 꾸었다. 현호 할머니가 보따리를 들고 어디를 가길래 나는 "어머니, 집 두고 어디 가세요?" 하니 어머니는 "내 집이 저기 아닌가" 하며 하늘을 가리켰다.

부산에 가서 현호를 만나 현호 아빠와 새엄마가 자주 싸운다는 소식과 현호 할머니 돌아가셨다는 소식을 접하고 놀랐다. 현호는 생활이 편하다고 나에게 말하지만, 현호 새엄마가 아이를 낳고 목소리가 커졌다는 느낌을 받아 현호의 힘듦을 느끼니 나의 마음은 흐트러졌다.

많은 사연이 들어 있는 10월이 오면 아직 마음과 현실이 우울하였다.
상처투성이에 치유가 필요한 사람들, 현호와 현호 아빠 생각이 났다. 모두가 나와 같이 측은하다는 생각이 드니 사랑도 미움도 아닌 인간적인 마음으로 그냥 보듬어 주고 싶었다.

직장에서 파견 강사 지원을 받았는데 난 과감하게 내가 하겠다고 손을 들었다. 다른 선생님들보다 스펙이 월등히 못한 나는 열등감을 용기로 이겨내려 했다. 첫 강의를 하게 되는 나로서는 이 일이 또 다른 사회 경험이고 사회적 성장의 기회였다. 대인 앞에 서면 후들후들 떨려서 얼어붙었었는데, 조금씩 나아져서 치료가 되었는지 강의는 그런대로 성공적으로 마쳤다. 이후 자원봉사자 양성 교육 강사로 강의가 늘어났고 그동안 나의 테두리를 한 발짝 넓혔다.
자원봉사자 양성 교육 기초 상담 교육에 90~100명의 사람들이 모였다. 세 시간 강의하고 소액의 강의료를 받았고 모든 것에 만족하였다. 나의 명함도 생겼고 나의 호칭은 선생님이 되어 돈보다 명예가 먼저 나에게 다가오고 있었다.

대출

 현숙 언니는 카페에서 번 돈으로 가족들의 생활비로 사용하고 나면 남는 돈이 없어 늘 빠듯하게 살아가는데 지금까지 무기력하게 있던 현숙 언니의 남편이 부동산 중개사 자격증을 취득하여 부동산 사무실을 개업하여 현숙 언니도 좋아하고 나 역시 축하해 주었는데 어느 날 몇 사람 해서 상가를 매입하는데 두 달만 현금이 필요하다고 하여 현숙 언니의 부탁을 거절할 수 없어 나의 현금 모두와 대출까지 해서 4,000만 원을 두 달간 빌려주기로 하였다.

 저녁에 체했는지 잠을 이루지 못하고 꿈에 시달리며 잠을 설쳤다. 생활 리듬이 깨어진 것도 있고 현숙 언니와 돈거래 한 것 때문에 계속 맘이 편하지 않았다. 직장에서 1박 2일 평가회를 마치고 퇴근하니 피곤이 밀려왔다.

 부산에 가서 현호를 만났더니 현호는 큰 표현 없이 말에 힘이 없고 무기력한 모습으로 그냥 잘 지낸다고만 하였다. 난 아무것도 해주지 못해서 답답함을 느끼고 그저 주위를 맴돌다 다시 경기도로 돌아왔다.

 현호가 힘들어하는 꿈을 꾸었다. 현실이 싫었다. 고생하고픈 맘도 없고 도서관에서 사회복지사 국가고시를 공부하다, 코감기가 심하게 걸려 있는 현호와 통화했는데 행복하다고 하였지만 엄마와 헤어져 있어서 조금 행복하지 않다고 하였다.
 매일 하루에도 몇 번씩 현호 생각으로 나의 맘 깊숙이 큰 상처가 또 덧나고 있었고 현호가 아프면 내가 아프고 내가 아프면 현호 아빠가 원망스럽고 결국 나를 증오하게 된다.

 봄 햇살은 화창하고 작은 미세한 움직임, 거미줄같이 가늘게 흔들리는 예민함이 나의 모든 감각은 잠시도 쉬지 못하게 하여 머리에서 눈을 거쳐 코안에 맺힌 피들이 가래와 콧물로 휴지를 물들인다. 이런 모든 것들이 우울을 넘어 초연함을 주다 언제 어디서 용암처럼 넘쳐흐를지 모른다. 한때는 "알면서, 알지만"이라는 말을 했다. 하지만 정말 모르는 것이 맞았다. 아무것도 모르면서 언제나 선택 후에 그 안에 들어가서 고통과 상처로 몸서리칠 때 용암이 흘러넘치니 말이다. 용암이 흘러넘치고 모든 것이 평정되고 난 뒤에야 비로소 알고 깨닫는 것이 나였다.

 미국과 이라크의 전쟁으로 세상이 어수선한 가운데, 봄은 햇살의 등에 업혀 있다. 마치 어린아이가 엄마 등에서 엄마의 호흡을 느끼듯 평화로운 봄이 예뻐서, 너무 예뻐서 슬픈 어린 시절 생각이 났다. 어린 시절, 쓰레기차가 오면 각 집에서 쓰레기통의 쓰레기와 연탄 쓰레기를 쓰레기차가 있는 곳까지 머리에 이고 가서 버려야 했다. 초등학교 4학년이었던 어린 나는 나무 빨래판 위에 다 태운 연탄을 여섯 개나 올려 머리에 이고 가다가 너무 무거워 목이 부러질 것 같아 길거리에 쏟아부어 버린 기억과 엄마와 함께 도매 시장에서 물건을 떼 오는 길에 사춘기 여중생이었던 내가 엉덩이를 들고 너무 무거운 사과 상자를 밀며 집으로 온 기억. 엄마는 저만치 앞에 무엇을 그리 많이 머리에 올려 이고 양손에도 가득 들고 아슬아슬 바쁜 걸음으로 가는지, 1초라도 빨리 도착하여 무거운 짐을 놓고 싶었던 모양이었다. 지독한 가난 속에 고생만 했던 불쌍한 우리 가족들이 생각났다.

창문 밖의 목련의 꽃이 너무도 우아하다. 추억이 하나씩 줄을 이어 다가왔다. 현호 아빠 군대 면회 간다며 사무실 동료와 고속버스를 타고 가던 중 휴게실에서 목련꽃을 배경으로 사진을 찍다 고속버스가 출발하여 둘이서 걸음아 날 살려라 하며 뛰며 버스를 세웠던 기억이 우아한 목련꽃 속에서 떠올랐다. 세월은 복잡함도 아랑곳하지 않고 봄이 되니 그때의 목련을 피우며 살며시 다가왔다 살며시 떠났다.

사회복지사 1급 국가고시 시험을 보았다.

40% 합격률에 대부분 20대였는데 나는 열심히 도서관에 다니며 공부한 노력이 합격의 결실을 맺어 감격의 날이지만 현숙 언니에게 돈을 빌려준 지 두 달이 넘어가는 오늘이라 감격보다 불안하고 슬펐다.

현호 꿈을 많이 꾼다. 현호에게 잘못한 것들로 인하여 기분이 우울하고 과거의 죄의식에서 벗어날 수 없는 정도가 너무 커서 아픈 가슴을 쥐어뜯으며 방바닥을 기어다니며 울었다.

현호가 힘든 것이 아닌가 생각하니 끔찍하다. 현호가 자유로운 의사 표현을 하도록 해주고 당당하고 멋지게 자라도록 해주어야 하는데 나도 현호도 현호 아빠에게 당당하지 못하고 눈치만 보는 삶이라 화가 나고 분노가 치밀었다.

꿈에서 거미가 몸에 떨어져 소스라치게 놀라 깨었다. 낮 근무하고 저녁에 현숙 언니를 만나서 두 달 있다가 주기로 한 4,000만 원 얘기를 했더니 현숙 언니가 "조금만 더 기다려"라며 투자한 상가를 매매 중이라고 하였는데 마음이 불안해져 왔다.

어젯밤 근무에 이어 낮 근무 하고 강의안 작성하고 점심 먹고 직장에서 4시 퇴근, 5시에 집 도착, 빨래하고 청소하고 8시에 저녁을 준비하여 먹고 샤워하고 나니 10시 15분. 나의 하루는 단 두세 줄로 표현되었다.

7시 15분 출근. 비가 오고 저 멀리 물안개가 자욱하니 세상은 조용히 말없이 주어진 의무를 이행하며 조용히, 조용히 나의 삶에 대한 애착을 부여잡으며 비와 동행하며 걸어가고 있었다.

오늘도 현호 생각 중에 사춘기는 중요한 시기인데 연락해도 될까? 현호에게 덕이 될까? 생각하다 보니 돌파구를 찾지 못하고 오히려 술 마시고 울고 잤더니 아침에 눈이 퉁퉁 부어 있었다. 삶에 얽매여 겨우겨우 살아내고 있었다.

이주노동자의 집에서 강의를 하였고 내 강의는 점점 좋아지고 있었다.

토요일에 안양에서 페미니스트 시스터즈들과 영화를 보고 호프집에서 영화가 남성 중심의 폭력적 영화라고 험담하며 맥주를 들이켜는데 정화 선생님의 뿜어대는 담배 연기가 내 속까지 시원하게 하였다. 처음에는 적응하기 힘들었는데 이젠 좋은 사람들 중 한 부류가 되었다.

이렇게 날밤을 헤매고 다음 날, 해장국이라 할 수 있는 콩나물국밥을 이주노동자의 집에서 진짜 큰솥에다 한 솥을 끓였다. 우리는 뜨거운 국밥을 후후~ 불며 먹는데 저이들은 과연 잘 먹을까? 주로 방글라데시, 필리핀, 베트남, 알제리에서 온 사람들이었다. 뜨거운 국밥을 먹는 나라는 거의 없다고 하던데, 하고 생각하며 보고 있는데 너무 잘 먹어서 웃음이 절로 났다. 외모, 언어가 좀 다르지만 사람은 다 똑같다는 것을 느끼며 보고 있었다.

넉 달이 지났는데 현숙 언니의 남편은 돈을 주지 않고 "상가가 매매되지 않아서"라는 말만 하였다. 10시경 현숙 언니에게 전화가 와서 가게로 갔더니 돈 100만 원을 우선 받으라며 주었다. 나의 처지를 알면서 중간에서 돈거래를 주도한 현숙 언니와 근래 서먹한 사이가 되어 원망을 했는데 오늘은 돈이 실수하는 거지, 사람이 나쁜 건 아니라고 생각하는 나를 보니 나는 역시 2% 부족한 것이 맞다고 생각하며 웃고 말았다.

힘이 없고 피곤하고 의욕이 없어 할 일을 자꾸만 뒤로 미루는 무기력증이 왔다. 깊은 잠을 잘 수 없어서 정신과에 가서 근래의 고민을 얘기하고 약을 타 왔다. 금요일에 다시 병원으로 가기로 했다.

금요일에 정신과에 갔더니 우울증이라는 진단을 받았고 정신과에선 술을 마시지 말라고 하였다.

정신과 약을 먹고 힘을 내어 집 청소를 했더니 마음이 개운하지만 계속 힘이 없고 잠만 와서 낮에도 잠만 잤다. 정신과 약을 먹는 나 자신을 어떻게 해야 하나? 봄비가 보슬보슬 조금씩, 조금씩 내려 반가움에 손바닥을 창밖으로 내어 봄비를 맞아보았다. 비 같지도 않아 젖어들지도 않고 흐르지도 않았는데 조금 지나니 손바닥에 빗물이 뚝뚝 떨어지고 온 마음에 슬픔이 뚝뚝 떨어졌다. 봄비가 반가운 것이 아니라 이제는 내 것이 되어버린 슬픔이 반가웠나 보았다.

투명 아이

방학과 휴가를 이용해 부산에 간 지 거의 일주일째가 되었다. 현호 아빠가 부산에 오는 날이 있으면 자기 가족들과 저녁을 먹자고 하여 오늘은 현호 아빠, 현호, 현호 새엄마, 현호 동생이라는 창호와 만나서 고깃집에 갔었다.

현호가 새엄마에게 하는 행동에 놀라지 않을 수 없었다. 식당에 들어서면서 새엄마가 신발을 벗으니 현호가 가족들 신발 정리를 하였다. 나는 "현호야, 신발은 네가 정리하지 않아도 식당에서 해"라고 말하였다. 말하고 나니 한편 '내가 너무 예민한 건가?'라는 생각을 하는 중에 음료수도 따서 새엄마에게 먼저 따라주었고 고기도 몇 점 먹곤 아기를 받아 안으며 "고기 드세요" 하였다. 눈치 보고 기가 죽은 현호를 보니 가슴이 터질 듯 아파서 고기를 먹는데 눈물이 왈칵, 나서 울면서 고기를 먹는 나의 모습이 바보 멍청이 같았다. 참을 수 없는 눈물을 난 또 현호 앞에서 흘리고 있었다. 이 눈물을 보는 현호 아빠와 창호 엄마는 내가 어떻게 보였을까? 바보 멍청이 나의 눈물은 안중에도 없이 현호 아빠와 현호 새엄마는 온통 창호에게 관심이 쏠려 있고 현호는 눈치만 보는 투명 아이였는데, 이 현실에서 내가 할 수 있는 것이 아무것도 없었다는 슬픔과 분노, 화가 느껴졌다.

현호 동생 창호, 창호 엄마, 창호 아빠 세 명의 가족을 본 뒤 현호의 기를 죽이고 양육한 그들에게 맘껏 소리치고 욕하고 싶고, 나에게 모든 잘못을 뒤집어씌우는 그들에게 나의 명예도 찾고 싶은데 할 길이 없어 자포자기 상태가 되었다. 나의 억울함을 말하고 싶은데…. 말을 해야 하는데…. 아무도 들어 주지 않고 듣게 할 자신도 없어 나는 또 할 말을 못 하여 답답함과 불안함의 연속이었다.

오랜만에 마음의 여유를 가져 창밖의 풍경을 주시하여 보았다. 언제나 풍경은 제자리에서 평화롭게 조용히 바람과 구름에 모든 걸 맡기고 있었다.

밤 11시경에 현호에게 전화가 왔다. 아빠가 전화 한 통 해달란다고 하여 바로 전화를 했더니 지금 사는 여자와 싸웠다고 하였다. 부산으로 와서 살자고 하기도 하고 두 여자 때문에 아주 죽겠다며 30분을 불안하게 떠들다 끊었다. 이게 무슨 일인지 모르는 가운데 현호의 환경이 걱정이 되었다. 갑자기 무슨 일일까? 그리고 난 아무 말도 못 하고 사는데 왜 나 때문에 못산다는 거지? '내가 아무 말도 하지 않고 있으니 바보 멍청이니까 화나면 화풀이하고 막 대해도 된다고 생각하나 보다'라는 생각이 들었고 어떤 말이 나오는지 "그래, 나랑 다시 살자" 소릴 했어야 했는데, 하는 생각이 들었다.

어제의 일로 마음이 계속 편하지 않고 현호가 걱정되었다. 나의 삶의 의미가 현호의 행복이라고 말하곤 하는데, 현호가 원하는 건 엄마와 아빠가 함께 사는 거라고 하였는데 현호만을 위해서 난 머리 숙이고 가서 현호 아빠의 집 언저리에서 살아야 하는 걸까 혼란스러웠다. 현호 아빠가 나에게 보여준 건 본인이 현호 새엄마와 그들의 아들 창호, 현호의 동생이 된 창호와 행복하고, 나를 무시하고 현호는 기가 죽어 있는 모습뿐이고 현호를 데려가려면 양육비에 대해 말하지 말고 데려가라던 모습이었다. 이것이 내 귀로 들은 말이고 내 눈으로 본 것이었다. 화가 나서 그가 하는 말에 흔들리지도 말고 더 이상 바보 되지 말자. 이제야 정리가 되었다. 그들은 처음에 창호 엄마를 불임으로 알고 있었기에 현호와 나를 완전히 갈라놓고 단란한 상류층 의사 집안으로서의 신분 상승을 꿈꿨다. 그런데 불임인 줄 알았던 새엄마가 임신이 되고 아이를 낳고 보니 새엄마는 자기의 아이에게 모든 정이 가고 현호가 걸림돌이 되어 가정의 불화가 일어났다. 현호 아빠는 둘 다 자기 자식이니 현호에게도 정이 있어 창호 엄마가 현호에게 좀 더 잘해주길 원했겠지만 가정에 불화가 나니 자신이 우선이 되었다가 현호만 보면 죄의식 생겼다가 양가감정이 생겼겠지.

그 와중에 나는 현호의 어린 시절 불우한 기억을 현호 아빠도 알아야 한다며 편지를 보내 압박을 하니 현호 아빠는 만감이 교차했을 것이고 창호 엄마는 나에게 전화해서 왜 편지를 보내냐고 소리쳤다. 난 편지 내용에 현호 아빠에게 현호가 어린 시절에 겪은 불우한 환경 외에 그 어떤 내용도 쓰지 않았다. 이제야 처음에 현호를 못 보게 하고 현재는 현호를 데려가서 키우라 하는 의도를 알게 되어 분노는 극에 달하고 있었다. 나쁜 인간들. 어른들끼리는 어떻게 해도 상관없지만 적어도 아이에게는 상처를 두 번 주면 안 되는 거잖아. 그들에게 복수심이 들수록 나의 몸은 아파오고 먹으면 토하고 체하고 하여 나는 두 손을 드는 것을 선택하여 겨우 몸을 진정시켰다.

현호에게 전화했더니 전화 도중에 새엄마가 현호의 전화를 빼앗아 들었다.

이제는 현호에게 왜 전화했냐고 따지지 않고 현호 아빠의 자유분방함을 나에게 이르고 결국 자신을 의부증 환자로 만든다고 하며 현호가 돈 때문에 엄마에게 가지 않는다는 어이없는 소리를 지껄여서 난 별말 없이 전화를 끊었지만, 분명한 것은 현호 새엄마가 현호 동생을 낳고 난 뒤부터는 목소리가 커져서 현호 아빠에게 할 말을 다 하고 있다는 것과 내가 현호를 데려갔으면 하는 마음이 커지고 있다는 것이었다.

현숙 언니에게 또 돈 얘기를 하였더니 여전히 상가가 매매되지 않아 투자자들에게 많이 시달린다며 오히려 하소연을 하였다. 나의 처지를 알면서 어떻게 두 달 만에 준다고 하였을까 생각하니 눈물이 나서 울었더니 언니도 함께 울며 미안하다고 하였다. 언니 역시도 남편의 말만 듣고 의심하지 않았다고 하였다.
  나를 더욱 슬프게 하는 것은 돈 때문에 너무도 믿고 의지했던 언니와 눈물을 흘리는 오늘이었다.

현재도 슬픈데 자꾸만 과거 생각을 하며 나의 삶에 대한 동정심과 증오심으로 흐느꼈다. 그리고 현실 역시 과거와 마찬가지로 힘들어하고 있다고 생각하니 통곡이 나왔다.

강원도행

사회복지 법인 취업

나는 성공해서 다시 만나자고 한 현호와의 약속을 지키지 못한 상태에서 또 어리석은 행동을 하여 무일푼이 된 나 자신이 몹시 싫어졌다. 현숙 언니는 현재 돈이 없어 줄 수가 없다고 하며 나중에라도 꼭 갚겠다고 약속을 하였다. 나는 현재 직장에서의 경험을 토대로 3교대 근무가 아닌 직장을 구하기 위해 취업 포털 사이트를 뒤지다 강원도에서 사회복지 법인 사무국장 자리가 나와서 큰 기대 없이 그곳에 이력서를 넣었는데 운 좋게 취업이 되었다.

경기도의 생활을 모두 정리하고 강원도로 가서 사무국장 인수인계를 받는데 나름 성공한 기분이 들었다. 단돈 200만 원, 옷가지 몇 개와 내 몸 하나로 강원도에 와서 원룸을 얻었다.

이제 모든 것을 다 놓아버리고, 아니 놓았다기보다는 뜻대로 되질 않아 포기를 했다는 것이 더 맞는 말이리라. 그러나 이상하게도 하나도 미련이 없었다. 지금은 마음이 아주 편하여 오히려 잠도 잘 자고 있었다.

다행히 내가 취업한 곳은 사회복지 법인이라 규모가 제법 크고 급여도 호봉제로 주는 곳이었다. 내가 꿈꿔왔던 모든 것들을 하나씩 차근히 할 수 있는 기회가 온 것 같았다.

현호와 현호 아빠 꿈을 꾸었다. 현호는 잘 지내는지 궁금하고 보고 싶었지만, 나는 할 수 있는 것이 아무것도 없었다.
아침에 출근하면서 나무에 앉아 있는 이름 모를 새를 보았다.
주변을 살펴보니 낮에는 꽃봉오리를 오므리고 아침이면 꽃봉오리를 활짝 펴서 보랏빛 자태를 신비로이 보여주는 이름 모를 꽃과 담장에 넝쿨진 빨간 장미가 눈에 들어왔다.

아침부터 당직이라 사무실에 가서 일을 하였다. 휴일에 나와서 일을 해도 아직 사회복지 법인 회계 이해가 쉽지 않아 열심히 해야만 했다.

집과 사무실 출근만 하니 급여를 타면 그대로 모으게 되어 제법 돈을 모았는데, 직장이 산속이라 오래된 티코가 자주 고장이 나서 새로운 중고차를 구입하게 되었다. 음악을 좋아하는 나는 별도의 스피커와 음향 시설이 구비되어 있는 코란도 중고를 구입했는데, 사회생활이 아직 서툴러서인지 천성인지 모르겠는데 직장 사람들이 바가지를 많이도 썼다고 하여 알아보니 정말 500 정도의 차이가 나긴 났었다. 그러나 음향 시설 비용이 포함되어 그렇다고 보았다. 차를 구입하는 경험도 처음이긴 하지만 나의 경제 관념에도 문제가 있었는지 힘들게 모은 돈을 차량 구입 비용으로 고액을 썼다. 출퇴근길 음악을 크게 들으며 창문을 열고 운전하여 가는 길에 가로수 이파리 속에 새들이 지지배배 하고 꽃들도 고개를 돌려 인사하여 꿋꿋이 살아가는 새들, 꽃들, 너와 나 이웃처럼 정다웠다.

요즈음 생각해 보니 감사할 일들이 너무 많았다. 나의 호봉도 그렇고 내가 사회복지라는 분야를 접한 것도 그렇고 지금 이렇게 평탄한 직장 생활을 하는 것도 그렇고.

이 행복도 하루하루 지나며 일상이 되고 있을 즈음, 어느날 현호 아빠가 힘든 꿈을 꾸고 현호 아빠에게 안부 문자를 보냈더니 전화가 왔다. 오늘 12일 영도에서 운영했던 병원을 동래로 이전 개업 오픈한다며 오라고 하였다. 무슨 감정인지, 전화 통화 중에 눈물이 나려 하더니 심리적 이유인지 감기에 걸렸다.

사춘기 현호

새벽이라 생각한 잠결에 현호 아빠의 전화가 왔다. 시계를 보니

12시 40분경이었다. 현호 아빠는 말이 왔다 갔다 했다. 무슨 말인지 모를 말을 섞어서 하고 있었다. "돈을 버니 똥파리들이 달라붙는다" 했다가 현호 동생이 똑똑하다고 어쩌고저쩌고. 병원 개원한다며 부산 오라고 어쩌고저쩌고. 치매가 있는 것은 아닌지 걱정이 될 지경이었다. 정확하게 기억에 남는 말은 현호 성격이 정말 좋아졌다고 한 말이었다. 전화를 받고 난 후 내내 잠을 뒤척이고 나는 또 이 상황이 뭔지 몰라 혼란스러워했다.

다음 날 현호 아빠에게 전화가 와서 토요일에 병원 개업하는데 부산으로 끈질기게 극구 오라더니 다시 일요일에 오라고 하였다. 나는 부산에 가서 현호도 볼 겸 알았다고 하고 현호와 통화하여 일요일 저녁 약속을 하고 일정을 정했다.

오전에 현호 아빠가 오라는 새로운 병원으로 갔는데 현호 아빠는 병원의 기계들과 시설을 소개하며 이 모든 것을 현호 엄마가 누려야 되는데 이게 뭐냐며 또 나를 비난했다. 나에 대한 증오심인지 아니면 조금 남은 애정인지 늘 헷갈리지만 전혀 궁금하지도 않았다. 점심때가 됐는데 점심도 함께 하지 않고 약속이 있다고 하여 혼자 나왔다. 저녁에 현호를 만났는데 성적이 낮아서 정신과 약물 치료를 한다고 하였다. 현호의 진단명은 무기력증이었다. 눈물이 북받쳤다. 제발, 제발 현호가 안정되기만을 바라고 돌아오는 길에 또 가슴에 통증이 왔다.

가족도 친구도 만나지 못하고 하루 만에 강원도로 왔다. 밤이 깊은데 불면의 고통이 시작되었다. 오늘도 마음이 편하지 않고 잠시도 머리에서 현호를 떼어놓고 있을 수 없었다.

내 가슴에 가득 찬 증오들, 현호를 괴롭힌 인간들을 갈기갈기 찢어 죽이고 싶은 증오심으로 떨림이 왔다. 현호가 어린 시절 겪었던 수많은 고통들과 현재 현호의 힘없는 모습이 머릿속에서 지워지지 않았다.

오늘도 무기력한 현호의 모습이 지워지지 않고 현호 아빠가 너무도 원망스러웠지만 나 역시 전혀 표현하지 못하고 있는 이 억압과 분노를 어떻게 해야 하나? 이걸 어떻게 해야 하나? 나의 고통은 현호가 겪은 고통의 절반도 되지 않는데 어떻게 해야 하나, 하는 생각으로 괴롭기만 하였다. 제발, 제발 현호와 같이 건강하게 살게 되는 날이 오기를 바라기만 하며 이제는 현호만 생각하고 현호의 고통의 씨앗을 없애는 것에만 몰두하고 노력해야 했다.

강릉과 부산의 거리는 자가용으로 편도 일곱 시간이었다. 운전이 힘들어 양양으로 가서 비행기를 타고 부산으로 가서 현호 담당 의사 선생님을 만났다. 난 담당 의사 선생님에게 현호의 증세를 이해받기 위해 모든 과거를 이야기하며 현호가 부모의 희생자라고 하였더니 고개를 끄덕이며 담당 의사 선생님은 현호가 새엄마의 눈치를 너무 많이 본다고 하시는데, 새엄마에 대한 부정적 메시지로 들렸다. 나는 한마디로 분노가 극에 달했다. 내일 출근해야 해서 아무도 만나지 못하고 시간에 쫓겨 부랴부랴 양양 비행장으로 출발하여 그곳에 주차한 차를 타고 강릉에 도착하니 밤이 되었다. 오늘 하루 나도 멍하니 꿈속에 있는듯했고 자꾸만 현호 아빠와 현호 새엄마를 죽이고 싶다는 끔찍한 생각이 들었다.

어제 편두통이 있었는데 자고 일어나니 괜찮아졌다. 그래도 한쪽 머리가 약간 느낌이 이상하였다. 스트레스가 갑자기 한꺼번에 오니 감당이 안 되나 보다 생각하며 거울 속에 비친 나의 모습을 보았다. 현호 문제는 어떻게 해결해야 하나? 난 무엇이 두려워 현호 아빠에게 당당하게 나의 생각을 얘기하지 못하는가? 질문만 하고 답을 하지 못하는 바보같이 못난 중년 여자가 헝클어진 머리카락을 하고 초점 없는 눈을 하고 있었다.

현숙 언니는 여전히 힘든 상황인지 연락이 없고 정신을 차려보니 그간 현호를 위해 할 일이 있는데도 불구하고 텅 빈 가슴과 외로움을 채우기 위해 무책임하고 충동적으로 살았다고 생각하니 반복적인 실수, 실패 같은 인생에 뭐라 말할 수 없는 자책감과 무능함이 밀려왔다.

너무 마음이 혼란스럽고 힘들어 상담 선생님과 전화 통화를 하였다. 현재 현호의 상태, 현호 아빠와 함께 현호를 도와야 하는데 현호 아빠에게 전화를 못 하고 회피하는 나의 마음, 현호를 어떻게 도와야 하는지 답답한 마음, 아픈 마음, 분노한 마음을 털어놓으니 진정이 조금 되었다. 선생님께서는 힘들면 도와주려고 하시며 언제든 전화해도 된다고 하셔서 나의 마음은 너무 편해지고 안정이 되었다. 고마운 은혜를 잊지 말아야 한다고 다짐하였다.

수많은 세월 동안 나와 싸우고 나를 해부했으나 도무지 알 수가 없다. 차라리 모르면 괜찮다. 그러나 잘못 알고 있다는 것을 느끼는 순간 나는 지쳐버렸다. 이 끝이 어디인지 주저앉아야 할지 다시 일어서야 할지 처음처럼 혼란스럽기만 하다.

나의 모든 감각들은 낮도 없고 밤도 없다. 나의 영혼은 먼지들의 부딪침에도 깨어나고 어둠이 내리는 소리에도 눈물 흘리며 한 줄기 빗방울에도 피를 흘린다. 나의 영혼은 꿈과 현실, 삶과 죽음의 혼합이다.

휴일인 줄도 모르고 출근을 하였다. 출근을 한 터라 강원도 토박이인 사무실 동료 순심 씨에게 전화하여 데이트 신청을 했더니 흔쾌히 받아주어 우리는 정동진으로 가게 되었다. 넉넉한 바다와 졸졸졸 계곡, 웅장한 산과 올망졸망한 산을 겸비한 곳. 자연이 보존된 강원도는 바퀴 닿는 곳마다 감동이었다.

잠을 설치고 잠이 오지 않아 새벽 시장에 갔더니 아침 바람이 반가이 살갗을 스치고 여기저기의 삶들이 웃음과 걱정으로 교차하고 있었다.

비둘기, 잠자리, 파리도 함께 날뛰는 새벽 시장이었다. 불현듯 출현해 텃세하는 상인, 젊디젊은 아가씨와 청년이 배추를 날렵하게 다듬으며 "배추, 배추" 외치는 소리 이제는 잊혀가는 새끼줄로 만든 짚신, 망태기 등등을 만들어 내놓은 할아버지, 흥정하는 할머니와 새댁의 강제 덤에 주인은 "에이 씨" 손님은 "뭐가 에이 씨" 하는 우스갯소리, 단순하고 본능적인 새벽 시장은 늘 인간적이었다.

찌는듯한 더위에 월말이라 정신없이 바쁜데 집중력을 요구하는 회계가 잘 맞지 않아 하루 종일 회계를 맞추느라 시간 보냈는데 결국 맞추지 못했고, 나중에는 속이 메스꺼워졌다.

현호를 만나기 위해 부산으로 갔다. 현호에게 전화를 했더니 웬일인지 현호 새엄마가 친절하게 "현호 보내줄게요" 하여 웬일이지, 생각했지만 호의로 받아들이고 현호와 만나서 가족들과 어울리다 언니 집에서 자고 다음 날 현호를 보냈다.

강원도로 돌아오는 길에 현호 새엄마가 또 친절하게 "내가 현호 아빠의 성격을 감당하지 못해요. 현호와 만난 것, 현호 아빠에게 말하지 않았으면 해요" 하였다. 나는 호의로 받아들여서 "네, 알겠어요. 고마워요" 하며 전화를 끊었다.

그리움의 시간 달력 한 장. 12월 겨울 산이 당당하였다.
바람이 몰고 온 수채화 요정들의 추억을 간직한 채 하나씩 버리고 드러나는 몸짓들, 마침내 알몸이 되었지만 당당하게 벗은 겨울 산, 그 당당함이 좋다.

연초에 뱀 꿈을 또 꾸었다. 큰 뱀이 입을 벌려 새끼 뱀을 토해내는 것을 봤다.

현호 생일이라 현호에게 전화했더니 목소리에 힘이 하나도 없었다. 밥도 먹지 않고 그냥 있다고 하는 짧은 말에 가슴이 찢어져서 숨을 참아야 했다. 더 이상 현호도 할 말이 없고 나도 할 말이 없어 나는 "현호야, 사랑해. 엄마 다음 주에 부산 갈게. 그때 보자"라고 하였더니 현호는 마지못해 "나도요" 하고 전화를 끊었다.

전화를 끊고 찢어져 너덜너덜한 가슴으로 불쌍하고 착하기만 한 현호가 우울증에서 벗어나 의욕을 찾기만을 절실히 바라며 모자원 주변을 너덜너덜 걸었다.
그럼에도 몹쓸 놈의 삶이 계속해서 또 다른 내용을 채우며 차곡차곡 페이지 수를 늘려가고 있었다.

어제 부산으로 출발하여 오늘 현호를 보기로 했다. 출발할 때 현호에게 "생일 선물 뭐 사줄까?" 했더니 장기판을 말하기에 현호에게 줄 바둑 장기판을 준비하여 현호를 만났다. 현호는 삶이 너무 재미없단다. 현호는 귀찮은 듯 말도 하지 않고 자꾸 잠만 자려고 엎드렸다. 이제는 정말 뭔가를 해야 한다는 생각으로 나의 마음은 조급해져서 쿵쿵 뛰었다. 현호 아빠에게 할 말을 늦기 전에 편지로 전해야겠다는 생각만 하고 있었다.

현호가 웬일인지 집에 가기 싫어해 언니 집으로 데려갔다. 언니 집에 가니 조카가 현호를 알아보고 반가워했다.

맛있는 저녁도 먹고 간식도 먹고 현호는 조카와 둘이 소곤소곤 하며 아까와 달리 눈동자에 힘이 실렸다. 저녁 시간이 되어도 현호가 가지 않으려 해서 나는 현호에게 새엄마에게 전화해서 친구 집에 있다고 말하라고 했더니 현호가 창호 엄마에게 전화를 하였다. "엄마, 친구 집에서 오늘 자고 갈 거예요" 하니 새엄마는 나와 있다는 걸 바로 알아차리고 "그래, 너 엄마랑 시간 보내고 와. 아빠에게는 친구 집 갔다고 할게"라고 하여 고마웠다.

언니는 "네가 현호와 함께 살 집만 있었으면 현호가 너랑 살겠다"라고 하여 언니와 얘기하는 중에 현호 아빠에게서 전화가 왔다. 그는 "지금 뭐 하는 거야! 현호 왜 데려갔어!" 하며 소리치고 화를 내었다.

내가 "현호가 엄마에게 오려고 하잖아요" 했더니 "현호 의사 필요 없어! 너만 빠지면 되는데 네가 내 인생 망쳤어. 현호 보내!!"라고 소리를 버럭버럭 질러댔다.

나도 같이 나의 억울함을 소리쳐야 했는데 또 나는 할 말을 못하고 있는데 전화기 소리가 얼마나 컸던지 현호가 나를 바라보더니 "엄마, 나 집에 갈래요" 하며 일어났다. 내가 아빠에게 꼼짝 못하니 현호도 아빠를 무서워하는 것 같았다.

언니는 네가 능력이 없으니 현호가 가는 것이 맞다고 하고 있는데 그 말을 현호가 다 듣고 있었다. 언제 나의 억울함을 소리칠 수 있을까? 답답하고 바보 같았다. 현호를 데려가라고 하는 것보다 차라리 데려오라고 하는 게 현호에 대한 사랑이 있다는 증명이니 더 나은 거라는 위로를 스스로 하였다.

나는 능력이 없었기에 불쌍한 현호를 그 소굴로 데려다주었다. 같이 살 집도 구하지 못하는 신세였다. 어쩌면 현호 아빠는 지금 나의 현실을 알고 있고 나를 신뢰하지 못하고 있을 수도 있었다. 며칠 동안 현호 아빠에 대한 적개심이 나의 뒷골을 아프게 하였다.

월차를 내어서 부산에 가기로 하였다. 목적은 현호의 학교생활을 알아보기 위함이었다.
현호도 보고 현호 담임선생님도 만나 현호에 대한 얘기를 나누었다. 현호의 모습은 다행히 좋아 보였다. 현호 얘기를 하면 나의 불안에 압도당해 늘 횡설수설이었다. 무슨 말을 먼저 해야 할지 머리가 텅 비어버렸다.

현호의 담임선생님께서도 현호가 새엄마와 있다는 걸 알고 있다고 하셨다. 이유는 학교에 한 번도 오지 않은 부모는 현호밖에 없다는 것과 현호가 지각을 해서 "엄마가 아침에 깨워주지도 않냐"라고 했더니 "우리 엄마는 동생이 어려서 동생 보느라 피곤해요" 하며 엄마를 감싸던 것이라고 하시며 현호가 너무 착해서 점심 배식 때도 늘 배식을 담당해서 오히려 선생님께서 "네가 매일 배식을 하지 않아도 돼"라고 말씀하시며 속상할 때도 있었다고 하셨다. 따뜻하게 관심 가져주셔서 너무 감사했다.

 자식도 돌보지 못하는 나 자신이 너무 못나 보이고 부끄러웠는데 선생님의 이해를 받는 것 같아 너무 고마웠고 무엇보다 선생님께서 현호에게 특별한 관심과 애정과 측은지심을 가져주셔서 뭐라 감사드려야 할지, 그저 은혜로울 뿐이었다. 세상에는 사랑과 정을 나누는 사람들이 많다는 것을 느끼고 그 사람 중에 현호 담임선생님이 있다는 것에 감사하고 기뻤다.

 현호의 선생님을 만나 뵈었을 때 현호의 학교 교우관계는 어떤지 친구들과 잘 어울리는지 여쭤보려고 했는데 나의 과거를 얘기하다 보니 그만 잊어버리고 면목 없지만 계속 현호에게 관심과 사랑을 부탁하고 다음 기회에 또 뵙기로 하고 돌아왔다.

 다행히 현호의 마지막 모습이 저번보다 나아서 현호의 아픔보다 나의 고통을 덜었다.

 그러나 또 나쁜 소식을 접해서 나의 고통이 올까 봐 아직 두렵기만 하였다.

 아침에 현호 국어 과외 선생님과 전화 통화를 하였다. 가슴이 찢어지고 숨이 막혔다. 현호에게 현호 새엄마가 머리가 나쁘다고 하였다고 한다. 그리고 현호가 지금 공부할 심리적 상태가 아니라고 엄마가 양육하는 게 좋겠다고 어렵게 말씀해 주셨다. 난 지금 나의 현실을 얘기하고 곧 부산에 생활 터전을 마련해 보겠다고 대답하고 감사한 마음을 전했다.

현호에게 문자를 보냈지만 답이 오지 않고 전화도 받지 않는다. 현호와 소통이 되지 않으면 소통 창구는 국어, 수학 과외 선생님인데 국어 과외 선생님은 결혼하시고 아이를 키우고 있어 난 주로 국어 과외 선생님과 연락을 하였고, 수학 과외 선생님은 아가씨라 현호에게 사랑과 측은지심을 가져달라는 부탁만 하고 있는 중이었다.
현호의 국어 과외 선생님과 전화 통화를 하였더니 현호에 대해서 안심을 시켜줘서 몹시 마음 편해졌다.

여전히 더운 나날, 정신없이 바쁜 와중에 현호에게 아무리 연락해도 답이 없어 답답하기만 했다.

아침 창밖의 풍경 속 하늘이 아름다웠다. 나뭇잎들이 연둣빛 신록에서 짙은 녹음이었는데 어느덧 오늘 아침 몇몇 잎사귀들이 노랗게 색이 바래져 나에게 "나 여기 있어! 나도 있다고!" 하며 자꾸 나에게 말을 걸어서 나는 살 수 있었다. 눈물 흘릴 때도 가슴이 아파 숨 쉬기 힘들 때도 나에게 말을 걸었다. 아름다운 자연이 없었다면 난 살 수 없었을 것이다.

오랜만에 현호와 통화가 되었다. 현호가 나에게 언제 부산에 올 거냐고 해서 나는 "내년에는 부산에 가서 현호와 같이 살아야지"

라고 말했다. 현호는 나와 살 날을 나보다 훨씬 강하게 기다리고 있었다. 현호는 정신과 치료를 받으며 아빠가 골프 레슨을 시켜서 골프를 배운다는데 목소리에 힘이 하나도 없었다. 가슴에 통증이 온다. 둘 다 또 할 말이 없다. 나는 "현호야, 사랑해"라고 말했고 현호는 어색하게 작은 목소리로 "저도요" 하고 전화를 끊으려는데 현호가 끊지 않아서 "먼저 끊어" 하니 "엄마가 먼저 끊으세요" 하여 나는 "알았어" 하고 끊고 나니 착하기만 한 현호를 저렇게 둘 순 없다며 절규하였다.

휴가 첫날이라 부산에 갔다. 원 목적은 현호를 만나고 현호의 국어 과외 선생님을 만나는 것이었는데 모두 어긋나고 부모님, 언니, 동생 가족들이랑 계곡에 놀러 가기로 했다. 머리가 복잡하였다.

현호는 또 연락이 없고 전화도 문자도 받지 않는다. 현호에게는 전화를 기다리고 있겠다고 의사를 밝혔으니 현호의 의사를 자꾸만 묻고 확인하는 것은 오히려 현호에게 부담 주는 것이니 연락이 올 때까지 기다리기로 하였다.

휴가 3일 동안 부산에서 현호의 전화를 기다렸으나 오지 않아 마음이 힘들고 불면증이 와 상담 선생님께 상담받으러 가기로 하였다. 현 상황과 과거의 상황들을 섞어가며 상담을 하다 보니 특히 남동생의 죽음과 남동생의 폭력을 얘기할 때 눈물이 왈칵 났는데 상담을 마치고 돌아가는 버스 안에서 마음이 힘들었는지 눈물이 그치지 않아 마음이 찹찹했다. 현호는 결국 연락이 되지 않았고, 나는 현호의 국어 과외 선생님을 만났다.

커피숍에 들어서는데 나는 바로 국어 과외 선생님을 찾을 수 있었다. 전화 통화로 느낀 그대로 품위 있고 선한 인상을 풍기는 미모의 나와 비슷한 또래였다.

나는 인사를 하며 "현호에게 사랑과 관심 주셔서 감사합니다. 제가 부족해서 현호가 고생하고 있어요…"라고 말하였다.

국어 과외 선생님께서는 현호의 환경이 좀 어려워 보이고 현호는 요리를 공부하고 싶은데 아빠는 골프를 배우라고 하여 마찰이 있다고 하였고, 국어 과외 선생님은 영국에서 공부를 하고 왔는데 영국에서 보니 요리학과가 비전이 있다며 유학을 갔다 오면 한국에 와서 교수로 취업할 수 있는 길이 있다고 정보를 주었다. 여러 모로 너무 감사하였다.

나는 더 이상 말을 못 하고 눈물이 앞을 가려 현호의 어린 시절 고생한 얘기를 횡설수설하였더니 국어 과외 선생님은 현호의 믿을 수 없을 만큼 충격적인 성장에 질문까지 하면서 경청하고 공감해 주셨다. 국어 과외 선생님도 현호 새엄마에 대하여 부정적인 것 같았다. 현호가 새엄마 눈치를 너무 많이 보고 대놓고 "머리 나쁘다"라고 부정적 메시지를 주어 놀라웠다고 하며 나의 걱정도 해주시고 헤어졌다.

강원도로 돌아오는 길은 가족들과 많이 놀아서 스트레스가 확 풀려서인지 현호의 국어 과외 선생님의 따뜻함 때문인지 모르겠지만 불안감이 줄어들었다. 현호와 현호 국어 과외 선생님, 상담 선생님에게 감사의 편지를 썼다.

현숙 언니에게 현호와 부산에서 살기 위해 돈이 필요하다고 돈을 요구한 지가 꽤 되어서 오늘은 혹시 어떤 소식이 있을까 해서 전화해 보았지만, 불경기라 남편은 여전히 힘든 상황이고 언니 카페도 힘들어 돈이 없다고 하여 허탈하고 기운이 쫙 빠졌다.

　오늘도 마음이 허전하고 소화가 되지 않고 무기력하여 아무것도 할 수 없을 정도로 멍한 시간들이었다. 현재의 아픔, 나의 과거에 대한 기억들, 정확한 나를 찾기 위한 몰입으로 기력이 소진된 것 같기도 하였다.

　현호에게 부산에 언제 오냐고 문자가 와서 순간 깜짝 놀라 왜, 라고 문자를 보냈더니 내가 내년에 같이 살자고 했던 얘기를 기억하고 있었다. 난 마음이 급해졌다. 뭔가 불편한 점이 있나 걱정도 되고 계속 병원에서 약을 타 먹고 있다는 말에 안타까워 가슴이 미어져 왔다.
　현호에게는 내년에 현호 고등학교 가는 곳 가까이로 간다고 그때 함께 살자고 하였다.

　내년에 부산에서 현호에게 가기로 한 약속 이행, 전세금 등 모든 불안들이 밀려왔다. 아무튼 어찌 됐건 난 내년에 부산에 가서 현호의 영혼을 달래주겠다고 다짐하였다.

　현호에게 문자가 왔다. 현호는 요리고등학교를 원하고 현호 아빠는 골프고등학교를 원하여 문제라고 하였다.

　현호가 너무도 절실히 원하고 있고, 현재 현호가 심리적으로 상처 중에 있는지라 이번엔 무조건 현호가 자기의 의지를 관철시켜야 하고, 아빠를 꺾어야 살 수 있다는 생각이 들어 연차를 내어 부산으로 가서 현호의 의사에 힘을 실어주려고 심야버스를 탔다.
　다음 날 현호의 담임선생님께 전화를 드리고 만났더니 선생님께서 현호와 아빠와 서로 고등학교 문제로 갈등이라 말씀하시며 현호가 가고 싶은 학교는 요리전문고등학교인데 아빠는 골프전문고등학교로 원서를 넣어달라고 막무가내로 얘기를 한다고 하셨다. 나는 현호가 하고 싶은 대로 원서를 넣어달라고 하였더니 선생님께서 "아버님과 대화가 안 돼서…. 노발대발하실 텐데…. 보통 사람과 다르던데요"라고 걱정하셔서 나는 "선생님, 이후의 모든 책임은 제가 질게요. 이번에는 현호가 자신의 의지를 관철시켜야 살아갈 수 있어요. 지금 골프니, 공부가 문제가 아니에요" 하였더니 선생님께서 머리를 끄덕이셨다. "선생님, 현호 아빠 원래 그런 사람이에요. 이번엔 꼭 현호가 원하는 대로 되어야 해요" 했더니 "어머니, 그럼 저는 모릅니다. 어머니가 오셔서 넣었다고 할게요" 하셔서 나는 감사의 인사를 하였다.

　선생님과 대화를 끝내고 학교를 나오는데 이번만큼은 죽을 힘을 다해 현호가 자신의 의사를 관철시키도록 도울 것이라는 의지가 타올랐다.

현호 아빠에게 전화했더니 역시나 대화가 안 됐다. 자기 자신의 행복을 위해 과거를 잊고 싶겠지. 나쁜 자식!! 전화를 끊었지만 아직도 나의 분노가 들끓고 있었다.

선생님 면담을 끝내고 현호의 국어 과외 선생님을 만나서 함께 저녁을 먹기로 하여 만났는데 선생님께서 "어머니, 저번엔 제가 그렇지 않아도 힘든 어머니에게 걱정을 너무 끼쳤나, 마음이 쓰였어요" 하며 오히려 걱정해 주시며 현호에 대하여 두려움도 걱정도 말라는 용기를 주었고 또 내가 너무 현호 때문에 힘들어할까 걱정해 주시며 "현호 잘 견뎌낼 거예요" 하셨다.
  나는 "아니에요, 선생님. 저는 선생님이 안 계셨으면 현호 소식도 모르고 답답해서 죽었을 거예요. 선생님이 저의 은인이라 너무 감사해요"라는 말을 하는데 눈물이 저절로 나왔다. 엄마 역할도 못하는 내가 너무 부끄러웠는데 과외 선생님은 나를 오히려 위로해 주셔서 너무 감사했다. 그리고 현호가 문자나 전화를 받지 않을 땐 골프 레슨을 받고 있는 중이기에 시간이 잘 나지 않을 것이라는 얘기도 해주셨다.

어떻게 살아야 하나 길이 보이지 않아 자포자기 상태로 현호는 보지도 못하고 다시 강원도로 오게 되었다. 강원도행 버스를 타고 여섯 시간가량을 버스에서 이런저런 생각에 잠겼다.
  가족들은 지금 현호의 상황과 나의 상황을 모르다 보니 나에게 이젠 완전히 기반 잡았다고 하고, 난 마음속으로 나의 현실을 보게 되었기에 답답하고 막막하기만 하였다.

 꿈을 꿨다. 현호 꿈이다. 안타까움을 이루 말할 수가 없었다.
 간간이 현호 생각이 났다. 그리고 모자원 아동 승은이 정신적 상처로 인하여 힘들어하는 모습을 보니 더욱 현호 생각이 났다.

 쌀쌀한 가을바람이 쓸쓸하게 나의 앞에 앉았다. 나는 캔맥주 여섯 개 한 세트를 사 들고 들어와서 쓸쓸한 가을바람과 함께 주거니 받거니 마시다 잠들었다.

 사회복지협의회 강의하는 날.
 어제만 해도 걱정되고 떨렸다. 그런데 스스로 두려움에 대하여 생각해 보았다.
 어린 시절 머리에 상처가 났을 뿐이다. 지금은 두려울 것이 없었다.
 아무도 내가 강의를 잘 못한다고 날 죽이지 않을 것이다.
 다만 나 혼자 사소한 것에 죽음과 같은 두려움을 느끼는 것이다.
 이런 생각을 해서인지 강의는 지금까지 강의 중 가장 만족하는 강의를 했다.
 머리에 난 상처가 치유되고 두려움을 극복한 것 같아 너무 흥분되었다.

고통의 원뿌리

　상담 선생님을 한 번씩 만나고 편지도 쓰고 하길 너무 잘했다는 생각이 들었고 상담 선생님을 뵈러 가면 늘 환자가 많아서 바쁘시고 피곤하실 것 같아 마음이 쓰였지만 내가 급해서 할 말을 다 하고 질문하며 시간을 빼앗는데 다 들어주시고 인내해 주시는 것 같아서 너무 감사했다.

　오랜만에 언니에게 전화가 와서 언니가 말하기를 엄마 몸이 좋지 않아서 아버지께 짜증이 심하다고 하였다.
　난 언니에게 "엄마도 참 짜증이 심하다, 그지?" 했더니 언닌 "몸이 좋지 않으면 짜증이 난다"라며 엄마를 이해했다. 그동안 언니는 옷 가게를 정리하여 형부가 벌어들인 돈과 함께 부동산 투자를 하여 건물주가 되었고 언니는 전업주부로 살며 외동아들 학교에 대의원으로 학교 운영에 많이 이바지하고 있으며, 아들도 학생회장을 맡아놓고 하고 있다고 하였다. 나는 언니의 성향을 볼 때 치맛바람을 심하게 날리고 있을 것이라고 예상했다.
　동생도 제부가 하는 중국집 장사가 잘되어 성실함으로 차곡차곡 돈을 모아 건물주가 되었고 그동안 첫딸에 이어 둘째 아들을 낳고 전업 주부로 잘 살고 있었다.
　언니와 동생은 엄마에게 효도도 경쟁적으로 하였고 경제적인 부도 경쟁적으로 추구하여 결국 부를 이루었고 실상도 행복하다고 하였다.

난 언니와 달리 순간 어릴 때 엄마의 짜증 내던 얼굴이 생각났다.

계속 어린 시절과 지금 나의 감정에 대해 연결시켜 생각하니 스트레스가 쌓이고 억울해서 눈물이 났다.

과거 기억과 현재 나의 감정 상태에 집중하며 지난 시절을 생각해 보았다.

나에게 삶은 외로움, 죄의식, 피해의식, 시기심, 경쟁심, 뭐 이런 부정적 감정으로 늘 죽고 싶었고 때로는 과한 감정으로 조증과 우울감이 왔다 갔다 하였다.

이 고통과 애환의 원인을 찾고 싶어 난 그동안 부산에 자주 가서 부모님 집에서 머물 때마다 엄마의 과거를 탐색하기 시작했다.

잘잘못을 가리자는 것이 아니라 원인을 알아야 해결을 할 것 같아서였다. 나의 특유한 감정의 흐름, 그것은 언니도 동생도 마찬가지였다. 난 알고 싶고 해결하고 싶었다.

5부

엄마 그리고 나의 과거

엄마의 회상

나는 엄마의 어린 시절은 어떠했으며 우리 가족은 엄마에게 어떤 영향을 받았는지 알아야겠다는 생각이 들어 엄마를 알아보기로 했다. 엄마에게 질문을 하며 엄마의 어린 시절을 회상하여 이야기를 듣기로 했다.

엄마와 나는 단둘이 조용히 앉았고, 나는 엄마에게 질문하여 대답을 들었다. 엄마는 슬퍼하기도 웃음 짓기도 하며 과거로 돌아가셨다.

피난

나는 5녀 2남 중 장녀로, 어린 시절에는 중국 길림성에서 자랐다. 그때는 일제 말기 무렵으로 일본인, 한국인, 중국인들이 섞여 있는 이곳 길림성에는 특히 일본인이 제법 많이 있었다.

그때의 학생들은 웬만해서는 공부하러 다니지도 못했고, 칼 차고 총 들고 엎드려 기는 훈련을 받았다.

나의 어머니는 인품이 좋다고 소문이 자자하셨고 자식들에게도 큰소리 한번 지르지 않으셨다.

나의 아버지는 삼촌과 할머니를 데리고 만주로 오셔서 이국땅에서 잘 적응하시며 사셨다. 아버지는 언어력이 뛰어나 중국어, 일본어에 능통하셔서 철도관사에서 공무원으로 근무하여 경제적으로 넉넉하게 살았다. 그 때문에 나는 만주에서 일본 소학교를 다니며 그림도 그리고, 글도 쓰고 무용도 하며 일본어로 공부를 하였다. 그 당시 여성으론 신여성으로 머리도 단발머리였다.

그러던 어느 날 광복이 되면서 소련인과 중국인들이 쳐들어와 일본 사람들을 죽이고 쫓는 가운데 한국 사람도 무차별 폭력을 당하는 어지러운 세상이었다. 그래서인지 아버지는 할머니와 막내 삼촌을 한국으로 먼저 보내셨다.

밤이 으슥해졌다. 어디선가 와장창, 하고 포 소리와 총소리가 빗발치듯 퍼붓고 우리는 부엌 바닥에 엎드려서 '이제는 죽었구나' 하고 있는데 누군가 외치는 소리가 들렸다.

"조선 사람은 동네 회관으로 모여 저고리를 벗어서 창문 밖에 휘둘러"라고 외쳤다. 우리는 창문으로 막대기에 치마저고리를 묶어서 휘둘러 겨우 목숨은 건졌지만, 아버지는 이곳에서 철도 공무원이셨던 터라 더 이상 살기가 힘들어 그곳에 있는 자산을 모두 버리고 한국행을 결정하셨다. 밤이 지나고 새벽이 오니 집에 가서 짐을 싸고 이불솜 속에도 돈을 넣고 옷 속에도 돈을 많이 숨겼다.

아버지께서 중국 용병 300명을 돈으로 포섭하여 기차 한 량에 우리 가족 친지들을 태우고 기차의 좌우에 중국 용병 300명을 세워 창으로 기차를 보호하도록 하여 겨우 만주를 빠져나올 수 있었다.

밤이 지나가고 새벽이었다. 중국 용병이 산 오솔길로 가라고 이야기했다. 우리는 정처 없이 걸었다. 우리가 가는 길은 밤낮이 없다. 누룽지 밥을 삶아 먹고 또 물을 건너야 한다. 거기는 물이 깊고 물살도 셌다. 우리는 어른들 목에 올라타서 물을 건넜는데 이불솜 속의 돈이 물에 떠내려가 버렸지만 인명 피해는 없어 다행이었다. 그곳이 바로 압록강이었다. 또 길을 걷는데 사촌 동생 한 명이 홍역을 앓더니 축 늘어져서 영원히 잠들었다. 잠든 동생을 업고 숙모님께서는 피땀을 흘리시면서 걸었건만 아버지와 삼촌께서 외딴집에 가서 삽과 괭이를 빌려와서 동생을 묻었다. 우거진 숲을 헤치면서 걸었는데 나뭇잎은 모두 떨어지고 나뭇가지만 앙상하게 남아 있는 것이 어린 마음에도 쓸쓸한 느낌이 든다. 여관에 들어가서 몇 달 만에 밥을 처음 먹었다. 거기가 바로 개성이라는 곳이었다. 한참 후 정거장에 왔으니 내리라고 하셨다. 내려보니 사람들이 북적이며 오고 가는 시내 같은 곳이었다. 거기가 바로 서울역이었다.

차를 타고 고향집에 가는 길이다. 부모님, 삼촌, 숙모님의 얼굴이 밝다. 이제는 노래도 나온다. "나의 살던 고향은~" 노래도 불러봤다. 우리 고향 정거장에 닿았다. 우리 아버지께서는 이제 다 왔다고 하셨다. 두루마기도 벗어버리고 교복 차림으로 걸으니, 사람들이 전부 나를 쳐다보았다. 1년이 넘는 기나긴 피난은 누구 하나 소리 내지 못하는 눈물과 한으로 곡이 되었다. 우리 아버지께서는 살기는 살아왔는데 "앞날이 걱정이다" 하시니 우리 할머니께서는 "살아 온 것만 해도 다행이다. 걱정 마라. 내가 무슨 짓을 해서도 너희들 꼭 살린다" 하셨다.

청송 작은 마을에 만주에서 온 가족들의 소문이 자자했다. 지금은 당장 힘들게 살지만 딸들이 교육을 잘 받아서 참한데 시집을 보내려 한다는 것이다. 이때 아버지께서 식솔을 줄이기 위해 시집을 가라고 하셨지만 나는 시집가지 않고 공부하겠다고 떼를 썼더니 어머니께서 "공부를 시켜야 하는데 돈이 없다"라고 하셔서 가출을 하고 싶었지만 돈도 없고 길도 모르고 해서 마음을 비우고 죽으러 가는 길이라 생각하고 시집을 가게 되었다.

강제 결혼

청송의 작은 동네 훈장님 집안의 부인께서는 종갓집 맏며느리이셨다. 가문을 위해 두뇌가 명석하여 천재라고 불리는 장남만은 집안이 좋고 반듯한 교육을 받은 양반끼리 혼인하여야 한다고 생각하며 만주에서 교육을 받고 온 하얀 피부를 가진 나를 멀리서 관심을 가지고 있다가 장남과 혼인하도록 해야겠다는 생각으로 쌀 두 가마를 나의 아버지께 드리며 절차를 밟았다. 얼굴도 모르는 가운데 훈장댁 명석한 두뇌를 가진 장남에게 15세에 시집을 가니 층층시하에 8남매 맏이에다, 남편은 결혼 한 달 만에 군대에 가고 나는 밤이 되면 호롱불 밑에 앉아 시조부와 시아버지 핫바지, 저고리 두 벌을 꿰매고 나면 새벽닭이 우는 나날을 보냈다. 그러나 시댁 또한 가난한 터라 먹을 것이 없어 농사에 의존해야 했다. 단발머리였던 나는 다른 여자들처럼 머리를 길러 쪽 찐 머리를 하는 중에 시동생들이 단발머리라고 놀려대서 머리가 빨리 길어지길 바라서 매일 밤 머리를 당겨 내렸다.

1950년 6월 25일 새벽 4시. 또 북한에서 남한으로 기습 침범하여 사변이 일어났다. 삶과 죽음이 눈앞에 있었고, 뭐라 말할 수 없는 공포들이 폭탄 소리, 총알 소리와 함께 빗발치듯 퍼부어서 죽을 끓여서 머리에 이고 가는데 비행기에서 퍼붓는 기관 총알이 나의 치마에 맞아 치마에 총구멍이 났다.

악몽 같은 시간들이 흘러가고 이제 인민군들이 후퇴했다는 소문이 들려 집으로 가는데 죽은 시체의 냄새가 코를 찌른다.

시어머님은 임신 중이었는데 마음을 놓으니까 임신중독이 더 심해져서 화장실에도 겨우 다니시고 게다가 5대 증손집이라 손님은 하루도 빠질 날이 없어 눈 깜짝할 사이에 하루가 간다. 하루는 물동이를 이고 우물에 물을 길러 가는데 순경이 우리 집에 와서 이 집 아들이 최명래가 맞냐, 또 최중래도 이 집 아들이 맞냐, 하길래 맞다고 했더니 틀림없이 맞냐, 거짓말이 아니냐고 한다. 둘 다 감옥에 있는데 우리가 가서 조사를 해봐야 나올 수 있다는 말을 하며 갔다. 시어머니께서는 몸은 마음대로 움직이지 못하고 궁금해하셔서 나는 바깥에서 있었던 일을 하나하나 시어머니께 외워 바치고 목숨을 유지하고 오히려 잘 됐다고 하니 시어머니께서 네 말만 들어도 속이 시원하다고 하신다. 어느 날 디딜방아를 밟고 있는데 우체부가 엽서를 가지고 와서 경찰서에서 우리 남편은 남쪽 포로가 되고 시동생은 이북에 포로가 됐다고 하면서 내년쯤은 나에게 나올 수 있을 거라고 한다.

날로 병약해지시는 시어머니께서 "오늘 저녁은 내 곁에서 자도록 하라"라고 하셨다. 시어머니는 임신 중에 전쟁으로 난리를 겪어 임신중독이 심하여 몸이 위독하셨다.

그러던 어느 날 우여곡절 끝에 시어머니께서 아기를 낳으셨다. 나는 시어머님 첫국밥을 지으려 밖에 나가니 첫 새벽 보름달이 어찌나 밝은지, 쓸쓸한 마음에 세월을 뒤돌아보며 얼굴도 모르는 남편이 생각나 당신도 나처럼 저 달을 보고 있는지 몹시 궁금하다며 언젠가는 만날 날이 있겠지 생각했다.

부엌에 들어가 첫국밥을 지어드리고 아기 목욕을 시키는데, 땀이 쏟아진다. 병약하신 시어머니께서는 산후 끝에 몸이 더 좋지 않아 시조부님께서는 산에 가셔서 여러 가지 약초를 한 짐 지게에 지고 오시면 가마솥에 한 솥 삶아 나는 잠시도 앉아 있을 사이가 없었다. 게다가 우리 둘째 시누이는 밤만 되면 열이 나서 또 조약을 고와야 하는데 방마다 불이 다 꺼져 있고 달도 없는데 앞산에는 짐승들 눈에 불빛이 번쩍번쩍하고 소름이 끼쳤다. 그리고 그 시절에는 친척 집 잔치나 큰일이 있으면 우리 집에서 유과를 맡아놓고 했다. 이제는 8남매가 9남매가 된 종갓집 맏며느리로서 대가족 책임을 맡았다. 어느 날 저녁을 먹고 설거지를 하고 있는데 길 가던 나그네 세 사람이 하루 저녁을 묵고 가자고 한다. 아버님께서 방이 춥다고 하니 나그네는 그래도 괜찮다고 하여 방에 불을 때고 밥을 지었다. 그 시절에는 모든 것이 부족한 데다 그 가운데 흉년까지 들었다. 그 나그네들이 나중에는 트럭으로 쌀과 보리를 한 트럭 싣고 와서 장사를 하여 온 동네 사람들이 우리 집에서 쌀과 보리를 사서 가곤 했다. 우리 집에 먹을 것은 흔하지만, 내 몸은 한없이 바쁘고 모든 고난을 겪으면서 한 해가 갔다. 그리고 나하고 동갑인 시동생이 아침에 도시락을 싸 가지고 학교에 갔는데 소식이 없어 아버님께서 학교에 가셔서 소문을 들어보니 트럭에다 고등학생을 한 차 태우고 학도병으로 갔다고 했다. 훈련도 받지 않고 학도병으로 간 후 얼마 되지 않아 재가 되어 왔다. 나의 친정 동생의 남편도 학도병으로 나간 후 소식이 없다 얼마 되지 않아 재가 되어 왔다. 정신이 멍해진다. 온 동네가 난리가 났다. 너무도 참담하고 애끓는 심정 누구에게도 말 못 하고 내 마음도 이런데 부모님 마음은 오죽하겠는가? 삭막한 세상 같은 것 땅을 치면서 통곡을 해도 시원치 않다.

  이제 휴전을 했다는 소문이 들리는 어느 날, 저녁을 먹고 설거지를 하는데 바깥에서 인기척 소리가 들려서 내다 보니 짙은 땅거미가 끼었을 때 어떤 사람이 봇짐을 지고 오고 있었고 조금 시끄러운 것 같아 지나가던 나그네가 길이 저물어서 하룻밤 묵고 가려는가 보다 하고 설거지를 마치고 나니 어머님께서 "너 남편이 왔다. 밥을 지으라"라고 하셨다. 나는 가슴이 두근거리고 혹시나 다른 사람이 아닌가 생각도 했다. 왜냐하면 2월에 결혼해서 3월에 헤어졌으니 남편 얼굴을 잘 몰랐기 때문이다. 밥상을 들고 들어가니 "안 가고 있었어" 하니 나는 무어라고 대답을 해야 할지 말문이 막힌다. 8년 만에 만나서 인사가 그랬다. 시동생들과 어른들 보기에 부끄러웠다. 확실하게는 모르지만 전에는 얼굴이 살짝 곰보 같았는데 지금은 곰보가 아니기에 혹시 다른 사람이 온 것은 아닌가, 하고 나 혼자만 경계를 많이 했다. 우리 둘째 시동생은 뼈만 앙상하게 남아 왔다. 그리고 엉덩이와 발뒤꿈치에 총알 맞은 자국이 있었다. 그리고 얼마 되지도 않아 영장이 나와서 또 군대에 가야 하여 방침을 해야 한다고 동네 사람들이 그랬다. 태극기에다 1,000명의 사람의 실매듭을 받아야 하는데 다 받지도 못하고 바늘 실이 달린 채 그 태극기를 가슴에 두르고 트럭을 탔다. 트럭을 타고 가는데 "세월이 원수다" 하며 동네 사람들과 우리들은 태극기를 흔들며 이기고 돌아오라고 트럭이 보이지 않을 때까지 만세를 외쳤다. 아버님, 어머님이 시장터에 가서 소고기 국밥을 사주시는 것을 먹고 오는데 허전한 발길이 떨어지지 않는다. 발길을 돌리면서 누구에게도 눈물을 보이지 않고 집에 와서 방문을 열어보니 남편이 두고 간 흔적이 내 가슴에 스며든다. 저녁에 눈을 감으니 트럭을 타고 가는 그 모습이 눈에 아롱거린다. 남편을 그리워하며 잠을 자고 일어나니 당신의 흔적, 당신이 피우다 두고 간 담배꽁초를 볼 때마다 당신이 그리워진다. 그 담배꽁초를 이 구석, 저 구석 1년 동안 간직하고 있었다. 그리고 첫 새벽닭이 울기 전에 우물가에 가서 물 한 그릇 떠놓고 해가 뜰 때 동쪽을 향해 몇 년을 빌고 한 적이 있다.

어느 날 남편께서 2박 3일 휴가를 다녀갔다. 집안 어른들이 왜 아이가 아직까지 생기지 않는지 모르겠다고 하니 동네 사람들이 "하늘을 봐야 별을 따지" 그런 적도 있었다.

전쟁이 잠잠해지고 남편도 집으로 오고 누가 무엇 때문에 일으킨 전쟁인지 모른 채 나와 모든 사람들이 바로 내 눈앞에서 죽음을 만나 손을 잡고 끌려가기도 했고 다행히 손은 놓아 삶을 만나기도 했다. 나는 기다리는 중에 첫딸을 낳았다. 그리고 공부만 했던 남편은 농사가 맞지 않다며 임신만 시키고 도시로 나가 남편 없이 딸을 내리 두 명을 낳아 시어머니는 양반집 며느리를 그리 원했지만 나를 미워하기 시작했다. 이유는 아들을 낳지 못한다는 것과 일을 하지 못한다는 것이었다. 아들이 다섯 명인 시어머니는 며느리를 세 명 보았다. 그중 둘째 며느리는 산고 끝에 아들을 낳고 죽었고, 셋째 며느리는 어느 농갓집에서 일만 했던 여인이라 웬만한 남자보다 일은 잘했지만, 말이 많고 악바리였다. 나를 제외한 두 며느리는 아들을 낳았다.

나는 시어머니 보기 죄송해서 눈치만 보고 온갖 고생을 하다 아들을 낳아 오라는 시어머니의 명령으로 시댁에서 쫓겨나다시피 남편을 찾아 나섰다.

남편의 도피

　남편은 부천의 경찰전문학교에서 사무를 보고 있었다.
　그 당시 전쟁이 끝난 지 얼마 되지 않아 나라가 많이 혼란스러운 가운데 5.16 사건이 벌어졌다. 어느 날 군인이 나의 등 뒤에서 총을 겨누며 남편 어디 갔냐고 했다. 나는 소스라치게 놀라며 무슨 일이냐고 했다. 군인이 말하기를 너희 남편이 반정부 문서를 돌렸다며 숨기지 말고 불라고 하였다. 나는 하늘이 무너져 내리는 기분이었다. 군인에게 저 방에 있는 아이들 두 명을 죽이고 나도 죽이라고 하며 자포자기하였다. 그리고 군인은 남편이 오면 자수하라고 하곤 그냥 가버렸다.

　또다시 남편 없이 아이들 두 명을 안고 온갖 장사를 하며 먹고살았다.
　어느 날 큰딸이 열이 나고 심한 기침을 하더니 백일기침과 폐렴에 걸려 하늘나라로 갔다. 하늘도 무심하지. 청천벽력 같은 일을 나 혼자 감당하며 살아내었다.
　1년 후 어느 날 남편 친구가 남편이 머무르는 부산의 주소를 살짝 알려주어서 나는 다시 딸을 데리고 부산으로 남편을 찾아 나섰다. 부천에서는 딸이 둘이었는데 부산 가는 길에는 딸이 하나다. 슬픔은 이루 말할 수가 없다.

　부산에서 남편을 찾았는데 남편은 엿 장사를 하며 고물상에 물건을 팔았는데, 몰골이 말이 아니었다. 사무직으로 볼펜만 굴리던 남편은 육체적으로 힘든 일을 하지 못해 넘어지고 구르고 하여 머리에 붕대를 감는 일도 있었고 손은 늘 여기저기 상처투성이였고 나는 시장에서 야채 장사를 하고 남편과 함께 열심히 일하며 행복한 시간을 보냈다.

어느 날 아들 태몽을 꾼 나는 출산을 하게 되었는데 시어머니와 남편도 때맞춰 와서 직접 아들을 받으려 준비하고 있었다.

나는 출산의 고통보다 출산의 기쁨으로 아이가 어서 나오기만 기다리다 단번에 힘주어 아이를 낳았고 아이는 우렁차게 울었고 남편은 아무 말 없이 아이의 탯줄을 잘랐고 시어머니는 노발대발 하셨다. 그리 아들이라 철석같이 믿었는데 딸이 나왔던 것이다. 시어머니는 바로 나가버리시고 나도 아이를 밀어버렸다. 남편은 딸이면 어떻고 아들이면 어떠냐며 나를 달래주었다.

내리 딸만 낳았지만, 부산에서 나의 인생은 많이 행복하여 남편과 알콩달콩하게 살았다. 남편은 저녁 식사 후 가계부를 기록하며 가정경제를 재미있게 꾸려나갔다. 나는 시장에서 야채 장사를 하고 남편은 엿 장사를 하여 돈을 좀 모아 집도 장만하고 가족들 먹는 것도 풍족하게 되었는데 이 소식이 시댁에 전해지자, 고향에서 장남이 왜 부모를 모시지 않냐며 불평불만 하는 동생과 시부모로 인하여 다시 고향으로 가게 되었는데 나는 부산의 집을 팔고 싶지 않았지만 남편은 돈을 들고 금의환향하고 싶어 하였고, 장손으로서 그간 자식 노릇을 못 하여 아쉬웠던지 우리는 집도 팔고 모든 것을 정리하여 다시 시골로 들어가게 되었다.

 시골에 들어간 그해 남편과 나는 시부모를 봉양하며 농사를 지어볼 요량이었는데 그해 심한 흉년에, 농사일을 해보지 않은 남편이어서 대실패를 보고 적응하지 못한 남편은 또 도시로 나가고 다시 힘든 나날이 시작되었다.
 남편은 한 번씩 와서는 임신만 시키고 나는 혼자서 아들을 한 명 낳고, 이후 또 남편은 와서 임신만 시키고 나는 남편 없이 딸을 한 명 더 낳고 이루 말할 수 없는 고생을 하였다.
 그 와중에 시동생 둘이 노름을 하여 노름빚으로 시골집이 넘어가게 되었다.

 나는 집을 지키려 안간힘을 썼으나, 빚 받을 사람들이 나와 시부모님을 위협하여 눈물로 쫓겨나는 신세가 되었다. 시부모님은 시골 친척 집으로 가시고 나는 다시 남편을 찾아 남편이 산다는 부산 주소 하나 달랑 들고 부산행 버스에 올랐다.

엄마의 회상을 마치고

 엄마의 회상은 여기까지다. 젊은 시절 남편과 자식으로 인해 많은 고통과 당신의 삶에 대한 연민, 애환이 가득하였다.
 돌이켜 보면 나의 젊은 날에도 엄마와 같은 고통과 나의 삶에 대한 연민과 애환이 가득했듯 우리는 그러한 삶을 살았다.

  엄마는 결혼 후 가사 노동과 경제 노동을 늘 하셨다.
  시대적 영향으로 가부장적인 가정교육을 받으셨지만 다른 여성에 비해 비교적 자기애도 강하셨다. 엄마는 유전자의 영향으로 완벽주의 성향과 살아남기 위한 삶의 애착과 생활력이 강하시며 아주 현실적이셨고, 삶의 굴곡이 심한 만큼 감정 기복도 심하셨다.
  그뿐만 아니라 동네 임산부들의 아이들을 무료로 받아주셔서 훌륭한 산파라고 소문이 자자했고 당시 거지들이 동냥을 하러 많이 다녔는데 우리도 어려운 형편이었지만 어려운 사람을 그냥 보내지 않았던 엄마는 밥과 반찬을 구분하여 동냥 그릇에 담아주셨을 뿐만 아니라, 독거노인의 수발, 길 잃은 아이 집 찾아주기 등 내가 보기에도 많은 선행을 하셨다.

  선비 집안 장손이신 아버지는 말씀이 없으시고 책 읽기를 좋아하시고 수학을 잘하시는 타고난 천재성과 감성의 소유자이시지만 그 당시 우리나라 정서로 남자는 절대적으로 이성적이기를 교육받았던 터라 아버지는 감정을 드러내지 않으셨다. 약자에게는 자상하시고 강자에게는 강했기에 어떤 사람도 아버지를 보면 존경하였고 엄마와 우리에게도 존중과 민주적인 태도로 대하셨다.
  엄마는 이러한 아버지의 사랑을 늘 갈구하였지만 만족하지 못하시고 욕구불만으로 자식들에게 많은 짜증과 호소를 하며 우울증 증세를 보여 우리 자매들도 우울감을 그대로 물려받았다. 무용을 해서 춤을 좋아하셨던 엄마는 갱년기, 조울증이 오면서 사교춤 스포츠 댄스도 하시고 관광도 자주 다녀셨지만 아버지는 한 번도 나무라지 않고 오히려 버스까지 배웅해 주셨다. 그래서인지 엄마는 그런 아버지를 평생 사랑하시고 집착하게 된 것 같았다.

 나는 엄마의 회상을 듣고서야 엄마를 깊이 이해하게 되었고 또 한 성장의 계기가 되었다.
 엄마는 얘기를 마치려 하지 않으셨다. 아버지를 원망도 하고 사랑도 하신다고 말씀하시며 끝이 없으셨다. 각각의 사람들이 얼마나 힘들게 책을 쓰고픈 사연으로 처절하게 살아내고 있는지 새삼 느꼈다.
 차마 말하지 못하고 살았던 처절함이 한 가닥, 두 가닥 주름 골이 되어 한 편의 애잔한 시가 된 엄마의 얼굴을 마주하며 나는 힘들고 고통스러웠던 엄마의 회상에 이어 힘들고 고통스러웠던 나의 회상도 하게 되었다.

나의 회상

어린 시절

마당 담벼락에 큰 구렁이의 등 비늘에서 광채가 번쩍였던 엄마의 몹쓸 태몽으로 '이번엔 아들이다'라고 여긴 엄마는 몸가짐을 조심히 하고 전에 없는 영양식을 먹으며 1963년의 정중앙인 6월 15일 낮 12시에 아들로 착각한 딸인 내가 태어났다. 태어난 순간부터 환영받지 못하고 밀침을 당한 그때 그 시절 남아선호사상의 피해자 중 한 명인 나는 '귀분이'가 되었다. 아들이라 태중에 귀하게 여겼는데 낳고 보니 딸이라 분하다는 뜻이었다.

부산에서 태어난 나는 첫돌이 갓 지나고 시골로 와서 겨우 젖만 먹고 나면 혼자 방에 뉘어져 있었다. 그래서인지 말도 늦고 예민한 아이가 되었는데 태어나서부터 지금까지 밀쳐진 아이였다.

눈을 뜨니 아무도 없었다. 나는 본능적으로 골방에서 기어 나갔다. 골방 문을 여는 순간 자석에 끌리듯 그냥 나가야 했다.

문지방은 높았고 나의 다리는 강하지 못했지만 팔과 다리가 협동하여 높은 문지방을 넘었다. 나는 마당 한가운데를 아장아장 질러 걸어 본능적으로 열려 있는 또 다른 큰 문을 나섰다.
 그 문을 나서는 순간 두려움이 나의 걸음을 멈추게 했다. 나는 싸리문을 잡고 옆으로 이동하는데 누런 가루가 묻어 있는 벽에 기대어 두려움을 주는 곳을 향하였다. 눈이 부셔 뜰 수가 없었다. 아, 저건 무엇일까?
 그때 나에게 최초로 두려움과 호기심을 일으킨 것은 강한 햇빛, 태양이었다.
 이후로도 텅 빈 집에서 나 혼자 자주 밖을 보게 되었다. 언제나 나의 옆엔 아무도 없어 외로웠다.

이후 아버지가 한 번 오셨다 가신 후 엄마 배가 불러오더니 나의 나이 3살 무렵, 그리 고대하던 동생 아들이 태어나니 온 가족의 관심은 온통 아들에게만 있었다. 가문을 중요시하는 우리 집은 남동생이 종갓집 장손이라 아주 소중하였다. 남동생이 태어나고 나도 아직 보호를 받아야 하는 3살이었는데 나는 완전히 투명 아이였다. 나는 나의 존재감을 편식과 말하지 않는 것으로 나타내려 하였지만 그럼에도 아무도 나에게 사랑도 관심도 주지 않아 왁자지껄한 집안 사람들과 손님들을 유심히 관찰하였다.

아버지가 어쩌다 한 번씩 오시면 엄마 배는 또 불러오고 아버지는 또 도시로 나가셨다. 남동생이 태어나고 2년 후 엄마는 또 남편 없이 딸을 출산하였다.

이제 갓 태어난 여동생은 태어남과 동시에 딸이라는 이유로 찬밥이었다. 언니는 학교에 가고 어른들은 남동생만 데리고 일터로 나가고 겨우 5살인 나는 여동생을 가여워하며 보호하여 주었다.

말이 느리고 행동도 느린 나도 나이가 되어 초등학교 입학을 하였는데 그때 나의 이름이 최귀분이 아니라 최지현이라는 것을 처음 알았다.

초등학교 입학을 하여 학교에서 무료로 준 빵과 우유를 처음 먹었는데 얼마나 맛있었는지 황홀 그 자체였다.

시골의 기억과 냄새는 평생 기억에 남아 있다. 밤이면 반딧불이가 우물가에서 불꽃 잔치를 하였고, 새벽에는 밝은 달이 어스름한 세상을 열어주었고, 초저녁 고즈넉한 마을에서 집집마다 굴뚝에서 연기가 피어오르면 밥 짓는 구수한 냄새, 추운 겨울에 논바닥이 얼면 나무토막 두 개와 못만으로 썰매 타기를 하였고 가을의 문턱에 들어서면 언니와 새벽에 일어나 감꽃을 주워 목걸이와 팔찌를 만들었다.

어느 날 우리는 마당에서 놀고 있었고, 엄마는 작은방에서 바느질을 하시는데 처음 보는 양복 입은 사람이 처음 보는 구두를 신고 마당을 가로질러 들어와 엄마의 바느질 도구를 구둣발로 차며 험한 소리를 하였다. 삼촌들이 노름을 하여 집을 노름빚에 잡혔다는 것이다.

부산

다음 날 엄마는 아버지를 찾아 멀리 떠날 것이라 하였다. 우리는 엄마의 뜻에 따라 처음 타는 기차를 타고 부산으로 아버지를 찾아 나섰다.

엄마는 아버지에게 예쁜 딸로 보이게 하기 위해서인지 우리들에게 새 옷을 입히셨다. 나는 새 옷도 기분 좋고 처음 타는 기차도 기분 좋았다. 나는 창문 밖의 나무와 들판이 왜 뒤로 가는지 궁금하기만 하였고 너무도 빨리 지나가는 풍경들이 신기하기만 하였다.

엄마는 이제 겨우 11살 초등학생인 언니와 서로 의지하여 아버지의 단 하나 정보인 주소 하나 달랑 들고 어디서 어떻게 했는지 트럭 한 대에 우리 모두를 짐칸에 태웠다. 트럭 아저씨는 엄마에게 짜증 반 동정심 반으로 대하였고, 우리는 하루 종일 다니다 저녁 무렵 어느 곳에 도착하였다. 난 그때 8살이었고 남동생은 6살, 여동생은 3살 갓난쟁이여서 엄마와 언니의 어깨가 많이 무겁고 불안했을 것이다. 어린 언니는 엄마가 자리를 비우면 막냇동생을 업고 나에게 남동생 손을 절대 놓지 말라고 시키고 엄마가 돌아올 때까지 땀을 흘리고 있었고 엄마가 오면 남동생을 지키며 엄마의 심부름을 착실히 해내었다. 그래서인지 부산에 와서부터 언니는 원래도 허약한 몸이 더욱 허약해져 시름시름 앓기 시작했고 자식을 한 번 잃은 경험이 있는 엄마는 언니에게 정성을 다했다.

시골에서 도시로 온 터라 갑자기 나는 부자가 된 듯 기분이 좋았고 아버지라는 분도 오셨다.

처음 보는 신식 집 여인숙에서 며칠 밤을 자는데 부자가 된 기분이었다.

다음 날 부모님은 우리가 살 집을 구하러 가셨는데 그나마 말이 통하는 언니와 나는 여인숙 대문턱에 앉아 햇빛을 받으며 동생들 손을 잡고 "우리 이제 부자다" 하며 좋아하였다. 그것도 잠시, 우리는 우리가 살아야 하는 집이 도시 빈민가에 있고, 월세를 내고 살아야 한다는 것을 머지않아 알게 되었다. 주인집 아주머니는 엄마뿐 아니라 우리도 종종 무시하고 잔소리를 하였다.

부산에 오니 친구들은 멜빵 가방과 운동화를 신었고 빵과 우유도 돈을 주고 받아먹어야 해서 나는 보자기 가방과 고무신을 신은 가난한 아이가 되었다.

그때는 새벽 6시가 되면 사이렌이 울리면서 "새벽종이 울렸네 새 아침이 밝았네…"라는 새마을노래가 나오면 눈을 비비고 일어나 내 집 앞 내가 쓸기를 하여야 했고, 학교에서도 회충 검사를 하여 회충약을 먹으면 화장실에서 변을 보는 게 아니라 하얀 회충을 보았다. 그뿐만 아니라 송충이 잡기, 쥐잡기, 나무 심기, 불주사 맞기, 여자아이들, 남자아이들이 교실을 달리하여 윗옷을 벗고 속옷 바람으로 신체검사도 하였고 심지어 학교 화장실에 빠지는 아이도 있었다.

아버지는 그간 고물상에서 고장 난 중고 전자제품을 수리하여 수리비를 받는 일을 하고 계셨는데 우리는 도시에서의 몇 년 적응 기간은 힘들었다. 학교에서도 언니와 나는 보자기 가방과 고무신을 신어 놀림을 당했고, 옷이 없어 엄마가 만들어 준 나일론 치마는 낙하선 천으로 만들어 바람만 불면 둥글게 팽창하다가 뒤집어지곤 했다.

거기에다 2살 어린 남동생이 도시 생활이 힘들어 스트레스 상황이라 그런지 모르겠지만 점점 자라면서 나와 여동생에게 폭력과 폭언을 하여도 나와 여동생은 딸이라는 이유로 가만히 맞아야 하는 줄 알았다.

어느 날 남동생이 여동생을 괴롭혀서 나는 남동생에게 못 하게 하였더니 남동생이 고무신으로 나의 뺨을 다른 날과 달리 너무 세게 때려 뺨이 부어 얼굴이 찌그러졌는데 아무도 나에게 관심이 없었다. 언니가 지나가다 "너 얼굴이 왜 그래?" 하고 물어서 난 "남동생이 때렸다"라고 일렀는데 아무런 해결 없이 웃으며 지나쳤다. 억울하고 부당했다.

나는 말이 느리고 말수가 적었으므로 눈으로 보고 듣는 것에 민감했다. 언니는 몸이 허약하여 '빼빼 해골'이라는 별명이 있을 정도여서 집안일은 아무것도 할 수 없고 허약한 몸 상태 돋우기에 바빠서 그 여파로 장녀의 책임감은 고스란히 나에게 넘어와 버렸다. 남동생은 아들이라 귀했고 여동생은 아직 어려서 엄마의 입장에서 보면 내가 가장 강한 자식으로 생각되어 나에게 집안일을 시키고 언니는 고작 방 청소·정리 정도여서 나는 엄마의 편애로부터 부당함과 서러움이 피해의식으로 커져갔다.

 그렇지만 아버지와 함께 있으니 우리는 지독한 가난에도 불구하고 시골에서 볼 수 없었던 엄마의 웃는 얼굴을 보게 되었고 아버지는 저녁에 오시면 엄마와 그날 지출한 가계부를 기록하셨고 엄마의 된장찌개를 좋아하셨던 아버지가 "우리 집 된장찌개가 제일 맛있다" 하시면 엄마의 입이 귀에 걸렸다. 어떤 날은 아버지께서 집으로 오실 때 카스텔라 빵을 사 오시고 우리들에게 돌아가며 노래도 부르게 하시고 손뼉을 치며 깔깔 호호. 우리 집은 웃음소리에 된장찌개 냄새나는 행복한 집이었다. 나는 나에게 일만 시키는 엄마를 원망하고, 말씀이 없으시며 자상한 아버지를 무척 좋아해서 아버지 오시는 길목에 앉아 아버지를 기다리다 아버지가 오시면 여동생과 달려가서 손바닥을 펴면 아버지는 엄마 몰래 용돈 5원씩 주셨다. 동생과 나는 팔짝팔짝 뛰며 구멍가게로 가서 눈깔사탕을 사 먹었다.

남동생 사망

아버지와의 행복한 기억보다 엄마의 편애로 도시에서 겪은 나의 생활의 외로움과 부당함이 더 크게 자리하여 내가 선택한 것이 교회에 다니는 것이었다. 처음에 엄마는 우리는 불교 집안이라 교회는 안 된다고 하였으나 내가 교회에 가서 많은 학용품을 가져오고 동생들을 데리고 다니며 보살피니 편한 것도 있었고 아버지께서 종교는 자유라고 허락하시니 더는 나의 교회 생활에 상관하지 않았다. 어느 날 교회 주일학교 선생님께서 초라한 나에게 측은지심이 생겨서 호빵과 운동화를 사주셨다. 태어나서 처음으로 사랑과 관심을 받은 것이 유일한 교회에서 나의 존재감을 확인했다. 그러던 어느 여름 일요일, 내가 교회를 가려고 여동생을 데리고 남동생을 찾으니, 남동생이 골목에서 동네 아이들과 놀고 있었다. 나는 남동생에게 "교회 가자"라고 하였더니 남동생이 "안 가"하며 놀고 있었다. 나는 "그러면 벌 받지" 하며 여동생과 교회에 갔다 왔는데 늦은 시간에도 남동생이 오지 않았다. 엄마는 나에게 남동생을 보지 않고 뭐 했냐며 질책하였고 나는 왜 내가 남동생을 교회에 데리고 가지 않았는지 불안하고 죄의식이 들었다. 그날 남동생은 돌아오지 않았고 다음 날 비가 무지하게 내렸다. 동네에 약간 정신이 이상한 집 남매가 있었는데 그 집 남매는 말 발음이 어눌하지만 덩치가 크고 우리만 보면 잡으러 와서 우리는 그 집 남매를 피해 도망 다녔는데 그 집 아들과 남동생이 함께 바닷가에 가서 그 집 아들이 남동생을 물에 밀어 넣었다는 소문이 들렸고, 저녁에 엄마는 문고리를 잡고 나를 흘겨보는 눈으로 울었다. 난 순간 '내가 죽어야 하는데 동생이 죽은 건가?' 하여 너무 두려웠다. 우리 가족들은 말도 삼가고 눈물도 삼가고 서로 눈치만 보며 몰래 혼자서만 슬퍼하는 중에 동생 시체는 못 찾은 상태인데 야속한 비는 3일째 내렸고 4일째 되는 날 비가 그치고 동생의 시체를 찾았다고 확인하라는 연락이 왔다. 경찰이라 기억하는데 그 분께서 아버지께 시체가 엉망이라고 하셨다. 아버지는 혼자 가겠다고 하여 동생의 시체를 홀로 수습하시며 아마도 혼자 많이 우셨을 것이다. 그 사건 이후 나는 교회를 끊었는데 엄마는 "예수와 부처와 싸우니 예수가 이기더라" 그런 말을 하면 은연중에 난 죄의식이 생겼다. 그 사건 이후 우리 집엔 많은 변화가 생겼고 난 엄마가 불편했다. 엄마는 몸져눕고 아버지도 자주 술을 드시고 늦게 귀가하셨고 언니는 그렇잖아도 허약한 몸이 더욱더 병약해져서 엄마의 옆에 몸져누웠고 존재감이 없어 있는지 없는지도 모를 동생은 밤마다 오줌을 싸며 이불을 적시는 것으로 존재감을 주었고 나는 집안 살림을 도맡아 하게 되었다. 가족 1명을 잃은 우리는 서로 상처를 건드릴까 봐 눈치만 보며 대화도 할 수 없는, 웃음을 잃은 무표정한 가족이 되었다.

 어느 날 예민한 나는 잠결에 눈을 뜨니 무슨 일인지 몰랐지만, 엄마가 쥐약을 먹고 죽으려 하고 아버지가 만류하고 있는 것을 보았다.

 다행인지 불행인지 나는 학교 공부를 잘하였고 책을 가까이하였는데 그런 나를 엄마는 못마땅해 하였다. 당시에는 우리나라의 산 동네에서는 수도 있는 집이 별로 없어 수도가 있는 집에서 물을 길어 큰 단지에 보관하여 물을 사용하였는데 나는 초등학생인데 밤늦게까지 수도가 있는 집에 물동이를 들고 줄을 서서 큰 단지에 물을 길어야 했다. 겨울엔 나의 손이 얼고 터서 거칠고 피가 나기도 했는데 예쁘고 가는 언니의 손을 보니 눈물이 왈칵 나서 울었는데 언니는 영문을 몰라 했다.

세월이 흘러 언니보다 공부를 잘했음에도 불구하고 엄마는 나를 초등학교 졸업 후 중학교를 보내지 않고 공장으로 보내어, 나는 이불을 뒤집어쓰고 울었다. 아무도 나의 이 외로움과 부당함을 몰라주어 그 원망이 엄마를 넘어 언니에게까지 갔다.

공장 생활

공장 생활의 시작은 생각만큼 서글프진 않았다.

그 시절에는 어린아이들이 공장에 많이 다녔는데 그때 만난 친구 중에 정미와 영옥은 웃고 있어도 슬퍼 보이는 얼굴이 나와 같아서 우리는 바로 친하게 되어 삼총사가 되었고 집도 공장을 중심으로 버스 한 코스 정도라 쉬는 날에도 거의 만남을 가졌다. 친구들이 모두 나와 같이 부모나 보호자의 사랑을 갈구하는 애정결핍이었다. 나 역시 친구들에게 우리 엄마는 계모라고 하며 지금까지 내 기억에서 계모가 나에게 보여준 친자식과 나와의 편애로 난 무척 슬프고 힘들다며 세상 가장 슬픈 아이라고 거짓말을 했다. 아니,

난 진짜라고 믿고 있었다.

　정미는 엄마의 얼굴도 모른 채 부모님의 이혼 후 엄마는 외국으로 갔다는 말만 들었고 소식이 완전히 끊긴 상태이고 현재는 알코올 중독인 아버지와 살고 있는데 부모는 물론 친척도 형제도 없는 아버지의 폭력으로 몸에 멍 자국이 없는 날이 없었다. 정미는 뽀얀 피부에 빛나는 눈동자, 사랑스러운 미소를 가지고 있어 아버지께 맞아서 부은 얼굴마저 예쁜 아이이다.

　영옥이 역시 아버지의 얼굴도 몰랐으며 엄마가 있긴 하나 어쩌다 진한 화장과 화려한 복장으로 얼굴만 보여주고 또 어디론가 가서 엄마가 없는 외갓집에서 간이주점을 하는 외할머니와 살고 있었는데 외삼촌의 성폭행으로 밤이 무섭다고 눈물을 흘리곤 했다. 그러한 환경이지만 영옥이는 마음이 여리고 웃음이 많고 착한 아이였다.

　우리는 잦은 야간 근무를 하였는데 야간 근무를 할 때면 힘듦보다 단무지와 오뎅을 채 썰어 올려준 너무도 맛있는 잔치국수를 먹는 즐거움이 앞섰다. 첫째 주, 셋째 주 일요일에 쉬었는데 우리는 약속이랄 것도 없이 그냥 집이 싫어 공장에 간다고 하며 아침 출근하듯 동네 초등학교 운동장에서 모였다.

　그때, 우리는 뛰어야만 했다. 뛰면 숨이 차고 가슴이 아픈데 뭔가 모를 개운함이 있다는 걸 알았다.
　큰 소리로 웃으며 지칠 줄 모르고 뛰는 정미는 정말 잘 달려서 오랫동안 쓰러질 때까지 뛰었다. 오늘따라 정미는 달리고 또 달리고 어두워졌는데도 집에 가지 않았다.
 평소와 다른 정미의 모습을 보니 불길한 예감이 들긴 했지만 우리는 누구 하나 말을 하지 않고 눈치만 살폈다. 우리는 운동장을 나와 골목길만 돌고 돌아 걸어 다니며 "오늘은 집에 가기 싫다"라고 누가 먼저 말하면 "나도"라고 응수했다. 막다른 골목 공터에서 정미는 영옥이에게 "아빠가 없는 너가 부럽다"라며 마치 아빠가 옆에 있는 듯 증오했다. 우리는 세상 불행은 다 가진듯한 표정으로 서로 쳐다보고만 있었다.

 우리들 모두는 하나씩 아픈 곳이 있는 친구들이라는 것쯤은 말하지 않아도 느끼고 있었다. 그렇지만 누구 하나 아픔을 나누고자 하는 친구는 없었다. 쓰기는 되는지 모르지만 말하기에 어려움을 겪는 똑같은 하나의 증상을 가지고 있었다.

 그렇게 한참 있었다. 어둠은 깊어지고 정미가 훌쩍훌쩍 우는 것을 시작으로 영옥이도 훌쩍거리고 나 역시 훌쩍거리며 있는데 정미가 벽에 기대서 벽을 치고 있다. 이대로 그냥 우리 셋이 가출을 할까, 하는 생각을 잠시 하는 사이에 정미가 결심한 듯 우리의 손을 잡고 "고마워" 하며 집에 가자고 길을 나섰다. 우리는 다들 뭔가 모를 불안이 엄습함을 느끼지만 어떻게 해결해야 하는지 모르기에 그냥 매일 가던 곳으로 무거운 발걸음을 끌었다.
 다른 날보다 늦게 집에 오니 그토록 엄마의 편애를 부당하게 여기며 관심을 원했던 나에게 엄마의 여린 관심이 오늘은 귀찮은 존재였다. 엄마 말이 귀에 하나도 들리지 않았다.

나는 정미가 아빠에게 종종 맞는 것을 알았기에 불안과 공포로 밤새 꿈에 시달렸다.

다음 날 불안한 예감은 늘 맞는다. 정미는 공장에 오지 않았다. 영옥과 퇴근 후 정미 집으로 갔더니 아니나 다를까 정미는 없고 정미 아빠만 술에 취해 허리띠를 손에 들고 우리에게 다가왔다. "그년이 아빠에게 덤벼들어!! 그년 어디 있어? 너희들이 알지"하며 우리에게 소리 질렀다. 우리는 뒷걸음질 치며 "나쁜 놈아 죽어버려!!"하며 도망치듯 나오는데 옆집 할머니가 말하길 근래 정미 아버지의 술주정이 심해져서 낮엔 자고 밤만 되면 정미를 괴롭혔다고 했다. 그나마 욕이라도 해서 속이 후련했다.

장래 꿈을 물으면 돈 많이 버는 것이라고 버럭 말했던 정미, 아버지에게 뺨을 내어주었던 정미는 아버지에게 허리띠로 무차별적으로 맞고 영영 가출해 버렸다. 나는 마음속으로 외쳤다. '잘했어. 정미야!! 그곳은 네가 있을 곳이 아니야!!'

영옥이와 난 어두운 골목을 찾아 손을 부들부들 떨며 눈물 대신 헉헉거리며 뛰고 뛰었다. 우리는 오늘 처음으로 서로의 눈을 똑바로 보았는데, 그 순간 누구랄 것 없이 동시에 눈물을 흘리며 안았다. 영옥이는 "나도 가출해야 해!! 가출할 거야"하며 울부짖었다. 정미와 영옥의 해결책은 가출이었다.

학교 입학

나는 1년간의 공장 생활을 하고 여자중학교에 입학했다. 부모님은 나의 중학교 입학을 원하지 않았다. 난 스스로 학교에 입학하는 과정을 알아보고 월급을 부모님께 주지 않고 학교에 입학했다.

간간이 공장 친구들 생각이 났는데, 학교에 들어간 나를 많이 부러워하고 어쩌면 나도 그들만의 세계에서 뺏을 수도 있다.

나는 열심히 공부만 하였다. 그러나 엄마는 다시 나에게 집안일을 시켜 밤 12시까지 큰 단지에 물을 길어놓아야 해서 잠도 제대로 못 자고 학교에 가면 수업 중에 늘 졸았다. 고등학생인 언니는 몸이 야위어서 허약한 존재로 설정되어 있었다. 난 짜증과 불만이 많았지만 언니는 조용하게 엄마 말을 잘 들어서 엄마는 늘 언니를 칭찬하고 나에게는 짜증과 잔소리를 하여 나는 스트레스로 인하여 음식을 먹으면 체하는 경우가 많아 소화제는 달아놓고 먹고 머리도 자주 아팠고 심지어 다리도 아팠다.

나는 이제 중3이 되었는데 부끄러움이 많고 자신감이 없어 친구들과 어울리지 못하여 혼자였는데 그 와중에 은정이라는 아주 특별한 친구를 사귀게 되었다. 은정이는 2살 빨리 학교에 입학하여서인지 그 애도 친구들과 잘 어울리지 못하여 나와 함께 다녔다.

학기말고사를 치고 나니 친구가 공납금을 내일까지 내지 않으면 서무실로 호출한다는 서무 선생님의 말씀이 있었다고 해서 정말 괴로웠다. 매일 공납금 미납으로 서무실로 불려 다니며 이런 환경 속에서도 난 공부를 잘했다. 부식 가게를 하며 열심히 사는 은정이네 부모님은 돈 얘기를 아이들 앞에서 하지 않으므로 은정은 돈이 없어 가난하다는 것을 전혀 이해하지 못하였다.

우리 반 아이들은 총 53명이었다. 그중에 10등 안에 드는 아이들에게는 국군장병 아저씨에게 위문편지를 쓰도록 하였다. 나는 10등 안에 들어서 위문편지를 쓰게 되었다. 아무도 나의 공부에 관심이 없어 집에 와서 자랑 겸 위문편지를 써야 한다고 했더니 언니가 "내가 써줄게" 하여 난 "알았어" 하였다.

그런데 언니는 위문편지에 장난을 쳐놓았다. 사투리로 "오빠라 카까요? 우리 언니 소개시켜 줄까요?" 하여 나는 처음엔 이상했는데 재미도 있어 다음 날 학교에 가서 위문편지 엽서를 내었더니 선생님께서 이게 뭐냐며 전체 학생들 앞에서 읽어주며 화를 내었다. 아이들은 모두 웃고 난리가 나고, 난 너무 부끄러워 고개를 숙이고 있었다.

그날 이후 선생님도 나를 미워하는 것 같아 부정적인 나의 성격으로 시험도 마음대로 써버리고 공부도 하지 않고 학교에 흥미를 잃어버리다 보니 성적도 상위권에서 탈락하고 혼자 떠돌이로 다녔다.

엄마는 동네 아주머니들과 계도 하고 친분을 쌓아 빚을 내어 고물상 한편에서 중고 전자제품을 수리하고 수리비를 받는 일을 하시던 아버지에게 전자제품 중고 수리점을 열도록 점포를 얻어주셨다.

그리고 우리 집은 작은 슈퍼를 열었는데 엄마는 과자, 술, 노래 테이프를 팔아 빚을 갚기로 하였다고 한다.

우리의 조그마한 구멍가게에는 없는 게 없었다. 팝송과 칸초네, 샹송 등 음악을 잘 아셨던 아버지가 하시는 일에는 끊임없이 밑천이 들어야 하니 엄마는 돈 버는 일이라면 눈에 보이는 게 없었는지 나와 동생에게 가게를 보게 하고 술손님의 술을 나르고 치우는 일을 시켰다. 언니는 한창 예쁜 고3인데 또래보다 성숙하여 동네 남자아이들이 언니를 보려고 우리 슈퍼에서 술을 먹고 카세트테이프를 고르고 하여 수입이 짭짤했다. 이 작은 슈퍼는 늘 사람들이 득실거리는 지옥이다.

엄마는 어릴 때부터 나이 차이가 나는 동생의 공부를 나에게 맡겼는데, 나는 내가 못다 한 공부를 동생에게 시키고 싶은 욕심에 동생의 학교 숙제, 필통 등 공부를 엄격히 가르쳤다. 그래서 동생에게 일일 공부라는 시험지도 받아보게 하고 시험지를 봐주고 언니와 나는 한 번도 보지 못했던 전과도 사주었다.

방학이라 항상 가게에서 장사를 하여 왜 나만 가게를 봐야 하는지 부당하다는 생각에 울고 있으니 아버지가 부르셔서 왜 우냐고 하시는데 할 말이 없었다. 아무 말도 나오지 않았다. 한참 울다 바보같이 말도 못 하고 잠들었다.

늘 그랬듯이 17번째 맞이하는 내 생일. 아무도 모르게 나만이 혼자 알고 있었다. 정말 외롭고 쓸쓸한 생일날이다.

저녁에 우리 가게에 만수라는 동네 건달이 와서 행패를 부리고 야단을 하니 언니가 파출소에 고발하여 만수라는 동네 건달은 순경들과 같이 파출소로 갔다. 나는 이상하게 한참 일하고 행복할 나이에 행복을 모르는 사람 같아 동정심이 가서 신기하게도 만수라는 사람을 불쌍하게 생각하여 신고도 못 했는데 언니는 경멸한다며 신고했다. 그러나 우리 가게는 동네 건달 모두가 언니를 좋아해서 누구 한 명이 와서 행패를 부릴 수가 없었다.

얼굴에 하얀 얼룩이 생긴 지 좀 되어 심해지고 있는데 아무도 관심이 없다. 얼굴에 얼룩 병은 나을 수 있을까? 얼룩이 번져갈수록 신경이 쓰인다.

토요일에 학교 갔다 늦게 오려다 일찍 집에 왔더니 방도 구질구질, 부엌도 엉망, 게다가 술 먹는 손님들이 술 빨리 갖고 오라고 소리쳐 동생도 술심부름을 하고 있었다. 늦은 시간에는 엄마가, 더 늦은 시간에는 아버지가 왔다. 지금 우리의 생활이 정말 비참하다.

자는척하는데 엄마와 아버지가 다투신다. 설마 했는데 정말 남자란 믿을 수 없는 존재다. 아버지가 동생이 죽고 난 후 알게 된 여자와 이중 살림을 산 지가 꽤 오래되었단다. 아마도 아버지는 그때 누구보다 슬펐지만, 가족들과 슬픔을 나눌 수 없었나 보았다. 인간이 얼마나 이기적이고 악한지, 나는 엄마에게 불만이 많은 터라 그 여자에게 가서 학교를 다녔으면 좋겠다는 생각을 하며 나도 엄마를 버렸다.

엄마는 편하고 건강한 나에게 남편에 대한 스트레스와 당신 삶의 불만에 대한 스트레스 해소를 했던 것인가? 엄마의 짜증이 이해되는 정도가 아니라 엄마가 불쌍했다. 지금은 엄마가 나에게 부당하게 하지만 내가 자라서 엄마에게 효도하고 엄마에게 어떤 딸이었는지 보여줄 거라는 생각을 하며 어제 버린 엄마를 다시 보듬었다.

얼굴에 하얀 얼룩이 이마에서 입언저리까지 내려와 사람들이 다 쳐다보는 것 같았다.

얼룩이 심해지니 엄마는 나와 함께 동네 약국에 가서 나의 얼굴을 보여주셨다. 약사는 능력 있는 사람이라 나의 얼굴을 보고 바로 알았다. 극심한 스트레스로 오는 백납 피부병의 일종이라 하셨다. 얼굴 다른 주변에는 묻지 않도록 기름을 바르고 하얀 부분에 연고를 바르고 3초간 햇빛을 보고 씻으라는 게 처방이었다.

연고를 바르고 햇빛을 쬐니 흰색이 빨개지고, 때로 3초를 넘기니 물집이 생기곤 한다.

나름 열심히 하였는데 물집이 생긴 날은 껍질이 벗겨져서 흉터가 되어 있고 흉터가 가라앉으면 다시 약을 바르고를 반복하고 있다.

연합고사 49일 전이다. 수업 마치고 도서관에 가서 공부하는데 집중이 되지 않아 관두고 집으로 오는 길에 교실에 들러보니 은정이 혼자 교실에서 불 끄고 앉아 공부 문제로 힘들어하여 함께 아무 말도 하지 않고 가만히 있었는데 갑자기 은정이가 또 만화 주인공 캔디에 또 집착해서 나만 보면 캔디 얘기다. 나는 캔디에게 마음을 내어줄 수 없을 만큼 마음의 집이 좁았다. 그러나 노래 가사는 좋아해서 외우고 다닌다. "외로워도 슬퍼도 나는 안 울어…"

이제 나이 18세. 고등학교 입학을 앞두고 있는 새해다. 작년도 올해도 첫날에 꿈속에서 죽은 남동생을 봤다. 설탕과 과자를 좋아하던 남동생에게 과자와 설탕을 사준 꿈이었다. 세월이 지나면 잊는다는데 지금도 눈물이 나고 새해가 되면 남동생이 꿈에 나오는데 부모님은 더욱 그렇겠지. 아직 남동생의 이름은 금지되어 있는 우리 가족의 아픔이다.

아버지의 외도를 온 가족이 알고 난 뒤부터 스트레스를 많이 받으시는지 아버지의 몸이 좋지 않다. 오늘도 아버지의 기침이 또 발작하였는데, 엄마의 잔소리만큼 이제 자주 들어서 만성이 되었다.

세월은 조용히 흐르는데 나는 그 위에서 날뛰며 언니는 고등학교를 졸업하고 나는 고등학교 입학을 하였다. 나는 고등학교를 나의 성적보다 낮은 곳으로 입학을 하여 전교 1등으로 입학했다.
언니가 야간 고등학교를 다니며 일했던 곳에 내가 일하도록 소개하여 나는 그곳에 취업이 되었다. 이곳은 건설 관련 일을 하는 곳인데 매일 저녁 사장님과 소장님 관련 거래처 사장님들이 모여서 노름을 하였는데 노름이 빨리 시작되면 내가 학교 가기 전부터 하였다. 노름을 하다 다방 여종업원에게 커피를 시키고 다들 커피를 마시면서 다방 여종업원의 몸을 만지며 성추행을 하곤 하며 새벽까지 엉망으로 해놓고 가면 아침에 나는 출근하여 사무실 청소를 하는데 어떤 때는 노름판 담요 밑에 돈이 들어있기도 했는데 나는 돈을 챙겨 사장님께 드리면 사장님은 그 돈을 나에게 용돈으로 주셨고, 모든 사람들이 잘해주는데 나는 괜히 부끄럽고 적응이 힘들었다. 말하지 않는 나에게 소장님께서 왜 말을 하지 않냐고 하며 언니는 상냥했는데, 언니는 아가씨 같았는데, 하며 심지어 언니와 나를 비교하며 나를 이상하게 보는 것 같아 그때부터 난 직장 생활이 힘들었다.

사장님께서 나에게 잘해주어 용돈도 주고 외근 때 드라이브도 시켜주셨는데 아버지 외에 남자를 처음 대하여서인지 나의 성격의 문제인지 나는 자꾸만 도망만 치고 싶고, 특히 일요일만 되면 회사에 가기 싫어 자꾸만 늦장 부리다 택시를 타고 간다. 잘해줘도, 무관심해도 이곳 사람들 모두 나이 많은 아저씨들인데도 나는 편하지가 않고 자꾸 불편하다.

언니는 나와 달리 일찍 사회를 알고 돈을 알고 현실적이고 성숙해서 이미 고등학교 때부터 남자들로부터 인기가 있었다. 직장도 한곳에서 고등학교 졸업할 때까지 다녔으며 고등학교 졸업 후에도 개인 사무실에 취직하여 한곳에만 다녔으며 퇴근 후에는 알바를 하여 또 돈을 벌었다. 돈을 많이 벌어서인지 언니는 옷도 잘 사 입고 세련되었으며, 멋쟁이였고 무엇보다 엄마에게 돈을 넉넉히 가져다주어서 엄마에게도 특별 대우를 받았다.

 이젠 야간 생활에 어느 정도 익숙해졌나 보다. 밤에 다니는 것이 무섭고 귀찮았는데 이젠 포근하다.
 밤 12시경 엄마, 아버지가 다투신다. 나중에 상 부수고 집째로 부수려고 한다.
 동생의 말이다. 이젠 집이 싫어졌다며 울먹인다. 모두가 울어서 눈이 퉁퉁 부었다. 고성과 폭언 속에 사랑의 씨앗이 있기는 한 건지 우리 모두는 흩어지지 않고 각자의 자리를 지키며 뭔가를 하고 있다.
 요즈음 날씨가 정말 이상하다. 세상이 망하려고 하는 건지 눈이 오지 않기로 유명한 부산에 벌써 눈이 두 번이나 오고 우박도 내렸다.

 1년 다닌 직장 생활이 힘들어, 그냥 이유 없이 마음이 힘들다.
 언니가 소개해 준 사무실을 그만두기로 했다. 이유는 없다. 사장님이 잘해주니 난 그냥 행동이 부자연스럽고 부끄럽고 해서 그만두는 거다. 친구의 소개로 금속 회사로 출근했다.

 얼굴의 백납이 빨개지더니 서서히 얼굴색으로 변한 부분이 늘어난다. 낫기는 할 모양이다.

집에 가니 동생은 가게와 방을 왔다 갔다 하며 흐트러져 있고, 엄마, 아버지는 안 계신다. 서로서로 포기 상태인 것 같다. 자포자기.

19번째 나의 생일. 여전히 아무도 모르게 나 혼자 쓸쓸하게 보냈다.

또 사무실에 적응이 안 돼서 그만두고 싶다. 사장님 아들이 잘해 주는데, 나는 불편하고 부자연스럽고 나의 행동이 부끄러워서이다. 어떤 상황이든 불행하다. 나의 마음이 불행하다. 자꾸만 나를 버리고 싶다. 나에게 폭력을 하고 싶다.

태양이 뜨고 태양이 지고 그리고 달과 별이 자기들의 차례가 된 듯 반짝인다.

금속 회사를 그만두고 공업사에 취직했으나 그만두었다. 공업사에 다니다 나를 소개한 친구와 나를 비교하는 말을 듣는 순간 나의 자존심인지 열등감인지가 마음을 불편하게 만들었다. 나는 부적응자이다. 직장을 옮겨 다니니 나의 학비와 동생 학비를 마련하지 못해 경제적 어려움에 처해 있다.

공업사를 그만두고 신문을 뒤져서 전화기 닦는 회사에 취직하여 외근하였다. 사람을 상대하지 않고 외근하는 것은 좋은데, 다리도 아프고 팔도 아팠지만 참을 수 있는데, 하루 업무량이 너무 많아 그 일을 다 수행하면 학교 지각이 잦았다. 다른 아이들은 다 못 하고 들고 오는데 난 나에게 주어진 양을 다하고 사장님께 칭찬은 받지만 학교는 늘 지각이다. 오늘도 지각했다. 월말 수금한다고 학교까지 결석하며 일에 최선을 다했는데 수금한 돈을 잃어버렸다. 나의 회비도 동생 회비도 주지 못하고 미칠 지경이다. 밤마다 돈 때문에 꿈을 꾼다. 직장도 그만두고 학교를 그만두어야겠다 생각하니 눈물이 왈칵 났다. 그래도 난 이 현실의 끈을 잡고 있다. 전화기 닦는 일을 더욱 열심히 하여 돈을 벌어 경제적 공백 메우기에 힘쓰고 또 힘썼다.

늘 지각하고 시험 치는 날까지 지각했다. 성적은 밑바닥. 처음 야간 상고를 들어갈 때는 전교 1등으로 들어갔는데 이제는 반에서 하위권이다. 너무 힘들고 괴롭다.

고3 생일인데 늘 그랬듯이 또 혼자다.

전화기 닦는 일을 하며 지각하고 시험도 못 치고 하여 선생님께 나의 힘든 처지를 얘기하였더니 일자리를 소개해 주셔서 전화기 닦는 일을 그만두고 맨션 관리실 첫 출근을 했다. 내 적성에 맞았다. 소장님이란 분은 우체국 공무원을 퇴직하신 분이며 자상했고, 아침 출근 후 서류만 점검하면 집으로 가셔서 관리실 지하에 항상 나 혼자 있었다.

나는 아무도 없이 혼자 있는 공간의 일이 나에게 맞았다. 전기 고지서를 170세대에 돌려주고 나니 다리가 욱신거렸다. 그래도 난 너무 안정이 되었다. 직장이 있고 공납금을 낼 수 있고 동생의 공납금도 낼 수 있어 너무 가슴이 따뜻해졌다.

이제 아버지는 대놓고 외박하시고 엄마는 늘 돈 때문에 고민이었다. 엄마는 나에게 사막의 물처럼, 초원의 빛처럼 고귀한 존재이며 또한 편애로 나를 힘들게 하는 존재였다….

아파트 주민인 종합병원 실장님께서 나를 취직시켜 주신다고 하였다. 관리실에서 혼자 조용히 나의 책임을 다하는 모습을 본 주민이 있었나 보았다.

나는 전교에서 제일 빨리 실습을 나온 것이다. 원칙적으로는 고3 겨울 방학 때부터인데 난 여름인데 실습을 나왔다. 상고라는 특성은 취업이 목적이므로 학교에서도 눈을 감아주었다. 졸업도 하지 않은 상태에서 의료기 사무실에 첫 출근 했다. 친구들이 한턱내라고 해서 난 친구들에게 만둣국을 한턱내었다.

나는 학교를 아예 가지 않고 직장 생활을 하게 되었다. 머리도 길어지고 외모는 성숙해졌다.

어린 시절을 돌아보며

나의 어린 시절과 학창 시절은 온통 우울함과 부당함으로 가득하여 슬프고 고통스러워 심리적인 아픔이 육체적으로도 나타났다.

특히 엄마에게 사랑과 인정을 받지 못하여 박탈당한 부당함에 엄마를 미워하다 죄의식을 느끼기도 하였다.

엄마는 자매간 비교를 하거나 동네 또래와 비교하여 경쟁심을 부추기고 이후 우리 자매는 효도도 경쟁적이었다.

그래서 동생과 언니는 삶이 경쟁에서 이기는 것이라 그것이 물질과 연결이 되어 부자가 되었고, 나는 경쟁을 피하고 희생하여 인정받는 것을 선택하였던 것이었다.

이러한 나 자신이 불쌍하여 불쌍한 사람만 보면 동정심을 가지게 되었고 희생을 해서 인정받으려는 욕구로 인해 현호 아빠의 뒷바라지를 하였고 현숙 언니에게도 사업 자금을 마련해 주었다가 괴로워했다.

이 답이 또 틀릴 수도 있다. 삶은 생각하고 스스로 느끼는 것이기에 그 생각과 느낌은 내가 선택하는 것이다.

처절하게 아우성을 치며 살았던 끈질긴 삶은 봄, 여름, 가을, 겨울 속에서 슬픔도 사계절로 자연스럽게 받아들인다. 그뿐이랴. 이제는 처절할 것도 아우성칠 것도 없어졌다. 그냥 현호의 삶에 대한 책임감이 나의 뇌 절반 이상을 차지하고 있기에 내가 마땅히 해야 할 일, 못다 한 일을 양심에 따라, 정의에 따라 서두르지 말고 침착하게 지혜를 모아 정리해 나갈 뿐이다.

6부

책임감

부산으로

실업

　나는 현재 고통의 원인을 알기 위해 수많은 시간을 사색하고 부모님의 과거도 알아보고 나의 과거도 회상해 보았다. 나는 이제 적어도 행동하기 전에 한 번 더 생각한다는 것이 중요하고 지금은 나만의 정답으로 나답게 고통을 치유하는 길만 남았다.

　지금 난 경제적 여유는 없지만 전공을 살려 사회적 취업엔 성공을 거두었다. 곧 원장으로 승진될 기회가 있는 나의 이 자리를 놓치는 것이 아쉽기도 하지만 현호는 현재 사춘기가 와서 지금의 집에서 벗어나고 싶어 하기에 난 현호의 바람을 들어줘야 한다. 현호의 고통은 나의 불행과 아픔이므로 결국 나를 위해서이다. 결론은 내가 부산으로 가야 한다는 것은 선택이 아니고 필수였다.

　부산으로 가려고 나는 사표를 내고 인수인계 중이었다.
　나의 직책인 사무국장 자리에 같은 사회복지 법인의 양로원 엄 과장을 추천했다. 엄 과장은 늘 얼굴에 어둠이 있었다. 업무를 인수받는 엄 과장이 고마웠던지, 소문만 무성했던 자신이 잃은 둘째 딸과 큰딸에 대한 솔직한 느낌을 얘기했다. 엄 과장은 큰딸이 평소 외동딸이었으면 좋겠다고 한 말이 현실이 되었다며 그로 인해 엄 과장 자신도, 큰딸도 동생이 죽은 후 여전히 마음이 편치 않다고 했다.

　엄 과장과의 대화에서 나의 기억을 더욱 뚜렷하게, 그리고 뚜렷한 느낌을 더욱 정확하게 느끼게 되었다.
　나는 겨우 초등학교 4학년이었는데 '동생 대신 내가 죽어야지!' 하고 말하는 듯한 우리 엄마의 눈빛이 너무 무서웠다. 기억을 지우고 싶다. 뚜렷한 기억, 뚜렷한 느낌.
　나의 뚜렷한 기억 그리고 엄 과장의 뚜렷한 기억, 내가 어릴 때 엄마에게 느꼈던 그것이 바로 엄 과장의 고백이었다.

　이제는 엄마가 정말로 동생 대신 내가 죽었으면 하고 바랐다 하더라도 엄마를 이해하고 있지만 지금도 나를 따라다니는 기억이 현실이었다.
　머리와 가슴이 이해했는데 심장과 간에 스며들었나 보았다. 오늘 자식을 잃은 엄마와 대화를 하며 각각 다른 상처로 둘은 함께 눈물을 삼켰다.

아침에 눈 뜨니 눈이 하얗게 와 있었다. 세상이 온통 하얗게 눈부셨다.
현호에게 문자를 보냈더니 소식이 없어 답답했지만 이제 현호의 가까이에 가서 약속한 대로 현호가 편하게 느끼는 대로 해주며 살 날이 다가오고 있었다.

어제 꿈에서 현호의 어린 시절로 인한 나의 아련함이 나왔다. 가슴이 뭐라 말할 수 없이 아프다. 현호 글자만 봐도 가슴이 아리고 아픈데 지난 상처가 아물기는 할는지 "현호야, 나만큼 너도 사랑한다"라고 혼잣말을 되뇌었다.

사무실 인수인계가 마무리되어 오늘부터 실업자다.

현호에게 메시지도 보냈다. 생각해 보니 나의 경우, 시간이 걸렸을 뿐이지 대부분 원하는 대로 되었다. 경제적으로 늘 힘들었지만 사실 나는 뭐라 말하기 힘든 그 무엇을 돈보다 더 우선시했는데 그것이 자유인지 평화인지 존중인지 아무튼 인간다운 삶이었다.

그러나 자본주의 세상에서 경제 관념이 많이 부족하고 경제에 대한 아무런 지식도 상식도 없이 예금, 종잣돈을 만들어 투자하고 이런 것들을 전혀 모른 채 한마디로 성교육도 엉망이었는데 성교육보다 경제 교육이 더욱 엉망이었던 것이다. 그래서 돈이 필요한 지금 돈이 없어 또 힘들어하는데 내 나이가 벌써 44세였다. 언제 나이가 이렇게 되었는지 정말 철이 없고 부끄럽다. 지금부터는 경제 공부도 하고 돈도 사랑해야 한다는 뒤늦은 깨달음을 얻게 되었다.

난 현숙 언니에게 부산에 가서 현호와 살 집이 필요하다며 돈 때문에 전화하다 보니 낯선 땅에서 의지하며 잘 지냈던 언니에게 어떤 행동을 해야 할지 막막하여 눈물이 나서 그냥 울었는데 현숙 언니는 없는 돈에 형부가 사기까지 당해서 어떻게 할 수 없는 힘든 상황이라고 말하는데 언니 역시 우는 것 같아 결국 포기하고 계획보다 늦게 부산에 집을 구하러 오게 되었다. 현호는 가고 싶은 요리학과가 있는 고등학교를 갔고 난 현호가 간 고등학교를 주위 집들을 알아보았다.

부산에 와서 현호는 만나지 못했다. 가족과 함께 부곡하와이에 갔다고 하였다.

나는 차를 팔아서 현호의 학교 가까이에 원룸을 얻었다. 현호가 온다고 생각하니 돈은 없고 아무에게 말도 못 하고 마음이 답답하였다.
부모님과 언니, 동생을 만나서 부산에 온 기념으로 밥도 먹고 얘기도 하고 헤어졌는데 나는 아무 걱정 없는척하였다. 그러나 몸이 이상하여 병원에 갔더니 자율신경의 부조화라는 진단으로, 며칠 전 수면제를 먹어서 일시적으로 그런 것일 것이라 하였는데 나의 모습이 자꾸만 부끄러웠다.

현숙 언니에게 돈을 받지 못해서 오는 스트레스가 몸으로 온 결과인지 감기가 좀체 낫지 않고 한 달 넘게 계속 몸이 좋지 않았다.

취업

현호는 학교에 잘 다니고 있었고, 나는 몸을 추스르고 직장을 구하기 위해 많은 노력을 하고 있었다. 노력하는 가운데 동호회 회원인 그리 친하지 않은 지수라는 친구가 서울에서 부산으로 왔는데 아무튼 스케일이 큰 친구였다. 지수는 나를 데리고 다니며 사회복지 법인 원장이었다며 나를 사람들에게 소개했다. 난 사무국장이었다고 지수에게 얘기했는데 내가 거짓을 얘기하여 화들짝 놀랐다. 그렇게 하여 지수는 자기의 위상을 높이기도 했지만 난 그 덕에 노인복지시설 실장으로 취업이 되었다.

실업 두 달 만에 여름의 시작과 함께 취업하여 첫 출근을 하였고 나의 직책은 노인 상담 실장이었다.

무지 피곤한 월요일이었다. 내가 일하는 이곳은 사회복지 분야에서 실무를 제대로 한 사람이 없어 무에서 유를 만들어 내어야 했다. 노인 파견 센터와 노인 상담 센터 두 시설을 운영하는데 이미 소장과 복지사도 있었지만 모두 사회복지 실무 경험이 없어 내가 일의 체계를 잡아주었더니 회장님께서 나를 키워주신다고 하며 흡족해하는데 나의 관심 분야는 아동이라 이곳이 나의 평생직장이라는 생각은 없었다. 지금으로선 아무런 대안이 없어, 그냥 현재 직장에 열심히 다니면서 기회가 오길 기다리며 충실하고 있었다.

현호는 나의 원룸 열쇠를 가지고 있었으므로 내가 직장에 가고 없으니 학교 마치고 친구들과 원룸으로 와서 놀다간 흔적이 있었다.
고등학교 생활을 하니 나름 바쁘게 살아가는 것인지 내가 연락해도 답이 잘 없었다.
친구들과 담배를 피우고 야동을 보던 현호의 안부를 옆에서 볼 수 있고 청소년기를 별 큰일 없이 보낸다는 것이 일단은 마음이 편하였다. 그리고 아빠에게 억압당하지 않고 처음으로 자신을 뜻을 관철시켰다는 것이 마음이 놓였다.

이제 쓸쓸한 가을 냄새가 아침저녁으로 풍기며 언제나 그랬듯이 가을은 서늘한 바람으로 살갗을 스치고 포옹하며 짧은 팔소매 깃으로 들어왔다.

차가운 바람과 함께 퇴근길에 집 가까이 오니 붕어빵 굽는 아주머니가 오늘따라 눈에 들어와 붕어빵을 사서 작은 음악 소리에 귀 기울이며 집으로 향하는 나의 모습이 감정 없는 기계가 돌아가는 듯하여 행복하고 만족하는 요즈음이라 하는데, 웃음기 없이 무표정하게 혼자서 붕어빵을 먹고 숨 쉬고 사는 나의 모습에서 냉혈 인간의 삭막함이 느껴졌다.

2007년 새로운 해를 맞이했다. 언제부터인가 생각해 보니 작년부터 나는 10월의 마지막 날에 의미가 없어졌다. 난 또다시 태어났나 보았다. 그리고 내일도 다시 태어날 것이다. 매일 매일 새롭게 태어날 것이다. 그 어떤 과거도 나를 가둘 순 없다. 죄의식, 우울감, 생각의 감옥에서 탈출하여 새로운 올해를 만나야지.

아침에 눈을 뜨고 꿈을 생각했다. 술만 마시면 꿈에 현호가 나타났다. 그것도 아기로, 안타까움으로 나타나서 꿈을 꿀 때마다 난 혼신을 다하는 안타까움으로 가슴이 아프다 못해 숨을 못 쉴 지경이었다. 그러나 오늘 꿈에서는 현호가 스스로 새엄마의 횡포에 반항하고 날 찾아왔다. 난 현호를 보호하고 새엄마를 쫓아냈다. 그나마 지금까지의 꿈처럼 슬프기보다 힘을 약간 얻은 꿈이다. 이기고 싶었다. 꿈속에서라도 새엄마가 현호에게 용서를 빌고 현호 아빠가 현호에게 용서를 빌고 현호가 나를 이해했으면 좋겠다는 생각이었다.

막상 부산에 왔는데 현호는 생각보다 그리 시간이 많지 않았다. 현호 꿈을 꾸고 나니 현호 생각이 자꾸만 나고 눈물이 나서 견딜 수가 없어 현호에게 전화했더니 받지 않았다. 지금 시간은 밤 10시가 넘었는데 기다리는 현호의 전화는 여전히 오지 않았다.

상담 선생님께 갔다. 한 번씩 선생님과 나의 어린 시절부터 해서 상담을 하니 나를 돌아보는데, 많은 도움과 지지를 받는 느낌이라 좋았다.

지금 직장 생활도 불만은 없는데 노인복지 분야는 나의 관심 분야가 아니고 아동복지 분야가 나의 관심 분야라 사명감, 성취감 없이 일을 하고 있으니 지겨워지기도 하고 관심 분야에 열정을 쏟고 싶어 개인 아동 시설을 준비해야겠다는 생각이 들었다.

현호와 오랜만에 통화가 되었다. 친구들과 잘 지낸다고 하여 현호의 즐거운 학창 시절이 상상되어 정말 기뻤다.

아동 시설에 대해서도 알아보고 바쁜 하루였다.
새로운 일을 구상하려니 두렵고 힘들고 불안감으로 누군가에게 기대고 싶어지고 있었다.
어제의 피곤함이 오늘 하루 동안 맥을 못 추게 하여 힘이 없었다. 그러나 두려움에서 벗어나 부지런히 움직여야 한다며 나를 오늘도 재촉하였다.

오랜만에 현호를 만났는데 언제나 현호를 보면 가슴이 아파온다. 그래도 작년보다 많이 좋아져서 감사할 일이었다.

상담 선생님께 갔다. 예전 첫 상담 시 "쯧쯧" 하는 소리에 나의 편이라는 느낌이 들어 난 너무도 마음이 편해지고 그 당시 나의 지지자가 없었던 불쌍한 나의 모습과 선생님의 따뜻한 고마움이 아직도 뚜렷이 남아 있다는 말을 전하며 며칠 전의 꿈 얘기를 했다.

꿈에 파도가 세차게 밀려왔다가 밀려갔고, '남동생이 저 센 파도 때문에 죽었구나. 나로 인해 죽은 것이 아니구나'라는 생각을 했다고 얘기하였다.
그리고 요즈음 엄마들이 애들에게 하는 걸 보면 난 늘 현호에게 저러지 못했는데 부끄럽고 가슴 아프다. 죄의식으로 죽을 만큼 힘들다는 얘기도 하였다.
반면에 그러나 나도 변명의 여지는 있다고 하며 나는 나의 모습을 통찰하고 있었다.

현호에게 전화 와서 엄마인 나와 살기를 희망하여 난 어떻게 해야 하나? 지금 현호는 많이 중요한 시기고 나 역시 중요한 시기인데 현실적으로 경제적으로 여건도 고려해야 하고 현호 인생 진로도 봐줘야 해서 어제저녁, 잠을 이루지 못해 피곤의 연속이었다. 지금 내가 하는 일 역시 진도가 나가지 않고 머리에 이것저것 너무 많은 것이 있으니 멍하였다.

내일 현호와 현호 친구들이 집에 오니 집을 청소하고 라면을 준비해 두었다.

며칠 전 현호는 집에서 나오겠다더니 이제 또 연락도 없고 문자에 답도 없었다. 현호의 심리에 따라 나의 마음은 안정이 되었다가 불안했다가 왔다 갔다 하고 있었다. 현호에게도 아무 도움이 되지 않고 나의 불안이 현호에게 전염될까 오히려 염려가 되었다. 현호는 지금 사춘기를 겪고 있는 것이었다.

사무실에서 외국어 단어를 정리하고 자원봉사자 교육원에 가서 공부하고 열심히 움직이고 있지만 마음 한편에선 어떻게 나의 일을 시작하나? 나의 길을 가야 하는데 어떻게 무엇부터 행동해야 하나? 온통 이런 생각이 드는데 어이없이 현호 아빠의 새 가정이 생각나며 나와 비교하게 되어 나의 무의식에 뭐가 있는지 찾아내어 없애버리고 싶었다.

비가 온다. 창밖에 빽빽이 들어선 빌딩들이 비에 젖었다. 바람 소리, 자동차 달리는 소리들이 비에 젖어 주룩주룩 소리 내어 울었다. 비에 젖은 도시가 슬프다. 빌딩들도 주르륵주르륵 눈물 흘린다.

꿈을 이루다

희망

며칠 내린 비가 무색할 만큼 아름다운 하늘이었다. 내 삶에 다소 결핍된 것은 있을지라도 오늘같이 아름다운 하늘을 보니 불만도 두려움도 없었다.

몇 달 동안 많은 생각과 불안과 희망과 용기가 마구 섞여 하루하루 다른 패를 들고 놀았지만 결론을 내었다. 친정과는 늘 멀리 떨어져 살았던 나는 처음으로 친정과 가까운 곳에 아동 시설 장소를 구하고 인테리어를 시작하였다. 장소만 구하고 아직 다른 곳에 출근을 하는 중이라 처음으로 친정 가족의 도움을 받아 언니, 동생이 청소와 이사를 도와줘서 고마웠다. 실망시키지 않도록 열심히 해야겠다는 생각과 고마움으로 가족들 모두 모여 저녁을 먹기로 하였다.

내 인생의 전환점인 아동 시설 개원을 준비하게 되었다.
생각해 보면 20대에 아무 생각 없이 어려운 아이들을 위해 일을 하고 싶다고 늘 말한 적이 있었고 이후 잊어버리고 살았는데 결국 46세가 된 지금에서야 이루었다. 늦지만 한다는 것이 중요하고 뭔가 모를 일이지만 기적은 늘 나의 삶과 함께하지만 고통 속에 있다 보니 느낄 여유가 없었을 뿐이었다.
그뿐만 아니라 사회복지학을 공부하면서 나름 심리학을 수박 겉핥기식으로 공부하여 나름대로 참 나를 인식하며 살아간다고 생각하였으나 실상은 분노, 슬픔, 피해의식의 감정에 압도당하였다. 하지만 이러한 나의 모습을 알아차리며 살아간다는 것 그 자체만으로도 기적이고 성장이었다.

나의 본성은 열정적으로 나의 능력을 발휘하고 사람들에게 선한 영향력을 행사해야 행복을 느끼는 사람인 건 분명하였다. 착해서도 천사여서도 유능해서도 아니고 나의 삶이 고통의 삶이었기에 누구보다 고통과 상처에 공감을 잘하는 사람이기에 그런 것이었다.

계속 바쁘다고는 하지만 해야 할 일을 미루고 회피하기에 일은 진도가 나가지 않고 정작 내가 무엇을 했는지 모르고 엉뚱한 곳에서 맴돌고 있는 심리 상태에 있다는 것을 깨달았다. 나는 나를 행동하도록 만들어야 한다는 것을 이제는 알기에 우선순위를 정하고 할 일들을 매일 노트에 막 써내려 가기 시작하였다. 그리고 그 할 일들을 해나가며 완료된 것은 체크를 하고 미완료 된 것은 다음날 노트에 또 써 내려가서 할 일과 해야 할 행동을 명료화하며 성과를 내기 시작하였다.

무지 더운 가운데 아동 시설 간판 견적을 내고 7월에 인테리어를 마무리하고 드디어 내가 다니던 노인 센터에 사직서를 내고 나니 수입이 없는 현실을 깨달았다. 아동 시설을 하기 위해 내가 살던 원룸의 전세도 필요해서 나는 원룸에서 아동 시설로 이사하였고 교실 하나에 칸막이를 만들어 몇 안 되는 나의 짐을 숨겨놓고 아동 시설에서 숙식을 하였다.

영옥과 정미가 와서 축하해 주고 후원 가입 신청도 해주었다. 언니, 동생도 후원 가입해 주었다.
현재는 아동은 한 명도 없고 운영비 지원도 없고 나의 월급도 없는 생활을 1년간 해야 하였다.
강제성 없이 스스로 일을 만들어야 하는 것이 정말 힘든 것이지만 나는 전 직장에서 노인 상담 시설을 무에서 유로 만든 경험이 있어 할 수 있다는 희망이 있었다.
가가호호 방문하여 아동 다섯 명을 모집하였다.
나는 달리고 달리고, 지치고 지치고, 내일 또 달리고 지치고를 반복하며 해내는 하고잽이가 되어갔다.

오후에 현호를 만나서 점심 먹고 엄마 집에 인사하고 아동 시설로 와서 차 한잔하고 아동 시설을 보여줬더니 좋아하여 뭐라 형용할 수 없는 행복이 엔도르핀을 마구 만들어 내었다.

추워졌다. 가만히 있어도 떨어지는 지친 나뭇잎을, 차가운 바람이 휘몰아 차로에 굴렸다.

아동 시설을 개원한 지도 어느덧 6개월을 넘어가고 정신없는 하루하루가 지나고 있는 가운데 크리스마스가 오니 후원 단체인 준종합병원에서 아동들 불고기 버거를 후원하여 햄버거 가게로 아이들을 데리고 갔더니 아이들이 너무 좋아하였고 나 또한 기뻤다. 무에서 유를 만들어 가는 것이 눈에 보이기 시작하고 열심히 하니 소개로 아동들이 찾아와서 다섯 명이었던 아동이 배로 늘어나고 있었다.

조금 늦은 시간 연산 로터리를 걸어가는데 북적이는 도시 야경이 혼돈의 시대 같은 느낌이었다.
빌딩 숲 열기에 흠뻑 젖은 땀 내음, 흔들리는 알코올 내음, 찰나 찰나 번쩍이는 형형색색 네온사인, 온갖 눈동자가 빌딩 벽에서 껌벅인다. 병든 자는 소비자가 되어 이 밤도 흔들리고 파란 눈, 빨간 눈은 쉬지 않고 껌벅인다. 사람들은 비틀거리며 눈동자에 빨려들어 혼돈의 유혹이 오늘도 찬란하다.

서류 일만 해도 태산같이 밀려 있는데 아침부터 계속 찌든 때 벗기며 청소하고 나니 너무 많은 서류들 때문에 질식할 것 같았다. 현장에서 아이들과 소통하고 일하는 것은 힘들고 보수가 없어도 즐거워서 그나마 다행이었다.

아이들이 모두 퇴원하고 혼자 있으니 을씨년스러운 바람 소리가 왜 이리 더 춥고 냉랭하게 느껴지는지 마음 둘 데가 없이 허했다.

오늘은 늦은 시간까지 행사에 참석하고 귀가했다. 사회생활의 일부로 이렇게 인맥을 쌓고 관리를 잘하는 것 또한 필요하였다.

봄바람인데 겨울바람이 쳐들어온 것 같이 거칠다. 거칠지만 봄은 봄이니 조금만 더 견디면 운영비 지원을 받고 나도 급여를 받을 수 있어 봄날이 올 것이다. 경제적인 압박이 점점 나의 목전까지 무섭게 다가오다 보니 배가 부른데도 자꾸만 손은 입으로 무언가를 넣고 배는 점점 불러와서 몸무게만 불어나는 가운데 일의 순서를 정하고 다시 힘을 내기 위해 나 자신을 재촉하였다.
  이렇게 너무 바쁘게 살아가다 보니 과부하 현상이 일어나 눈에 보이는 모든 것이 뭔가 말하는 것 같은데 표현할 수가 없었고 자음과 모음이 조각조각 떠다니는 것 같았지만 마음을 다잡았다.

정미는 그간 솔로로 있다 1년 전에 카페 손님이었던 사람과 진지한 만남을 하더니 결혼하기로 하였다고 하여 영옥과 함께 정미의 카페로 갔다. 정미의 남편 될 사람은 고등학생 아들을 둔 한 번 결혼하고 이혼한 돌싱남으로 중소기업 사업체를 운영하며 경제력이 좋다는 소식을 들었다. 정미는 어릴 때부터 늘 하류 인생을 접하며 사는 것이 불만이라 나름의 노력으로 말투나 행동이나 외모에 품위를 덮으려고 노력해 왔는데 늘 동경해 왔던 상류층으로의 신분 상승에 대한 욕구를 결혼을 통하여 이렇게라도 이루었다.

정미의 결혼식 날이었다. 신랑이 부유하여서 호텔에서의 결혼식이었고 결혼식과 함께 둥근 탁자 위에 와인과 스테이크가 배달되어 왔다. 정미의 남편 될 사람의 부모 형제들과 가까운 친척들이 둥근 탁자 위로 네다섯 명씩 둘러앉았고 정미와 나 영옥만이 참석한 조촐한 행사였다. 호텔과 잘 어울리는 외모를 가진 정미는 가슴의 상처는 나의 것이 아닌 양 밝은 모습이었다. 날이 갈수록 편안한 얼굴로 변하는 영옥과 나는 정미의 행복을 바라며 프랑스로 가는 신혼여행길을 배웅했다.

꿈을 꾸었다. 잠을 자기 위해 술을 한두 잔 마시다 보면 좀 과하게 마신 날에 언제나 취해 자면 꾸는 꿈이었다. 지갑을 잃어버리는 꿈. 그러나 오늘은 나의 지갑을 훔치려는 사람을 잡아서 그 입을 찢으려 했다. 혹시 손을 물어버리면 어떻게 하나 걱정은 되었지만 잡아야 한다는 의지가 더욱 강했다. 꿈에서 내가 한 말이었다. "두 번이나 나의 지갑을 훔쳐 갔는데 현금만 털렸다. 그때 내 심정이 어땠겠냐"라고 하며 큰소리로 절규를 하였다. 그리고 도망가려고 변명하려는 그를 파출소에 데리고 갔다.

　일어나니 새벽 3시 30분 정도였는데 꿈이 너무 생생하여 그때부터 잠을 이룰 수 없었다. 이제 뭔가로부터 빼앗긴 느낌의 무의식에서 탈피하는 걸까? 기분은 꽤 괜찮으면서도 씁쓸하였다. 비는 추적추적 오는데 나의 알 수 없었던, 그러나 어렴풋이 느낌으로 느끼는 무의식을 생각하며 박탈감, 나의 무의식에서는 그것이 박탈감이라는 것. 빼앗겼다는 것을 생각했다. 그래서 술에 취하면 잃어버리는 꿈을 꾸었나? 오늘로 나의 박탈감은 없어진 것 같은 느낌이 들었다. 거울 속에 나의 모습이 한층 안정된 것 같아 기뻐하며 "진실로, 진실로 나와 만나서 자유로워야 한다"라며 중얼거렸다. 나는 자유로운 공간이어야 숨을 쉬고 살 수 있는 사람이어서 어릴 때 엄마의 잔소리를 그리 듣기 싫어했나 보았다.

　아이들도 늘어나고 일도 많아 짐에 따라 팀장과 복지사 두 선생님을 모집하여 함께 일하고 있으니, 나의 일이 줄어들어 살만한 나날을 보내고 있는 요즈음 나의 일은 그야말로 아동들에게만 집중할 수 있어 행복이 나에게 팔짱을 낀듯하였다.

　연휴 동안 연이어 산행하며 인맥 쌓는 업무의 연속으로 피곤하기도 하지만 성취감도 있고 건강도 챙겨서 좋았다.

　꿈에 현호가 나타나서 나의 무관심으로 고통을 겪고 있었고 나는 후회에 시달리다 고통스러워 소리치며 깨어났다. 현호에게 전화했더니 오늘 스승의 날이라 일찍 마친다고 하였다. 현호와 만나기로 약속하고 학교로 가서 선생님을 만나서 얘기하고 현호와 현호 친구 한 명과 점심을 먹고 우리 아동 시설 선생님의 선물 사 오고 하니 뿌듯하였다. 현호가 고등학교 시절을 나름 즐기고 있어서 나와 연락이 되지 않았던 것이라 안심이 되었다.

갱년기

이럭저럭 언제 나의 나이가 47세가 되었는지 얼굴이 화끈거리고 감정이 기복이 심해지고 심장이 두근거리는 흔히 '갱년기'라고 하는 증세가 나타나기 시작하였다. 오늘도 아동 시설 앞을 걸어가는데 낯익은 듯 낯선 듯 경치와 건물들이 고요한 가운데 저마다의 사연을 얘기하는 듯했고 그 모습에서 나만이 움직이고 있다고 착각하였다. "바람이 왜 이리 쌀쌀한 거야" 하며 혼잣말을 속삭였다.

일과 성취감에 몰두하다 보니 감성과 사랑이 없어진 나는 여전히 늘 사랑을 더욱 간절히 원하였는데 "사랑을 잊어버리자. 외로움을 잊어버리자"라고 말하며 내가 가고 있었다. 사랑을 잃어버린 내가 쓸쓸히 가고 있었다.

일요일인데 괜스레 우울함에 빠져 현호 생각이 났다. 이제 현호를 아프거나 슬프거나 이런 식으로 생각하지 않고 그 어려운 환경에서 잘 자란 대단한 아들로 생각하기로 하였으니, 생각대로 된다는 생각의 에너지를 믿어야 한다.

　이제 어느 정도 아동 시설의 체계가 자리 잡혀감에 따라 나는 사람들을 덜 만나도 되어 원래 나의 성향대로 주로 아동 시설에 혼자 있게 되었다. 그런데 이 우울함이 아동 시설 아동들과 복작거릴 때는 아이들과 일하는 게 재미있고 만족하여 언제 그랬냐는 듯 활기차서 열정 덩어리가 되는데 아동들이 가고 혼자 있으면 삶이 무미건조하고 재미가 없어 웃음을 잃었는데 이제는 억지웃음 따윈 싫어 무표정하게 살아가고 있었다.

　오늘 아침 새벽 3시에 일어나서 주위를 살피며 "외로움과 사귀자" 하며 다시 잠이 들어 늦은 시간까지 잠들어 늦잠을 자고 일어났더니 창틈으로 햇빛이 한 줄기 관을 만들어 수많은 먼지들의 춤사위를 보았다. 관속에 손을 넣어 먼지들을 잡아보니 먼지들은 잡히지 않고 빈 손바닥만 있었다. 햇살이 지나간 자리 한 줄기 관도 없어지고 텅 빈 허공만 있지만 보이지 않는다고 없는 것이 아니라는 것을 알게 되었다.

　며칠 동안 아동 시설 평가 감사를 준비하느라 밤을 새워가며 일을 하였다. 평가를 서류로 하다 보니 서류에 약한 나는 불리하지만 어쩔 수 없었다. 평가를 마치고 드디어 아동 시설 운영금을 구청으로부터 지원받게 되어 많은 돈은 아니지만 일단 매달 급여가 해결되어 너무 기분 좋았다.

눈을 뜨니 새벽 3시 45분. 잠을 자야 한다는 강박 관념에서 벗어나 그냥 일어나서 이것저것 하다 보니 이제 그냥 새벽이 좋아졌다.

잠이 깨니 새벽 3시 40분. 잠이 오지 않아 옷 정리하고 창문 밖도 내다보았다.

택시, 자가용, 오토바이 기계들이 움직이고 있었다. 사람 사는 세상이 아니라 기계가 사는 세상 같았다. 대형 주차장에는 고양이 한 마리가 나름 무슨 생각인지 등이 가려운지 누워서 뒹굴다 쪼그리고 앉고를 반복하고 있어 휘파람을 불어봤더니 돌아보았다. 이 도시, 이 새벽에 저 고양이와는 나는 서로 바라보고 눈을 맞추었다.

오늘은 현호가 고등학교를 졸업하는 감격스러운 날이다. 졸업식장에 도착하여 행사를 마치고 점심을 먹으려는데 현호는 친구들과 어디로 가는지 약속이 있다고 하여 행사만 참석하고 별 얘기도 못 하고 돌아왔다.

방학이라 아침에 갈 곳 없는 아이들이 와서 먹고 놀다 가는 곳이 우리 아동 시설였다. 나는 원래 취지가 그러했기에 아낌없이 먹을 것을 주고 교실 한 칸을 내어주었다.

방학이 오면 나는 고학년 아동들을 데리고 여행을 다니고 저학년 아동들은 선생님과 함께 동네 수영장으로 가서 놀게 하였다.

방학마다 이러한 행사를 하여 아동들이 몹시 좋아했지만 함께하는 선생님은 몹시 힘들어하였다. 특히 고학년 방학 여행은 아마 평생 기억에 남을 것이라 생각하여 나 역시 힘들지만 아이들이 좋아하니 내 마음이 더 뿌듯해져서 즐거움이 컸다.

우리 아동 시설의 가정은 대부분 한 부모 가정인데 아동들의 부모님도 부족한 나에게 의지를 많이 하였다. 비록 삶의 착오로 실수도 많이 하고 심리적으로도 우울기는 있었지만 나의 경험을 토대로 아동과 학부모에게는 도움을 주고 내가 아는 길을 안내해 주기도 하여 아동 시설의 아동 숫자는 늘 차고 넘치고 있었다.

현호에게 전화했더니 어쩐 일로 전화를 받아 대화를 하니 고등학교를 졸업해서인지 이런저런 일과 관련된 얘기가 되었고 현호의 목소리에 힘이 들어가 있어 내 가슴속에 행복이 들어와 자리를 잡았다.

청년 현호

대학교 생활

현호는 고등학교 졸업 후 양산에 있는 전문대학교 요리학과를 갔고 그곳에서 아빠가 얻어준 원룸에서 살고 있었는데 아빠와 새엄마가 오지 않아 나는 한 번씩 가서 청소도 해주고 과일과 먹거리를 챙겨주고 돌아오는데 버려진 아이 같아 마음이 많이 상했다.

현호는 그간 빵 공장도 다녔고 카페에서 알바하며 여자 친구도 만나며 산다고 하였다. 현호가 여자 친구를 만나고 사는 걸 보니 마음이 놓였다. 여자 친구도 못 만나고 다닌다는 것은 너무도 끔찍한 일이다.

일요일 현호는 여자 친구와 함께 아동 시설로 왔는데 생각만큼 힘들어 보이지는 않아 마음이 놓였다. 학교생활도 그런대로 재미있게 한다고 하며 특히 교수님께서 데커레이션을 잘한다고 칭찬하신다고 하여 기분이 아주 좋았다.

아~ 봄이다. 마구 들판을 뒹굴고 싶은 마음에 산책길을 나섰다.
따사로운 햇빛이 아지랑이를 보내어 벌, 나비를 초대한 무지개 꽃 대궐.
수줍은 꽃봉오리가 봄 햇살에 반해 한 꺼풀 한 꺼풀 속살을 보여주고, 속살 내비친 꽃들에 반해 벌, 나비 모여들어 허니문을 만든 축제에 초대받은 느낌이어서 황홀하였다.

꿈을 꾸었다. 나는 아기 현호와 지금의 현호를 수레에 태우고 끌고 달려가고 있었다. 그런데 아기 현호와 지금의 현호가 수레 끝에 아슬아슬하게 잠을 잔다. 그래서 나는 떨어질까 다시 수레 위에 잘 올렸다. 그리고 어떤 경계를 넘어갔더니 물길이 세차게 흐르고 있었다. 그곳에 둘 다 떠내려갔다. 난 놀라서 내려갔더니 어느 지점의 약한 물살에서 지금의 현호가 걸어서 나오고 있었다. 많이 반가웠다. 현호가 지금의 나에 대해 "지금은 그렇지만 예전에는 바람났었다"라고 말을 하여 나는 어쩔 줄을 몰라 했다. 꿈을 꾸고 일어나니 마음이 많이 좋지 않았다. 무의식, 나의 무의식의 활동일까? 아님 현호 아빠가 주입시킨 현호의 현실일까? 억울하다고 이제는 말하고 싶은데 할 말을 못 하고 있다.

내가 어릴 때 현호 아빠를 만나고 계속 성장통을 겪으며 살았듯이 현호도 그럴 것이다. 나는 만약 이혼하지 않았다면 늘 외로움과 우울함으로 불만하고 울고 타인과 관계도 잘 맺지 못하고 살았을 것이었다. 지금 내가 이렇게 나의 내면세계를 탐색하고 알아가고 있는 것은 나의 고통, 아픈 과거 덕분이었다. 현호도 큰 고통이 큰 성장을 이루어 줄 것이기에 현호를 믿어야 한다.

지금도 나에게 문제가 없는 것은 아니다. 아직도 여전히 나는 나의 이혼 사실을 숨기느라 비밀도 많고 사람들과 가까운 관계를 맺지 않아 불편하게 살고 있고 우울하기도 하지만 다행인 건 문제가 있는 나를 볼 줄 안다는 것이고 과거에는 늪인 줄도 모르고 걸어가다 빠져나오려고 힘들었다는 것이었다.

꿈을 꾸었다. 남자 두 명이 짜장면을 먹었다. 나도 짜장면을 먹었는데 다른 여자가 나의 면을 절반 들고 갔다. 그리고 장면이 바뀌어서 친구 집에 음식을 가득 차려놓고 온갖 어려운 사람들에게 음식을 나눠주었다. 나는 그곳에서 자원봉사를 하다가 나도 음식을 먹으려고 줄을 섰다.

아침에 일어나니 나의 짜장면을 뺏긴 것도 그렇고, 어려운 사람들에게 자원봉사를 했는데 나도 어려운 사람이라는 생각이 들었던 것 같다.

현호와 전화했는데 현호의 목소리가 힘이 없고 무슨 일이 있는 듯한 느낌이라 나의 마음이 우울해졌다.

현호의 하나하나에 나 혼자만의 생각으로 예민해져 우울해하는 이런 나의 태도부터 바꿔야 한다는 것 알고 있지만 쉽지 않았다. 현호는 지금 청년 시절을 보내고 있으니 나의 청년 시절을 생각해 보면 알 수 있다.

현호 아빠가 나에게 어떤 존재인가 솔직히 알아야 해서 깊이 생각해 보니 현호 아빠가 힘든 것도 원하지 않고, 잘못되면 보살피고 싶은 마음이 있고, 현호에게 소홀하면 죽이고 싶고, 나에게는 냉정해도 상관없고, 이런 상태였다. 인간적인 관계이면서 현호를 책임져야 할 존재. 그랬다. 스스로 현호를 책임진다고 했으니 그래야 하였다. 생각하기도 싫지만 현호가 아빠와 애증의 관계라고 생각을 하니 현호가 얼마나 고통스러울까 싶었다.

며칠 계속 피곤해서 어제는 거의 열 시간을 자고 완전 수면에 들어 자고 일어났다.
꿈을 꾸었다. 완전 수면에 들어가면 꾸는 꿈. 도둑이 드는 꿈. 예전에는 신고도 못하고 다 잃어버렸는데 몇 년 전부터는 신고도 하고 잃어버리지도 않았다. 도둑이 들었는데 난 그 도둑을 봤고 현금을 잃어버린 것은 없고 목걸이 같은 것만 잃어버렸고 경찰이 왔고 경찰이 지목하는 인물이 내가 본 도둑이 맞았다. 잡는 건 시간문제라고 하고 잠에서 깼다.
이것이 무의식인가 보다. 예전에는 늘 빼앗겼고 빼앗긴 느낌으로 꿈을 꾸었는데 이제는 꿈에서도 빼앗기지 않는다. 무의식이 해결되는 건가? 어린 시절 세포 속에 들어 있던 나의 감정이 해결되는 것일까? 당연히 지금은 어른이고 타인에 의해 박탈당하는 것은 없을뿐더러 모든 것은 나의 선택이다.

현호와 통화하였는데 요즈음은 또 계속 목소리에 힘이 하나도 없어 이러지 않기로 했는데 또 나의 마음이 아파왔다.

일요일이면서 구정이 되었다. 현호의 힘없는 목소리 때문에 맘이 아프고 시린데 내가 어떻게 해줄 수 있는 상황이 아니라 그 원망이 현호 아빠에게 또 연결되었다. 구정인데 현호 빼고 자기들 셋만 가족으로 잘 살고 있구나 생각하며 그들을 또 죽이고 싶은 심정이었고 그들이 사랑하는 아들 창호도 현호와 같이 괴롭히고 싶은 악한 마음이 들었다. 그러나 사실 현호를 괴롭힌 장본인은 나였다. 현호 아빠도 용서하고 나의 죄책감에서도 벗어나야 하는데 쉽지 않았다. 현호는 구정인데도 아무도 보고 싶지 않고 혼자 집에서 꼼짝하기 싫다고 하여 나는 현호의 의사를 존중하고 나 역시 아무도 만나지 않고 집에서 꼼짝하지 않았다.

구정 연휴의 끝자락인 오늘은 현호의 원룸에 가서 점심을 먹으려고 현호와 약속을 했다. 부모 마음은 그런가 보다. 나의 엄마가 나에게 전화를 해서 구정에 혼자 뭐 하는가 걱정하듯, 나 역시 현호가 구정에 혼자 외로울까 봐 걱정이 많이 되는 건 어쩔 수 없었다. 나는 엄마가 나를 걱정한다는 생각보다 현호의 걱정이 우선이라 현호와 약속한 대로 양산으로 향하며 부모와 자식의 차이를 느꼈다.

현호에게 도착하였더니 화장실에서 개가 똥을 싸서 엉망진창이고 방에는 술병이 가득하였다. 설 연휴인데 혼자서 있는 모습을 보니 마음이 너무도 아파 가슴이 찢어지고 현호 아빠에 대한 분노가 치밀었다. 어떻게 해야 하나? 현호를 위해서 나의 행동은 어떻게 해야 하나? 먹거리 챙겨서 먹고 청소를 해주고 여자 친구와 약속이 있는 것 같아 돌아왔는데 나는 현호 아빠와 그의 가족을 다 죽이고 나도 감옥을 가야 하나 하는 악한 생각으로 치를 떨었다.

구정 연휴가 끝나고 다시 일상으로 돌아왔고 시간은 나를 일상으로 돌려보내고 있는 가운데 연휴 동안 밀린 일도 못 하고 해서 오늘 아침 일찍부터 늦은 시간까지 부지런을 떨며 일을 하였다.
　나의 무의식 속에 있는 현호 아빠와 그의 일당들에 대한 분노가 현호에게 전달될까 염려가 되어 현호를 위해서라도 이 분노를 접어야 한다고 생각하며 사무실에서 이것저것 하며 공부하고 좋았는데 현호의 힘없는 목소리만 생각하면 가슴이 찡하니 아팠다. 부모는 그런가 보다. 부모가 되어야지 무조건적인 사랑과 희생의 의미를 알 수 있는 것 같았다. 오늘은 현호의 전화 통화 목소리가 밝아서 기분이 좋았다. 그래. 현호에 의해 나의 기분도 왔다 갔다 하는 것을 인정하자. 아무리 노력해도 어쩔 수 없다. 시간 되는 대로 현호에게 맛있는 것을 준비해서 갈 것이다.

바람이 차서인지 감기로 몸이 좋지 않고 낫는 건지 더 악화되는 건지 약간의 불안감을 가진 채로 현호와 만나서 제법 긴 시간 이런 저런 얘기를 하다가 현호가 과거의 기억을 더듬으며 힘들어하는 표정으로 "엄마가 나를 외할머니 집에 맡겼다"라고 나에게 말했다. 그리고 현호는 "전포동에서 초읍으로 학교를 다녔는데 버스를 타고 종점까지 갔다 왔다"라는 얘기를 하는데 가슴이 미어졌다. 현호 아빠와 이혼하고 이사하는 과정에서 친정에서 며칠 지낸 적이 있었는데 나도 잊어버린 기억에서 현호는 내가 현호를 버리고 재혼하는 줄 알았다고 했다. 가슴이 또 철렁거리며 아파왔다. 그때 아이에게 준 상처가 너무도 크다. "현호야, 엄마가 정말 잘못했어. 용서해 줘" 나는 마음이 너무 아파 말도 못 할 지경이었다.

비가 추적추적 오고 있고 수많은 자동차 그리고 수많은 산업의 흔적인 빌딩 숲 그 사이로 새 한 마리가 날아가고 있었다. 이 도시의 팍팍함 속에 저 새도 동참하여 살아내고 있다는 것이 참 측은하였다.
보슬비가 소리 없이 내리는데 사람들은 빗속에서도 분주하다.

요즈음 상담 선생님과 상담도 하고 수면제도 먹는다.
잘 지냈는데 갑자기 심한 불면증이 찾아왔다. 나는 무엇을 위해 사는가? 상담을 통해서 요즈음 죄의식보다 현호에게 엄마로서 가질 책임감에 더 관심을 가지고 있으며 현호를 대단한 아들이라고 부르고 있었다. 그리고 요즈음 난 부쩍 또 그 지긋지긋한 외로움을 느끼고 있고 사랑 타령을 하고 있다는 걸 알게 되었다.

　마음 한편 늘 엄마 원망이 있었는데, 아동 시설 아동 중에도 나와 맞는 아이가 있고 맞지 않는 아이가 있었다. 나의 판단으로는 강한 아동이 약한 아동에게 귀찮게 굴면 약한 아동을 자꾸 보호하다 보니 강한 아동 입장에서 편애를 느낄 수도 있을듯했다. 난 나름의 상담 공부를 했으므로 아동들 상담의 중요성을 잘 알고 있고 성장 단계에서 누구를 만나냐에 따라 아동들의 성격 형성이 큰 영향을 받는다는 것을 알기에 가정에서 다소 상처가 있었다 하더라도 지금 상담을 통해 변할 수 있는 기회를 만들어 주려고 많은 힘을 쏟아 아동들 상담 연계를 많이 하였고 그 효과를 믿고 있었다.

현호 군 복무

　오늘은 현호에게 군 훈련 날짜가 다가온다며 전화가 왔다. 군대 가는 것을 꺼려하는 것 같았지만 난 날짜에 맞추어 만나기로 하여 현호를 차에 태우고 논산으로 가서 입구에서 쭈뼛거리는 현호를 밀어 넣었다. 현호가 군대에 갔다 오면 훨씬 성숙해진 채 나올 것 같아서 처음으로 현호에게 나의 생각대로 논산에 실어주었는데 일주일 정도 지나서 현호가 다시 부산으로 왔다.
　난 깜짝 놀라서 무슨 일이냐고 물었더니 군부대 상담 과정에서 우울증을 치료한 이력이 있어 의사 소견을 가져오라고 했다는 것이었다. 난 현호를 데리고 예전에 상담과 약을 처방 받았던 병원에 가서 치료 이력을 받도록 하였고 현호는 집으로 갔다.

이후 현호가 연락되지 않아 궁금했는데 오늘은 의미 있는 날이 되었다. 현호의 21세 생일이자 군대 가는 날 아침 일찍 전화가 왔다. 엄마로서 제대로 한 게 없는데 저 스스로 잘 자라줘서 너무 고맙고 대견하였다. 현호가 사람들 눈을 잘 보지 못하고 사람들 앞에서 웃기만 하고 말도 잘하지 못하지만 나처럼 실수하고 상처받겠지만 끈질기게 오뚜기처럼 다시 일어나며 성장할 것이다.

곧 현호가 훈련소에서 훈련을 마치는데 현호의 군복 입은 모습이 기대되었다.

논산에서 한 달 훈련을 받고 훈련을 마치는 날, 난 언니, 동생과 함께 현호에게 갔더니 현호 아빠도 혼자 왔다. 그곳에서 현호 아빠를 참으로 오랜만에 만났는데 처음 봤을 때 얼굴이 어둡고 경직되고 불안스러운 표정에 그간 어떻게 살았길래 얼굴이 저렇지, 하는 생각이 들어 놀라웠다. 다행히 현호는 훈련소에서 적응도 잘했고 모습도 편안해 보이고 인물이 훤칠하여 정말 대견하였다. 현호 아빠가 현호에게 관심을 가져주는 그 자체가 나에게는 너무도 기뻤지만 현호 아빠의 재산 자랑, 나에 대한 비난에 울화통이 터져 참고 있으니 열이 올랐다 내렸다 하였다. 그리고 의사로서 돈도 많이 벌었다는 우월감에 끊임없이 나를 무시하고 짓밟았다. 언니에게는 현재 부인도 나도 욕하고 무엇보다 현호의 정신적 나약함이 나를 닮아서 문제라는 말에 분노가 치밀었지만 나는 또 할 말을 하지 못하였고 그 이유를 현호를 위해서 참는 것이라 여겼다. 아빠라는 사람이 몇십 년을 아들에게 부정적 메시지만 주고 있는데 그만하라는 말 못 하는 엄마는 도대체 무엇 때문에 입을 다물고 열지 못하는지 스스로 어이가 없었다.

현호 아빠의 물질로써 모두 판단하여 그릇을 정하고 평가하는 역겨운 소리를 들으며 난 '네 맘대로 생각해라 인생에서 정말 중요한 게 뭔지 모르는 불쌍한 인간아'라고 마음으로 중얼거리며 그간 현호 아빠가 나의 가슴 한편에 남아 있던 아련함이 싹 정리가 되어 상처가 치유되고 벗어나는 느낌이 들어 이제야 온전히 나의 삶을 살 수 있겠다 생각하며 현호 아빠도 그렇게 되기를 바라게 되었다.

훈련을 마친 이후 현호는 나의 집과 가까운 경찰청에서 의경 요리사로 근무하게 되었다.

근무하면서 나와 현호 중대장님과 자주 연락을 하였고 그 중대장님께서는 현호에게 많은 좋은 영향을 주었고 현호를 인정하여 중대장님과 의경들의 중간 역할을 맡겼는데 너무 잘해주어서 오히려 현호에게 고맙다고 하여 너무도 감사했다.

잠에서 깨니 현호 아빠의 얼굴이 떠올랐다. 나의 상처, 현호의 상처를 현호 아빠에게도 알려 현호 아빠, 나, 현호 우리 모두의 상처를 말해서 사과할 건 사과하고 풀어야 제대로 살아갈 수 있는데도 난 말을 못 하고 입을 다물고 있는 이유를 모르고 있었다. 지금까지 현호 아빠, 현호 새엄마에게 온갖 부당한 말을 들어도 나의 이유 있는 대답을 하지 못하고 입을 다물고 있다 보니 혼자 있을 때 그들에 대한 분노가 도를 지나치고 있었다.

7부

끈질긴 삶

새로운 인생

패혈증

갱년기 나이가 되며 몸이 늘 개운하지 않고 늘 주기적으로 일정한 패턴이었던 생리가 불규칙적으로 나와 동네 여자 산부인과를 찾아 가게 되었다.

산부인과에서 자궁근종이라며 조직검사를 실시하여야 한다고 하여 조직검사를 하는 중에 배가 너무 아파서 기분이 아주 나빴다. 이후 계속 소량의 하혈을 하여 산부인과에 갔더니 조직검사 결과는 물혹인데 자궁근종 수술을 하려면 큰 병원에 가야 한다고 하며 소견서를 써주었다. 난 대학병원에 갔더니 자궁근종은 여성 80%가 가지고 있으며 큰 병이 아니니 순서를 기다려야 한다고 하였는데 순서를 기다리면 한 달 넘게 기다려야 해서 난 빨리 수술하고 싶은 마음이 컸지만 더 급한 환자들이 많다고 하여 어쩔 수 없이 기다리게 되었다. 이후 배가 기분 나쁘게 살살 아프고 점점 심해져서 온찜질을 하며 자는 날이 15일 되었다.

꿈에서 큰 뱀이 나를 향해 돌진해 왔다. 난 깜짝 놀라서 그 뱀의 목을 두 손으로 꽉 잡았다. 그리고 이 뱀이 독을 나의 얼굴에 뿜으면 나의 입으로 들어갈까 봐 고개를 돌렸다. 아니나 다를까 그 뱀이 독을 뿜었는데 그 뱀의 독이 나의 손에 묻었다. 끔찍한 꿈에서 놀라서 깼더니 온몸에 힘이 없고 숨도 잘 쉴 수가 없고 정신이 혼미했다. 난 온 힘을 다해 119에 연락하여 도움을 요청하고 문으로 기어가서 문을 열어놓고 쓰러졌다.

119에서 나에게 응급조치를 하며 정신 차리라고 하여 나는 겨우 내가 다니는 대학병원으로 데려다달라고 말을 하여 병원 응급실에 가게 되었다. 난 배가 점점 불러오고 숨을 점점 쉴 수가 없었고 변까지 저절로 나오는 상황까지 갔다. 곧 언니가 왔고 의사 선생님께서는 내장에 염증이 가득 차서 수술을 해도 위험하고 하지 않아도 위험한 상황이라고 하였고 자궁, 나팔관, 직장 등의 내장 적출이 있다고 하여 언니는 다 없애도 목숨만 살려주시면 된다고 애원을 하는 소리가 까마득히 들리기도 하고 모든 기능이 희미해지며 죽음을 받아들이게 되었는데 난 그동안 어떻게 살았나? 아동 시설에서 선을 행할 수 있는 기회였는데 좀 더 착하게 살걸! 하는 안타까운 생각이 들었다.

난 죽을 고비를 넘기고 수술을 하여 중환자실에 있으면서 꿈인지 환상인지, 양쪽으로 아름다운 꽃이 핀 길을 편하게 걸어가다 보니 장독대에 눈이 소복이 쌓인 눈길이 나와 눈길을 편안히 걸어갔더니 큰 상에 음식이 가득 차려져 있었는데 떡이 보였다. 이어서 나는 숨쉬기가 어려워 숨이 넘어가는 중에 빗소리가 들리고 옆에서 갑자기 언니야, 하며 우는 소리가 들리면서 정신을 차리게 되었는데 언니와 동생이 울고 있었다.

11월 20일 수술을 하여 중환자실에서 3일째라고 하였다. 정신이 드니 빗소리가 아니라 산소호흡기에서 나는 소리였고 내가 본 꽃길과 눈길 떡을 올린 상차림을 중얼거리며 얘기를 해서 동생이 내가 죽는 줄 알고 놀랐다고 하였다.

나는 고비를 넘기고 일반실로 옮겨졌고 언니 동생은 부모님께서 아시면 충격받으실까 봐 나의 수술 사실을 숨기고 둘이 번갈아 가며 병원으로 와서 정성을 다해 간병을 해주었다. 언니는 나의 손톱, 발톱을 잘라주고 동생은 나에게 안마를 해주어 나는 언니, 동생의 도움을 많이 받았고 의지하였다.

현호에게 내가 병원에서 수술하여 일반실에 있을 때 전화가 와서 수술한 걸 말했더니 오지 말라고 하였는데 오겠다고 하여 병원에 있는 엉망인 나를 보고 갔다. 병원에 있으면서 많은 감사를 느꼈다. 삶을 이어준 신에게, 나를 위해 황금 같은 시간을 내어주고 위로해 준 가족에게, 엄마 노릇도 못 했는데 찾아와 준 현호에게,

진심으로 걱정해 주는 친구들에게 모두 감사했다.

꿈에 뱀들이 나왔다. 나는 칼을 들고 뱀들을 쳐서 죽였는데 실뱀 몇 마리가 나의 몸으로 들어갔다. 깨어나니 기분이 찜찜했다.

입원한 지 20일이 지났는데 아직 오른쪽 갈비뼈 밑에 통증이 오고 하품도 기침도 하지 못할 지경이라 다시 모든 검사를 하니 폐에 물이 가득 차서 폐가 떠 있는 상태라 우선 폐에 물을 뺐지만 밤에 여전히 오른쪽으로 모두 아프고 숨 쉬면 오른쪽 갈비뼈 밑에 통증이 와서 끙끙 앓았다. 회복도 늦어지고 약물 과다로 머리카락이 부석부석 부서지고 살이 10kg 갑자기 빠져서 얼굴도 주름으로 자글자글하여 마음도 심약해져서 자포자기, 멍한 상태가 되어가고 있었다.

병원에서 28일째 되니 정신이 약간 들며 내가 왜 살아야 하는지에 대하여 의문을 가지게 되었다. 죽고 나면 내 육체와 영혼은 어디로 가는 거지? 내가 살아야 할 이유는 뭐지? 나는 죽고 나면 영혼의 세계가 있을 것이라는 것을 선택하였고 나는 아직 죽을 준비를 못했다. 지금 죽는다면 죽어서도 부끄럽다. 부끄럽지 않게 후회 없이 죽음을 당당히 맞이하기 위해 살아야 한다고 의문에 대한 결론을 내게 되었다.

병원 30일째, 잔치 국수가 먹고 싶다고 했더니 정미와 영옥이 국수를 삶아서 육수와 함께 가져와 맛있게 먹고 휠체어에 앉혀서 병원 곳곳을 돌아다녀 줘서 기분이 아주 좋았다. 정미와 영옥은 네가 오래 살려고 이런 고비를 넘긴다며 위로했는데 나는 지금은 죽어서도 부끄러워 못 죽는다고 하니 네가 왜 부끄럽냐, 자랑스럽지, 하여 하하호호 하며 우정을 나누었다.

새해를 병원에서 맞이하고 싶지 않아 병원 생활 40일 만에 긴 여정을 마치고 난 집으로 왔다. 퇴원 후 기억력도 없어지고 얼굴도 20년 늙은 것 같았다.

마음은 수술 전과 같은데 친구 생일날 약속도 까마득히 잊어버려 나로 인해 다른 친구들에게 피해를 주기도 하였고 무엇보다 아동 시설의 중요한 약속도 까마득히 잊어버려서 상대방에게 오해를 사는 일이 한두 번이 아니고 업무를 보려고 컴퓨터 앞에 앉으면 두통과 메스꺼움으로 문제가 심각하였다. 아동들도 내가 어떤 말을 하면 발음이 똑바르지 않아 웃으며 따라 하기도 하였는데 나의 마음만은 수술 전의 마음이라 몸과 마음이 따로였다.

업무 영향도 주고 지금 나의 상태로 아동 시설을 운영하기가 어렵다고 판단하여 내가 돌보는 아이들이 중학교 졸업을 하여 고등학교 입학을 준비 중이라 아이들 졸업과 함께 나도 팀장 선생님께 아동 시설을 넘겨주기로 결심하였다.

나에게 있어 마지막 아동 시설 지도 점검도 끝내고 팀장 선생님에게 아동 시설을 인수인계해 주었더니 팀장 선생님도 너무 좋아하였다. 고마운 것은 구청 지도 점검 담당자에게 아동 시설의 상황을 얘기했더니 구청 담당자가 나에게 "원장님은 아이들에게 참 진심이었는데"라고 말했다. 나름 소신껏 했지만 서류 평가에서 늘 하위였는데 역시 사람 사는 세상에서 진심이 통하여 알아주는 사람이 있어 너무 기쁘고 행복하였다.

죽음에 직면했을 때 가장 먼저 생각난 것이 사람을 사랑했냐는 것이어서 사람은 사람을 사랑해야 하는 이유를 체험했다. 사람을 사랑하고 희망을 가지도록 돕고 살았던 아동 시설을 운영했다는 것은 나에게 너무나 큰 행운이었다. 많이 부족한 사람인 내가 늘 감정에 휘둘리며 살고 있었지만 유독 아이들에게만은 나를 내어주고 안아주었던 것은 내가 착해서도, 능력이 있어서도 아니라 오직 현호의 어린 시절이 늘 나의 뇌의 절반 이상을 크게 차지하였으므로 모든 아이들을 현호 대하듯 하였기에 가능했고 아이들 부모들은 나의 시행착오에 대한 경험이라 가능했던 것이다.

아동 시설을 접고 나니 늘 어떤 일을 했던 나는 한 번도 이런 생활을 한 적이 없어 뭘 해야 할지 멍하기도 하고 여유롭기도 하였다.
삶이 죽음을 향해서 쉼 없이 가고 삶과 죽음은 늘 공존하고 있다는 것이 무엇인지 어렴풋이 알게 되는 것 같았다.

퇴원한 지도 벌써 5개월이 지나고 이제는 평소처럼 일어나고 몸도 많이 회복되어 가고 있지만 아직 운동할 몸은 아니었다.

언니와 점심 먹고 아동 시설 전세금 받은 것과 나의 저축금으로 자가를 마련하기 위해 부동산으로 가서 아파트 25평을 은행 융자 50%를 내고 계약을 하게 되었다.

생애 처음으로 내 집이라는 것이 생긴 사실이 너무도 기쁘지만 빚을 져본 적이 없어서 집을 사고 나니 돈 때문에 맘이 편치 않았다. 은행 이자는 아파트 월세로 충당하고, 난 원룸에서 살고 있기로 하였다.

채권 회수

가을 찬 바람이 쓸쓸하게 부는 어느 날, 한동안 연락이 끊기어 잊어버리고 살았던 현숙 언니가 뜬금없이 전화가 와서 나에게 빌린 돈을 보내준다고 계좌번호를 보내라고 하였다. 언니는 그간 열심히 일하였고 이제는 모든 일을 그만둔 상태이고 목돈을 만들었다고 하였다. 나는 언니에게 너무 고맙다고 하며 서로 살아온 세월을 나누었다.

기대도 하지 않았는데 다음 날 현숙 언니로부터 4천만 원이 왔고, 이자는 차츰차츰 갚겠다고 하여 나는 원금도 너무 감사하니 이자는 되었다고 하였다. 내가 지금 실업 상태라 뭔가 돌파구가 필요했기도 하였고 아파트를 마련하여 돈이 필요한 지금 이 시기에 이런 일이 일어나서 너무 놀랍고 신기해서 "언니 힘들 텐데 고마워"라는 말 외에 어떤 말도 나오지 않았다. 난 4,000만 원으로 아파트 대출을 갚아 많은 도움이 되었다. 내가 기적을 느낄 여유만 있으면 기적은 삶의 곳곳에서 일어나고 있었다.

돈을 보낸 현숙 언니와는 예전처럼 자주 전화를 하였고 나는 그간 나의 수술 이야기를 하고 아동 시설도 그만두었다는 얘기를 했더니 왜 전화하지 않았냐고 하며 걱정해 주며 강원도에서 형부가 휴양림에서 일하고 있는데 가서 휴양림 매점을 운영 겸 휴양하면 어떻겠냐고 제의를 해서 생각해 보겠다고 하였다.

잠이 깊이 들지 않아 새벽녘 창밖 세상을 둘러보았더니 빌딩, 나무, 그리고 그들의 소리, 몸짓, 가로수의 나뭇잎이 몇 개 달랑 남아 있었다. 어느새 계절을 느끼지도 못한 채 가을이 이 새벽에도 한 걸음 한 걸음 가고 있었다.
몇 개 안 되는 짐을 정리하다 보니 앨범 속에 불과 얼마 전인 40대 초반 사진을 보았는데 예쁘다는 생각을 하였다. 그런데 그 시절 난 내가 예쁜 줄 몰랐고 아니 지금까지 난 내가 예쁘다고 생각해 본 적이 없었다. 남들이 예쁘다고 말해주었는데도 인사말이라 생각하고 믿지 않았다. 스스로 예쁜 줄 모르고 산 세월이 길었다. 지금 보니 난 예뻤다.

나는 현숙 언니와 전화하며 강원도 휴양림 매점 일을 하겠다고 하였더니 형부가 입찰을 봐주고 현숙 언니도 강원도로 온다고 하여 강원도로 갈 준비를 하였다.

구정 연휴 동안 현호를 많이 기다렸는데 문자에 답이 없어 잘 지내고 있으리라 여겼다. 우리 모두는 누군가의 무엇과 서로 결합하고 또 새로운 뭔가가 생성되고 각자 자기만의 숱한 사연으로 눈빛에 저장하고 있고 그 저장의 내용이 비슷하면 눈빛도 비슷할 것이다.

어제 부모님과 소고기를 먹고 언니와 동생, 나 셋이 잠깐 얘기를 나눴는데 동생은 아이들이 어릴 때 아이들이 보는 앞에서 부부 싸움을 많이 하여 자책하고 언니 역시 형부와 관계가 쇼윈도 부부라 채워지지 않는 무언가가 있는데 그것이 무엇인지 모르겠다고 하였다. 경제적으로 성공을 거두어 겉으로는 행복해 보이고 화려한데 다들 삶의 무게가 컸다. 나는 동생에게 자책하지 말고 지금이라도 해결책을 찾아보자며 가족 상담을 권해주고 상담 선생님을 소개해 주었다. 언니도 상담을 해보라고 하였으나 언니는 "인생이 그런 거지"라고 하며 하고 싶은 대로 다 하고 즐겁게 살면 된다며 거부하였다.

제부와 형부는 돈을 많이 벌었는데 가정환경도 비슷하고 매우 성실하고 삶에 쉼 없이 최선을 다한다는 것도 비슷하였다. 그래서 웬만한 불만은 아내들이 감수해야 하는 몫이라 언니나 동생은 남편의 성향을 맞추어 주려고 노력하고 인내하며 살고 있다고 하였다.

아주 오랜만에 현호를 만났는데 군대 제대 후 점점 늠름해져서 기쁘고 흡족하였다.

상담 선생님과 상담하는 날이 되었다. 나는 예전부터 말해왔던 현실과 먼 이야기들, 가위눌림, 유체 이탈의 경험 이런 얘기들을 하였다. 원장님은 판단하지 않고 들어주셨다. 그러나 "나 스스로 현실의 세계에 관심을 가져도 바쁘고 불가사의한 일이 많은데 보이지 않는 세계까지 관심을 갖는 나 자신에 대하여 의문을 느끼게 된다"라는 말을 선생님에게 하게 되었더니 선생님께서 동의하시며 차라리 현재의 자각, 알아차림이 좋다고 말씀하셨다. 늘 그렇게 상담을 하고 나면 나의 가슴에 평화가 들어와 앉았다.

술만 마시면 아직 현호와 현호 아빠 꿈을 꾸었다. 현호 아빠가 나를 좋아하고 지금 창호 엄마는 귀찮아하고, 현호는 유아이고 컴퓨터를 보고 있었다. 여전히 꿈을 꾸면 현호의 모습은 안타깝기 그지없었다.

꿈에서 현호를 집에 바래다주었다. 빌딩 504호였는데 누가 오는 소리가 들려 끝 쪽으로 숨었는데 길이 막혀 있었다. 현호 아빠가 건장한 체격으로 내게로 와서 여기 이사 와서 벌써 창호 엄마와 두 번 싸웠다고 하였다. 그리고 창호 엄마가 돈이 어디 있다고 밍크코트를 사 입고 있다고 하였다. 조금 있으니 창호 엄마 목소리가 들려서 난 기어서 뒤로 도망 나왔다.
 꿈을 꾸고 일어나니 난 현호 아빠를 생각하지도 않는데 왜 이런 꿈을 꾸는지, 무의식은 아직도 정리를 못 했나 생각하니 서글퍼졌다.

상담하러 갔는데 환자들이 많아 꿈 얘기만 하고 빨리 나왔지만 그냥 마음이 편했다. 나를 바라보는 측은한 눈빛, 그 무엇으로도 보답할 길이 없다. 부지런히 노력해서 나를 편안히 만들고 변한 나를 선생님께 보여주고 나의 영원한 숙제 현호를 위해 선생님께 나의 숙제를 도와달라고 요청할 것이다.

꿈을 꾸었다. 세찬 파도. 남동생이 물에 빠졌다. 끈을 던졌는데 약해서 끈이 끊어졌다. 난 너무 안타까워서 몹시 흐느끼고 있는데 조금 후 누군가와 함께 남동생의 시체를 찾으러 다녔으나 못 찾아서 또 흐느꼈다. 바다로 나오니 파도가 몹시 세차게 치고 있었다. 나는 저렇게 파도가 세차서 남동생이 멀리 실려 갔다는 것을 알 수 있었다.
꿈을 꾼 후 남동생을 위해 나름 최선을 다한 것 같아 남동생에 대한 죄의식을 정리하는 느낌이라 마음의 평화가 왔다.

일요일이라 정미, 영옥과 간단히 등산을 하고 식사 후 영화도 보고 서로의 안부를 물었다. 정미의 아들은 플루트를 전공하였는데 현재는 프랑스 유학 중이라고 하였다. 정미는 자신의 환경이나 학력에 대한 열등감을 해소하기 위해 외모나 살림을 완벽하게 애쓰며 살고 있어 우리는 이런 정미를 보며 힘들지 않냐고 하였는데 정미는 남편의 인정을 받으므로 만족한다고 하였지만 내가 보는 입장에서는 안쓰러울 때도 있었다. 영옥의 식당도 늘 그 자리에서 그럭저럭 되고 있고 남편과 알콩달콩 잘 살고 있었다. 나는 현재 실업 상태이고 곧 강원도로 갈 것이다. 정착하지 못하고 또 멀리 가서 미안했지만 정미와 영옥이는 나와의 만남 자체로 지혜를 보는 듯 깨우침을 주니까 고맙다고 하여 나는 깜짝 놀랐다. 나 역시 정미와 영옥을 통하여 지혜를 배우고 있었다. 우리는 말은 하지 않았지만 서로의 삶을 바라보며 의지하고 닮아가고 성숙해져 가고 있었다. 의미 있는 하루를 보내고 집으로 향하니 기분이 좋았다.

휴양

매점 운영

 그동안 아동 시설을 정리하고 생애 첫 아파트도 마련하고 현호도 군대 임무 수행과 사회생활을 잘하고 있어 긴 세월 마음의 쉼 없이 살았던 나는 그간 고갈된 에너지도 채우고 예전 같지 않은 육신의 쉼을 위해 강원도 휴양림에서 매점을 운영하려고 갈 준비를 하고 있다.
 나의 삶은 또 하나의 큰 사건으로 새로운 길을 가는 전환점이 될 것이다.

 부산에 대홍수가 났다. 삶 자체가 고행이고 자연이 주는 평화보다 불안이 더 높아지려는 임계점인 것 같다.

언제 홍수가 났냐는 듯 햇빛이 쨍쨍한 오늘 나는 몇 안 되는 나의 짐을 싣고 강원도로 이사하는데 언니와 동생이 걱정을 많이 하였다.

나의 또 다른 삶이 걱정되는지 정미, 영옥, 상담 선생님도 전화해 주셔서 모두 감사하였다.

강원도에 미리 계약한 원룸으로 가서 간단한 짐을 풀고 현숙 언니와 형부를 만났다. 10년 만에 만난 현숙 언니와 형부를 보니 형부는 건강미가 흐르는데 현숙 언니의 얼굴이 말이 아니었다. 나는 입을 열지 못하고 얼굴만 보고 있으니 현숙 언니가 먼저 입을 열었는데 그간 언니는 간암을 앓았고 지금은 간암 수술이 잘되어 휴양하며 통원 치료 중이라고 하였다. 그래서 형부가 강원도에 관심을 가지고 있던 차에 휴양림에서 일을 하게 되었고 언니도 곧 강원도로 온 것이라고 하였다. 나의 돈 때문에 스트레스를 받은 것이 아닌지 가슴 한 곳이 아팠는데 그나마 다행인 것은 형부와 사이가 데면데면하였는데 지금은 서로 동지가 되어 언니의 건강에 최선을 다하는 형부가 있다는 것이었다.

휴양림 매점의 일은 여름 한 철은 정신없이 바쁘고 봄, 가을에도 손님이 심심하지 않을 정도이고 겨울은 휴가여서 손님이 없을 때는 독서를 하거나 그림을 그리고 현숙 언니와 매일 산책을 하여 나의 삶이 고요해졌다.

현숙 언니는 예전에도 술을 좋아하여 매일 마셨는데 지금 이 와중에도 술을 한 잔씩 하였다.

　오늘도 꿈을 꾸었다. 현호 아빠가 경제적으로 곤경에 처하고 창호 엄마가 돈을 다 가로채어 이혼하고 현호 아빠가 다른 연상의 여인을 만났는데 산전수전 다 겪은 여자였다.

　힘들게 이루어 놓은 경제력 때문인지 메르스로 온 국민이 과하게 불안에 떨고 있었다.
　나 역시 강원도에 와서 경제적 상황이 많이 좋아졌다. 부산 아파트 월세는 꼬박꼬박 저축하고 아동 시설 선생님이 아동 시설을 인수받으면서 고맙다고 나에게 건네준 돈으로 아파트 대출도 갚았고, 예전에는 경제 관념이 없었는데 부산에서 언니, 동생과 만나면서 경제 관념 교육이 되어 지금은 경제에 대한 지식이 평균 이상이 되었다.

　현숙 언니는 요즈음은 컨디션이 좋다며 만족해하고 있는데 내가 보기에는 얼굴이 까매지고 있었다. 나도 육체적 컨디션이 좋지 않아 현숙 언니의 몸 상태가 걱정이 되어 손을 꼭 잡아주면 말하지 않아도 따뜻한 마음을 서로 느낄 수 있었다.

　가을이라 매점이 한가한 가운데 며칠째 소화가 되지 않더니 얼굴에 알레르기가 머리와 목과 몸으로 번져 오래 살지 못할 것 같은 생각으로 삶의 미련이 남는 건지 마음이 살짝 우울해져서 불꽃처럼 활활 타오르다 훅 꺼져버리는 것도 나쁘지 않다는 생각을 하였다.

현숙 언니가 매점도 한가하니 일본 여행을 가자고 하여 형부는 근무지에서 휴가가 되지 않아 언니와 나 둘이 일본 여행 가서 온천도 하고 맛있는 음식도 먹고 모처럼 편하게 술도 한잔하였다. 예전에는 언니와 나는 대화가 끊이지 않았는데 요즈음은 예전처럼 에너지가 없어 둘 다 아주 기본적이고 필요한 말만 하는데도 느낌만으로 충분하였다.
언니와 나는 좋다는 말 대신 술 한잔, 고맙다는 말 대신 술 한잔, 술만 따르고 마시다 언니도 잊고 나도 잊고 술 한 잔만 남았다.

현숙 언니와 일본 여행 중에 과음을 하였는지 여행 후 소화도 되지 않고 위에 통증이 자주 오고 구토하는 날도 많아지고 계속 몸이 힘든 상태였다.

위장이 더욱 나빠졌는지 조금 매운 것만 먹어도 토하고 속이 따가웠다.
저녁에 현숙 언니와 형부와 외식을 하고 집에 왔는데 소화가 되지 않아 집에 와서 아이러니하게 소화가 되지 않는 우울함에 빠져 과음해 버렸다. 아침에 일어나기 힘들었지만, 매점 장사 때문에 밥도 먹지 않고 출근했더니 출근 후 속이 메스껍고 후들후들 떨려서 휴양림 문을 닫고 집에서 쉬었다. 집에서 배는 고프고 먹으면 토하고 너무 힘들어서 또 우울했다. 또 오래 못 살고 죽을 것 같은 우울함에 압도당해 버렸는데 다행히 수면제를 먹고 잤더니 아침에 한결 나았다.

꿈을 꾸었다. 현호가 어떤 사고인지 계기인지 모르겠으나 어릴 때 모습이 아닌 완전히 다른 모습으로 성격과 혈액형까지 바뀌었다. 난 현호가 예전 모습과 달라 현호라고 인정할 수 있는지에 의심하였고 현호 아빠와 그리고 누군가가 현호가 맞다고 하였고 완전히 바뀐 현호는 나와 아빠만 기억하였고 나를 끌어안고 엄마라고 부르며 울고 나도 현호를 꼭 끌어안고 울고 너무 애달팠다.

근래 피곤하고 조울증이 나타나서 감정 다스리기가 힘이 든다.
계속 목이 아프고 급기야 가슴까지 아파와서 서울 신촌 세브란스 병원에서 검사를 하였더니 결과는 폐와 붙은 흉선에서 종양이 발견되어 종양 제거 수술 날을 잡았다.

폐암 수술

수술 날을 잡았는데 눈에 결막염까지 생겨서 여기저기 몸이 좋지 않아서 불편하고 여태껏 살면서 많은 스트레스로 인한 결과라 생각하니 우울하였다. 가족들에게 나의 몸 상태를 얘기를 못 해 하지 않고 나름 유서만 몇 자 적고 수술 준비를 하였다.

굳이 현숙 언니가 형부와 함께 병원에 동행하겠다고 하여 서울 종합병원에 입원 수속하고 내일 수술하기로 하였다.

수술하고 나오니 고맙게 현숙 언니가 나를 기다리고 있었다. 여기저기 아프고 수술 전에도 사는 데 문제없었는데 그냥 사는 데까지 살다 죽을 걸 괜히 수술했다는 생각에 눈물이 났다.

수술도 잘되고 회복도 잘되어 수술 후 15일째에 일찍 퇴원하고, 퇴원 후 매주 병원에 가서 점검하고 방사선 치료를 하기로 하였다. 병원에서 현숙 언니가 나를 너무 편하게 간병해 주어서 주변 사람들도 다 감동할 정도였다.

매주 병원에 버스로 가서 방사선 치료받고 다시 강원도로 돌아오는데 차창 밖의 풍경이 휙휙 지나가는 것이 나의 삶과 같았다.

두 달째 서울을 오가는데 방사선 치료를 하면 머리도 어지럽고 컨디션이 좋지 않아 병원 식당으로 가서 미역국을 사 먹고 땀을 내곤 하는데 다니다 보니 혼자만의 시간이 그리 나쁘지 않고 여행길 같아졌다. 삶에는 인간의 허점, 빈 곳이 많은데 이 모든 것을 채우며 산다는 것은 자신을 미치게 만드는 짓이다. 그냥 삶은 매 순간 경험이 일어나는 것이며 병고의 경험 역시 삶일 뿐이다. 마음 가는 대로 그리고 인내심. 이 두 모순이 필요할 뿐이다.

수술은 잘되었으나 회복이 더뎌 아직 숨쉬기가 편하지 않은데 현숙 언니와 형부는 경기도 아들이 있는 집으로 간다며 가기 전에 함께 밥을 먹자고 하여 새조개 샤브샤브를 먹으러 갔는데 살면서 먹으면서 행복해 보기는 처음이었다. 이 나이에도 첫 경험이 많다는 것을 새삼 느끼는 시간이었다.

아침에 일어나니 꿈이었다. 현호 아빠와 현호 새엄마가 데면데면하게 지내고 있었고 현호가 하는 일이 마음에 안 든 현호 아빠가 현호를 부르니, 현호의 눈가에 눈물을 지운 자국이 있어 난 다 큰 현호를 안고 현호 아빠에게 눈물을 흘리며 언제 현호의 마음을 알아준 적 있냐고 절규했더니 현호도 울고 현호 아빠는 숨어서 울었다. 꿈이지만 마음이 너무 힘들고 아파서 일어났지만 꿈에서 한참 헤어 나오질 못해 울었다.

고민 있으면 함께 해결하자고 현호에게 문자 했더니 현호의 답이 빨리 왔다. "돈 벌면 아빠랑 여행 가고 싶어요" 하며 "하루 열두 시간씩 일하고 있다"라고 하였다. 일을 하며 의욕적인 것 같아 마음이 한결 놓였고 행복하였지만 이런 현호의 마음을 현호 아빠는 알고 있는지 의문이었다.

현숙 언니 부부의 선택

오늘은 병원 갔다 현숙 언니가 있는 경기도로 갔더니 현숙 언니의 몸 상태가 이루 말할 수 없도록 나빠져 있었고 배도 불러 있었다. 형부 말로는 강원도에서부터 병원 가서 치료하자고 하였으나 완강히 거부하여 어쩔 수 없이 이런 상태라고 하였다. 나는 언니가 너무 걱정이 되어 병원에 가길 다시 한번 더 권했으나 완강히 거부하며 숨쉬기가 어려운 나에게 말을 아끼라고 하였다. 현숙 언니는 무엇을 감지했을까? 형부가 언니를 아기같이 잘 보살펴 주어 그나마 안심하며 강원도로 갔다.

 강원도에 도착하여 며칠째 감기로 많이 힘들어 몸이 좋지 않으니 습이 된 우울감이 더욱 늘어나 의도적으로 환하고 밝게 해야 하는데 잘 되지 않고 있었다.
 현숙 언니에게 전화하니 목소리가 밝았다. 의도적으로 밝게 생활하는 것이라는 것을 나는 바로 알 수 있었다. 언니는 지금까지 삶에서 요즈음이 제일 만족스럽고 행복하다고 하였다.

 새벽녘에 갑자기 뭔가 나를 깨우는 듯하여 깜짝 놀라서 잠에서 깨었는데 잠이 오질 않았다. 새벽 3시 40분. 아직 더 자야 하는데 도무지 잠이 오질 않고 불안하여 티브이도 틀고 몇 없는 옷 정리도 하고 시간을 때우고 7시가 되어 현숙 언니에게 전화하였더니 전화를 받지 않고 형부에게 전화하여도 전화를 받지 않았다. 아들 형칠이에게 전화를 해도 전화를 받지 않았다.
 아들은 고깃집에서 일하고 늦은 시간 들어와서 아직 깊은 잠에 빠져 있을 것이라는 추측이 되었지만 현숙 언니와 형부는 전화를 받지 않을 리가 없어 불안감이 엄습했다. 마음을 추스르고 매점에 가서 청소도 하고 정리를 하며 11시에 전화해도 부재중이었다. 오후 5시쯤 현숙 언니의 아들 형칠의 문자가 왔다. 현숙 언니, 형부 두 사람의 부고 문자였다. 다리에 힘이 풀려 그 자리에 주저앉았는데 앞이 보이지 않았다.

정신을 차리니 매점 바닥에 누워 있었다. 나는 다시 정신을 차리고 경기도로 향했다.

부고 문자에 뜬 병원 장례식장에 갔는데 뭐가 어찌 되었는지 정신이 없고 언니의 아들도 눈이 퉁퉁 부어 있어 뭐라 말할 수 없는 눈물바다 장례식장이었다.

망연자실이라는 것이 이런 것이구나 싶었다. 아들을 위로하며 도와주는데 상주인 아들이 상심이 너무나 커서 나에게 기대어 울었기에 나라도 정신을 차려야 했다.

이제 60세인 현숙 언니와 형부는 너무나 빨리 가버렸다. 초상을 치르고 겨우 마음을 추스른 아들이 형부의 유서를 보여주었다.

복수가 차오르면서 숨쉬기 힘들어지고 여기저기 통증으로 고통스러워하는 언니가 오래전부터 죽음을 준비하며 모아둔 약을 알아차린 형부는 언니와 같은 선택을 하려 형부도 함께 준비를 하였다고 한다. 평생 고학력으로 밑바닥 일은 하지 못하여 실업자로 현숙 언니에게 기생하며 살다 언니가 아프고 난 뒤 밑바닥 청소부 일을 하였지만 언니는 기다려 주지 않았기에 언니의 가는 길에 동행한다는 것이고, 아들에게 아버지는 육체적 노동의 행복을 너무 늦게 깨달아 후회되었지만 너는 벌써 육체적 노동의 삶을 잘 살아주고 있어 고맙고 대견하고 마음 편히 간다는 내용이었다.

그나마 다행인 건 현숙 언니가 혼자 외롭게 가지 않고 동반자 형부가 있어서 편하게 보냈다고 말하기가 잔인하지만 나는 그랬다. 현숙 언니가 투병 시절에 "지금이 가장 행복하다"라고 했던 말이 떠오르며 그나마 다행이라 생각하고 형부도 평생 빚을 진 언니와 끝까지 동행하여서 행복했을 것이라 생각하였다.

현숙 언니의 장례를 다 마친 후 나는 언니의 유일한 아들 형칠과 이틀을 함께 보내고 강원도로 왔다.

곳곳에 현숙 언니의 모습이 새겨져 있는 이곳에서 이제야 현숙 언니를 생각하며 소리 내어 울었다. 현숙 언니는 나의 돈을 갚기 위해 스트레스를 많이 받아 건강이 나빠졌을까? 언니는 늘 외로웠는데 죽음의 문 앞에서는 외롭지 않았을까? 누구보다 배려심이 많았던 현숙 언니. 아아. 슬픔에서 빠져나오기가 힘들지만, 언니의 유일한 아들 형칠의 슬픔을 달래줘야 하는 임무가 나에게 있었다.

언니의 아들 형칠과 매일 전화를 하며 안부를 묻고 있는 요즈음, 현숙 언니의 심성을 그대로 닮은 형칠이 "이모 몸도 아직 완쾌되지 않았는데 저보다 이모 몸 챙기세요" 하는데 더 가슴이 아파왔다.

현숙 언니와 형부를 그렇게 보내고 나는 또 끈질긴 삶을 살고 있고 형칠도 육체적 노동을 부끄럽게 생각하지 말라는 유언에 따라 고깃집에서 열심히 일을 하며 각자 최선을 다하며 살고 있었다.

나는 숨 쉬기 힘들어 다들 오래 못 살 것으로 알았는데 어찌 된 생명인지 담당 의사 선생님도 놀랄 정도로 회복이 빨랐다. 정신을 차리고 있으면 기적은 늘 일어나고 있었다.

봄에 눈이 왔다. 꽃샘추위에 꽃봉오리들이 떨며 힘들게 꽃을 피우려 힘쓰고 있었다.

너무나 아름다운 자연휴양림에도 그 모든 시련을 견뎌내고 꽃이 피기 시작하였다.

아침부터 목이 아파 기분이 우울했다. 알레르기까지 온몸에 번져 가려움에 잠도 못 자고 결국 병원에 입원하였다. 저녁에 반찬도 없고 밥할 의욕이 나지 않아 이제는 혼자 외식을 잘하게 되었다. 외식 후 나쁜 컨디션과 말할 수 없는 목의 통증으로 집에 왔는데 아직도 현숙 언니의 모습이 군데군데 보여 우울함이 엄습하였다.

꿈을 꿨다. 나의 피를 빼고 새롭게 피를 생성하도록 하는 꿈이었다. 그러한 수술을 하는 의사와 함께 누웠는데 마음이 너무 편했다. 뭔가를 암시하는 꿈인 것 같았다. 새롭게 태어날 수 있다는 것일까….

오늘도 꿈을 꾸었다. 현호 아빠와 같이 있는데 갑자기 뒤에서 예전의 나의 남자라며 건장한 남자가 나타나 나와 현호 아빠가 놀라고 무서워했다. 꿈에서 깨어나니 30대에 외도한 일이 떠올라 현호 아빠에게 너무 미안했다.

아침에 눈을 뜨니 꿈이 생생하다. 누군가 있는 곳에서 내가 엄마에게 소리쳤다. "엄마가 지금도 예전에도 얼마나 편애하고 나를 미워했냐"며 울먹였다. 엄마는 다른 곳으로 가서 둘이서 얘기하자며 나를 불렀다. 엄마의 경제적 힘듦을 이야기하는 것 같았다. 순간 난 힘든 엄마에게 아무것도 하지 않았다는 것을 알게 되었다. 꿈에서 깨니 나의 삐뚤어진 세포들을 깨우치게 되었다. 박탈감, 인정받으려는 욕구, 시기심, 외로움 이 모두가 나의 삐뚤어진 세포들이 스스로 만든 거였다.

날씨가 많이 따뜻해져 봄꽃들이 어느 꽃은 피고 어느 꽃은 지고 있었다.

서울 병원에 가는 날이라 진료 중에 계속 목도 아프고 숨쉬기 힘들다고 하였더니 흉부외과에서 정신건강과와 연결해 주어 진료를 받았더니 공황장애라고 하였다. 믿기 힘들었지만 받아들였다.

현숙 언니의 선택이 아직 가슴 중앙에 못이 박혀 슬픔에 잠겨 있는 어느날 현호에게 전화가 왔다. 불안정한 목소리가 떨리고 있었다. 나는 "왜?" 하며 놀라 물었더니 아빠에게 서운하여 마음을 다스리지 못해 길을 걷고 있다며 부들부들 떨고 있었다. 난 집에서 나오라고 했더니 "이 집구석에 끝까지 붙어 있을 거예요"라고 하였다. 무슨 말을 해야 하나 아무것도 해줄 수 없는 현실이기에 어떤 말도 할 수가 없었다. 현호는 좀 걷겠다고 하였고 나는 무능하였다. 나중에 또 현호에게 전화하여 아빠 전화 왔냐고 했더니 오지 않았다고 하였다. 현호는 돌아다니다 새벽녘에 다시 집으로 들어

가고 있고 난 현호 아빠에게 너무 억울하고 답답해서 아직 회복하지 못한 가슴을 치고 있었다.

가슴이 쿵 내려앉았다. 죄의식으로 좀체 잠이 오지 않아 밤새 생각했다. 미련하게도 현호 아빠에게 불신감이 들며 돈을 많이 모아 현호의 미래를 함께 꾸려야겠다는 생각밖에 아무 생각을 할 수 없었다.

비가 차분히 온다. 마음이 차분해졌다. 현호와 통화한 후 나의 마음이 정말 정신이 번쩍 들더니 오히려 안정이 된다. 나도 엄마는 맞는지 아들의 불안을 보고 불안해할 여유가 사라지고 정신을 더욱 바짝 차려야 한다는 의지가 불탔다.

아직 서울 병원에서 주기적으로 CT 촬영을 해야 해서 오늘은 병원에 가는 날이었다. 서울 가는 버스 안에서부터 돌아올 때까지 멍한 상태여서 돌아오는 길에 경기도로 가서 현숙 언니 아들 형칠을 볼까 했는데 까마득히 잊어버리고 강원도행 버스를 타버렸다. 형칠에게 전화해 보았더니 다행히 형칠이는 일상을 잘 살아내고 있었고 오히려 나의 걱정을 더욱 하였다.

나는 현호가 걱정이 되어 또 전화를 했더니 몇 번의 문자와 전화에 답이 없어 나는 '엄마가 잘못했다. 엄마가 용서 빌게. 전화 받지 않으면 엄마 심장이 아파. 전화 받아줘'라고 카톡을 넣었다. 정말 수술한 가슴이 아파오고 조여와서 힘들었다.

나의 삶이 힘들 때 엄마를 원망했듯 현호 역시 자신의 삶이 힘들 때면 엄마인 나를 원망한다는 느낌이 들었다.

현호 꿈을 매일 꾼다. 현호가 옷과 신발 세트를 사줬다. 올록볼록한 미색 치마와 윗옷, 신발. 그리고 장면이 바뀌어서 현호에게서 전화가 왔다. 새엄마에게 한 번도 인정받아 본 적이 없다고 했다. 난 "아빠에게는?" 했더니 "아빠도" 하며 곧 죽는 목소리여서 숨이 막히도록 울었다. 꿈에서 깨어나도 슬픔이 가시지 않아 또 울었다.

3년씩 재계약을 했던 휴양림 매점이 운영 만기가 되었고 그동안 문을 자주 닫았더니 시에서 무인 매점으로 돌리겠다고 하여 나는 매점을 그만두고 정신 차리고 현호가 있는 부산으로 다시 가야 한다는 결심을 하였다.

깨달음

아버지 수술

내가 부산으로 다시 가야 할 이유가 많았다. 내 삶을 지탱할 수 있는 자존감의 씨앗을 심어준 아버지가 수술을 해야 하는 상황이고 가장 중요한 것은 현호 곁에서 행동으로 책임을 다하기 위해서였다.

마침 부산 아파트 임대 계약 기간이 만료되어 부산 아파트로 들어가 대대적인 실내 인테리어를 하며 먼저 몸이 불편하시다는 아버지를 뵙기 위해 부모님 댁으로 갔다.

꿈을 꾸었다. 엄마가 어디로 가는데 아버지가 바래다주려고 했으나 만나지 못했고 나, 동생이 엄마를 데리고 측은하게 쳐다보고 이모들도 측은히 쳐다보았다.

아버지께서 벌써 몇 년 동안 전립선이 좋지 않아 동네 작은 병원에서 약을 드시고 계셨다고 하였다.
나는 아버지의 인품을 잘 알고 있어 아버지가 아프다고 말씀하실 정도면 심각하다는 생각이 들어 종합병원으로 아버지를 모시고 갔더니 전립선에 돌이 많이 생겨 레이저 치료를 하자고 해서 병원에 입원하시기로 하였다.

오늘은 아버지 치료 날이라 엄마, 언니, 동생과 함께 아침 일찍 병원으로 갔더니 의사 선생님께서 돌이 많아서 레이저 치료가 힘들겠다며 연세가 90이라 개복 수술을 해도 위험하고 하지 않으면 돌아가신다고 하여 피할 수 없이 개복 수술을 선택하게 되었다.
연세가 90이라 수술 후 회복이 힘들 거라 생각하였는데 회복을 빨리하셔서 수술하신 의사 선생님께서는 아버지에게 감사하다고 고개 숙여 인사를 하시며 개복하여 꺼낸 돌 스물한 개를 보여주셨다.

아버지가 요도에 결석이 스물한 개나 있어 심하게 아팠을 텐데 너무 참으며 동네 작은 병원에서 약을 드시다 병을 키웠다고 생각하니 너무 무심했던 지난날이 후회가 되어 죄송했다.

아버지 수술 후 아버지가 수술 전과 달리 매일 등산을 못 하시고

기력을 찾지 못하셔서 자주 눕고 걸음걸이도 아기처럼 아장아장 걸으신다.

부산에 오니 무엇보다 현호와 자주 통화하고 필요할 땐 얼굴을 볼 수 있다는 것이 숙제를 시작하려고 노트를 펴고 연필을 든 것 같다는 생각이었다.
내일 현호와 만나기로 해서 마트에서 장 보고 밥 한 끼 맛있게 해줘야지 생각하니 기분이 좋았다.

내일은 정미와 영옥이의 가게로 가기로 약속을 하였다.

정미를 만나서 영옥이의 가게로 갔다. 우리는 영옥이 가게에서 저녁을 먹고 차를 마시며 수다 삼매경에 빠졌다. 그간 정미도 심장 판막증으로 대수술을 하였으나 현대 의료 기술이 좋아서 레이저로 수술하고 잘 이겨내었다. 정미는 여전히 아내로서 완벽하기 위해 늘 노력하였고 잘 해내고 있었다. 어린 시절 빈민가에서 공부도 못 하고 살았던 과거를 생각하면 지금 내 인생의 주인공이 남편일지라도 인정도 받고 경제적 어려움 없이 사니 불만 없다고 하였다. 영옥은 여전히 사람 좋아하는 남편과 식당을 하며 이 식당에는 손님보다 남편의 지인들이 많이 와서 늘 시끌벅적하고 남편과 지인과 웃고 사는 게 일상이 되어 만족하며 산다고 하였다. 나는 돌고 돌아 다시 부산으로 왔는데 결론은 아들 현호가 이제 서른이 넘었으므로 이젠 행동으로 나의 책임을 하려고 왔다고 했더니 잘했다며 이제 두 달에 한 번씩은 얼굴 보며 살기로 하며 각자의 자리로 돌아갔다.

삶은 개인의 욕구에 따라 혹은 순간의 선택으로 다른 과정을 만들 뿐, 똑같다는 것을 다시 한번 느낀다. 어릴 적부터 빈민촌에서 살았던 정미가 선택한 성장은 경제력이었고, 부모와 외할머니로부터 버림받아 늘 사랑 타령 하던 영옥이 선택한 성장은 안정된 사랑이었고, 소심하고 생각이 많은 나의 성장은 내면의 성장이었지만 우리 모두는 지금 똑같이 하루 24시간 속에서 자신만의 이야기를 만들며 살아가고 있고 자신이 원하는 만족감으로 인해 행복하다. 그 어떤 것도 더 중요하고 덜 중요한 게 없이 똑같은 삶을 살고 있는데 나의 언니는 정미는 돈 많은 사모님으로 사는 거 보면 똑똑하다, 영옥이는 신랑이 사람만 좋지 평생 몸고생하며 산다, 너는 현호 아빠에게 현호를 맡겨야 한다느니 하며 어리석은 계산법으로 판단을 해대었다.

코로나 시대

부산 아파트 실내 인테리어를 마치니 돈은 제법 들었지만 새집이 되었다.

작년 말부터, 그러니까 2019년 12월 중국에서 최초로 코로나 뉴스가 나오더니 이젠 코로나19라는 바이러스로 팬데믹 현상이 일어나고 많은 사람이 가족을 잃고 슬픔에 잠겨 있다.

코로나19로 가족들 만나기도 꺼리는 요즘 면역력이 약한 연로하신 부모님 방문을 금기시하고 있어 우리 역시 마찬가지로 부모님에게는 전화로만 안부를 묻는 중이었다.

아버지의 병세가 악화되어 병원에 입원하는데 코로나 때문에 절차도 힘들고 면회도 안 된다고 하였다.

언니와 나, 동생은 아버지가 요양병원에서 케어받기를 원했으나 엄마는 굳이 대학병원에 있어야 한다고 하여 아버지는 종합병원에서 6개월째 입원 중이었다. 언니 동생과 나는 콧줄만은 하고 싶지 않았지만 엄마의 의지로 아버지는 콧줄을 하게 되어 콧줄 식사를 하시는데 너무 고통스러워 보이고 내가 병원 갈 때면 말씀이 안 되니 손을 가로저으셨다.

나는 엄마에게 전화하여 콧줄 식사가 아버지를 더 힘들게 한다며 콧줄을 빼자고 했더니 엄마는 "망할 년" 하며 노발대발하였다. 우리 아버지는 저렇게 고통스럽게 돌아가실 분이 아니신데 슬퍼졌다.

엄마에게 들은 "망할 년"이 귓가에 맴돌며 어릴 적 생각이 나서 한낮 연로한 노인의 말에 매여 있고 무의식의 도가니 속에 사는 나를 보니 웃음이 나왔다. 이제 다 해결된 어린 시절의 상처일 뿐이고 다 해결되었다고 생각했는데 불쑥불쑥 나오는 걸 보면 아마도 상처에 매이지 않을 뿐, 흔적은 평생 갈 모양이었다.

대학병원에서 코로나로 병실도 부족하고 아버지는 슈퍼박테리아에 감염되어 개인 분리 병실이 있는 곳을 알아보아야 했는데 찾을 수가 없어 어렵게 겨우 찾아 입원하였는데 보호자도 없이 병원에서 관리하여야 한다고 하였다. 매일 전화를 하여 아버지의 안부를 묻는데, 좋다고만 하더니 입원 보름 만에 병원에서 연락이 와서 급히 갔더니 이미 돌아가셨다.
7월 12일 비 오는 날 나의 삶의 위로자였고 존경했던 아버지께서 자식 임종도 못 보고 돌아가셨다.

다행히 돌아가시기 전 나는 병원에서 아버지께 "아버지, 나에게 딸이지만 칭찬과 신뢰를 주셔서 감사합니다. 사랑합니다. 존경합니다"라는 말을 하여 너무나 큰 위로가 되었다.

오늘은 불현듯 아버지의 모습이 떠올랐다. 세월이 갈수록 아버지의 부재가 현실로 다가오고 그간 못한 효도가 뼈저리게 후회가 되니 그 후회가 무서워져서 정신을 차려보니 다행히 홀로 남은 엄마가 있었다.

그간 나의 슬픔 때문에 엄마의 슬픔을 생각하지 못한 마음에 수

박과 야채를 조금 사 와서 엄마에게 가서 엄마와 함께 점심을 먹고 이런저런 대화를 하며 놀다 저녁까지 먹었더니 엄마가 맛있다며 소녀같이 좋아하는 모습을 보니 허리가 많이 굽어져 있었다.

꼬부랑 할매가 되어버린 엄마가 천연덕스럽게 가엾다.

짱짱했던 지난 시절은 사라지고 처음부터 꼬부랑인 듯 천연스럽게 가엾다.

정미, 영옥이와 1박 2일 여행을 갔다.

영옥과 정미와 나는 우리에게 내일이 올지 모르니까 소중한 순간이 오면 따지지 말고 누리자고 하며 하하호호 하였다. 이렇게 우리는 만나면 그저 엔도르핀이 솟는 관계였다.

오늘도 기억이 또렷한 꿈을 꾸었다. 남자 한 명, 여자 두 명과 남자의 직장인지 집인지에 갔다. 그곳은 나의 직장과 연관이 된 듯한 느낌이었고 나무를 밀며 밑으로 내려가는 곳인데 이곳으로 혼자 가서 먼지를 닦으니 먼지가 거의 없었다. 그 남자가 와서 거기서 뭐 하냐 해서 혼자 올라갈 수 있지만 올려달라고 손을 내미니 남자가 손을 잡고 올려주었다. 꿈이지만 안정감이 들었다.

현실

나는 잠이 들면 꿈의 세계에서, 눈을 뜨면 현실의 세계에서 서로 알아가고 영향을 주며 환갑이 지나서야 안정감을 찾아갔고 참 행복이 뭔지 알 것 같다.

나는 엄마의 편애로 사랑을 갈구하며 엄마를 원망한 세월이 길었지만 1930년대 그때 엄마도 나와 같이 우리들과 같이 부모의 영향과 시대적 영향으로 후진국이었던 이 나라에서 최선으로 아우성을 쳤던 삶이었고 아버지 역시 부모님의 영향과 시대적 영향으로 정치범이 되어 최선을 다한 처절한 삶을 살아내신 것이었다.

정철의 삶도 1960년대 우리나라는 후진국에서 개발도상국을 향해 가듯 가난에서 부유함으로 가기에 치열한 삶이었고 나 역시 그랬다. 그때, 우리 모두는 최선을 다하며 아우성으로 절규하며 살아내었다.

1990년대에 태어난 현호도 나와 정철의 영향과 선진국 대열에 들어선 시대적 영향을 받으며 스스로 성장하고자 발버둥 치며 살아낼 것이다.

이렇게 글을 쓰다 보니 악마의 본성이 드러나 복수심으로 들끓었던 나의 마음이 너그러워지며 그때 그 부모를 만났고 그 시대를 만나 그런 삶들, 모두 나름의 최선으로, 혼신의 힘으로 살아내고 있었다는 것을 알았고 천사의 본성이 드러나 측은한 마음이 들었다.

이 글이 정철에게 어떤 영향을 미칠 것이고, 이 글을 보고 그가 무슨 말을 할지 모르지만 나는 하고 싶은 말을 했다는 것이 무엇보다 중요하고 필요했다.

누구나 성장하고 싶고 선하게 잘 살고 싶은 욕구가 있어, 그렇게 아우성을 치고 치열하게 살아내고 있을 뿐이다. 그 나름대로 최선을 다하고 있다는 것을 알아만 주어도 세상에 악마는 줄어들 것이다. 천사와 악마의 순간 이동은 아차 하는 순간이 될 수도 있다.
대다수의 사람들과 선택 판단이 달라서 가난하고 힘들고 슬프게 산다고 해서 어리석거나 부족한 사람이 아니라는 것을 알아야 한다. 물질이 모자라고 감정이 예민하고 세심할 뿐이지 삶의 참행복에는 아무런 문제가 없을 뿐만 아니라 더 슬프고 더 기쁠 뿐이다.

나는 지금까지 부자로 살아본 적은 한 번도 없었지만 지금의 행복한 삶에 아무 문제 없었다는 것을 알게 되었다. 젊은 시절 힘들 때가 있었는데 그때는 힘들었지만 지나서 보니 그 힘든 경험이 내가 버틸 수 있는 버팀목이 되었고 버릴 경험은 하나도 없었다.

세상만사는 그 자체일 뿐이고 어떤 일이 일어나도 그 자체일 뿐이고 내 마음이 방향을 정하면 그것이 내 세상이고 내 안에서 내가 말해야 철학이 된다는 것을 깨달았기에 이제는 나만의 세상이 있다.

정철과 나는 이성에 눈을 뜨는 호르몬의 변화로 아이는 낳았지만 사랑과 책임감이 무엇인지, 어떻게 양육해야 하는지도 모른 채 15년간 애증의 시간을 보내고 이별하고 각자 자기의 인생을 살기에 바빴다.

나는 지금 현호의 고통스러운 마음을 조금은 알고 있기에 어떤 식으로든 정철과 현호 새엄마, 내가 현호의 상처에 대한 보상을 하도록 하기 위해 최선을 다하도록 해야 하는 것이다.

상가를 분양받고 갈등이 폭발한 정철의 가족들 모두는 지금 서로가 냉전 상태이다.

현호는 어떤 힘이 생겼는지 정철과 새엄마에게 할 말을 했고 정철은 현호에게 "미안하다"라며 사과를 하고 얼마를 주겠다고 말은 하였고, 새엄마는 "내가 언제?"하며 발뺌을 하였다.

돈…. 현실적으로 보상의 실체는 돈이 맞긴 하다. 하지만 돈을 던져 주는 것보다 더 중요한 것은 진심으로 사과하는 행동 믿어주고 기다려 주고 인정해 주는 것인데 정철의 마음이 그곳까지 미칠지 의문이다.

현호는 부모가 있었음에도 부모 역할을 하지 못하는 부모를 만나 보호자의 손을 잡고 아이들의 세상에 가보지도 못하고 시간은 흐르고 어느새 성인이 되어 서른 하고 셋이 되었다. 현호는 집에서 나와 고시텔에서 살며 실업자인 상태로 엄마인 나에게도 전화도 없고 문자도 받지 않고 혼자만의 세상에 갇혀 있는 중이다. 어린 시절 부모로부터 사랑받지 못했고 보호도 받지 못하여 마땅히 오롯이 자신의 세상에서 마음껏 살지 못하고 어른들의 세상 한 모퉁이에서 두려움에 웅크리고 있었던 현호의 많은 것을 담고 있는 눈동자를 보며 그 환경에서 지금 이렇게 살아내어 준 자체만으로도 현호에게 감사를 느낀다.

 태양이 뜨거워 산에 올라 바위에 누워 하늘을 바라보니 나뭇잎 사이로 햇살이 갈라지고, 구름은 높은 곳에서 흐트러져 있고 간간이 떨어지는 나뭇잎들…, 새소리…, 물소리…. 글을 마무리하고 그때, 우리들 모두 최선을 다한 삶을 생각하며 우리 모두 참 행복을 누리길 진심으로 바란다.

 변한 게 아무것도 없는데, 모두 그대로인데, 오늘 세상이 아름답다.

그때,

초판 1쇄 발행 2024. 12. 27.

지은이 조희숙
펴낸이 김병호
펴낸곳 주식회사 바른북스

편집진행 이지나
디자인 김민지

등록 2019년 4월 3일 제2019-000040호
주소 서울시 성동구 연무장5길 9-16, 301호 (성수동2가, 블루스톤타워)
대표전화 070-7857-9719 | **경영지원** 02-3409-9719 | **팩스** 070-7610-9820

•바른북스는 여러분의 다양한 아이디어와 원고 투고를 설레는 마음으로 기다리고 있습니다.

이메일 barunbooks21@naver.com | **원고투고** barunbooks21@naver.com
홈페이지 www.barunbooks.com | **공식 블로그** blog.naver.com/barunbooks7
공식 포스트 post.naver.com/barunbooks7 | **페이스북** facebook.com/barunbooks7

ⓒ 조희숙, 2024
ISBN 979-11-7263-899-3 03810

•파본이나 잘못된 책은 구입하신 곳에서 교환해드립니다.
•이 책은 저작권법에 따라 보호를 받는 저작물이므로 무단전재 및 복제를 금지하며,
이 책 내용의 전부 및 일부를 이용하려면 반드시 저작권자와 도서출판 바른북스의 서면동의를 받아야 합니다.